I0764849

LILY PADIOLEAU

Holy ROCKSTAR

COUVERTURE © LILY PADIOLEAU.
CORRECTION © CAROLINE LE LAC, ANGÉLIQUE LEROY
& SIENNA PRATT

 Pour des raisons évidentes liées à l'histoire, certains détails ont été modifiés et adaptés dans le but de servir l'intrigue.

Édité par : Lily Padioleau
Dépôt légal 2026

Merci à Caroline, Liliroy, Sienna,
Elisa & Margaux pour leurs lectures.
Merci aussi de me soutenir dans les moments difficiles
et d'être toujours présentes.

Merci à David d'avoir donné vie à Ashwound
et la chanson Holy Rockstar.

DESTINÉ À UN PUBLIC AVERTI.

Le silence me terrifie plus que le bruit.

Le bruit me traverse, m'écrase, me remplit. Il m'empêche de trop penser, de remuer la merde qui s'entasse dans ma tête et les idées noires qui défilent constamment. Le bruit est un réconfort que peu comprennent et il n'est parfait que lorsque les amplis sont à fond et que la foule scande mon putain de nom. C'est dans ces moments-là qu'il contribue à me maintenir en vie.

Assis sur le sol d'une loge trop blanche et lisse, le dos contre un mur qui en a vu passer d'autres avant moi, je balance ma tête de gauche à droite en rythme avec la musique qui sort du haut-parleur de mon téléphone. Mes mains tremblent encore en roulant mon joint, pas de peur ou d'épuisement, juste de ce trop-plein que je ne régule plus. La sueur sur mon corps crée cette pellicule rafraîchissante qui ne suffit pourtant pas à me faire redescendre. J'ai encore trop chaud, je me sens encore trop essoufflé.

Mon entrevue éclair avec mon manager peu avant le concert me tourne en boucle dans la tête.

— *C'est terminé, Ash'. Je peux pas continuer dans ces conditions.*

Il prétend que je suis incontrôlable.

Je réponds que je suis un génie.

Je sais ce que je fais, même quand je dépasse la ligne, même quand je la piétine. Tant que je remplis des salles, que je fais du bruit et que je vends ce qu'ils associent à de la rage stylisée, on me pardonnera tout. *L'autodestruction est acceptable tant qu'elle est rentable.*

Comment cet abruti peut-il imaginer que je me mette soudain à sponsoriser un mode de vie sain avec cette foutue marque de smoothies à la con ? Faut arrêter de croire que je vais me ranger à leur avis, me mettre à suivre leurs directives comme un putain de saint. Je suis quelqu'un de bien, mes rares interventions auprès d'orphelins, de magasins de jouets et autres associations pour enfants le démontrent. C'est déjà bien suffisant.

Maintenant, je sais que la prochaine étape du label sera de m'assigner un nouveau manager ; un gars qui, comme ses prédécesseurs, pensera prendre ma carrière en main, me proposera des dates de concerts, des plans d'actions pour les réseaux sociaux, des séances de dédicaces et toutes sortes de conneries. Je n'ai besoin que d'une chose : quelqu'un qui organise mon emploi du temps en y intégrant uniquement ce que j'aime faire. Je me fiche des détails, je veux juste un planning solide qui alterne entre concerts et sessions d'enregistrements, en me laissant de la place pour écrire mes chansons. C'est tout ce que je demande. Pour le reste, ce que je connais du milieu est suffisant pour que je sache quoi faire et comment sans avoir une liste stricte à suivre à la lettre.

Malheureusement, c'est comme ça que ça fonctionne et, même si je représente « *l'avenir du rock'n'roll* », je ne peux pas m'y dérober. Autrement, ils finiront par m'imposer quelqu'un qui sera chargé de me surveiller sans totalement l'assumer. Ils lui confieront le soin de canaliser le chaos sans jamais le nommer, pour limiter la *casse*. Ils prétendront que c'est pour m'aider, mais, il faut être lucide, ce sera simplement pour protéger leur investissement. N'ont-ils pas compris qu'une rockstar casse ? Elle brise, elle hurle, elle alimente les tabloïds dans les pires postures et, me concernant, ce n'est pas près de changer. Je n'ai pas été propulsé sur le devant de la scène pour chanter des cantiques et prêcher l'éternel *don't do drugs* !

Je sais quand provoquer, quand choquer, quand donner l'impression que je vais trop loin, sans jamais dépasser exactement ce que le public peut encaisser. Ils aiment croire que je suis incontrôlable, ça les rassure, ça rend mes excès presque poétiques. *Vendables*. Je leur offre une version de la chute qu'ils peuvent consommer sans risquer de se salir les mains.

Jusqu'à mon propre effondrement.

Ce jour-là, ils ne parleront plus de génie, ils diront qu'ils l'ont vu venir, qu'ils avaient prévu cette déchéance. À la Kurt Cobain, Amy Whinehouse ou Jimi Hendrix. Non, je ne compte pas leur donner ce plaisir, même si rejoindre ce club[1] serait un privilège.

Je souris à cette idée, un rictus fatigué que je ne tiens qu'une demi-seconde. Je porte le cône à mes lèvres, allume la flamme et la passe contre la feuille roulée autour du mélange envoûtant. La fumée entre dans mes poumons, je relève la tête et plaque l'arrière de mon crâne contre le mur en soufflant lentement. L'odeur, la sensation, tout me transporte immédiatement. Encore quelques taffes et j'arrêterai peut-être de remuer les jambes dans tous les sens.

Ma tête est un véritable bordel qui ne se tait jamais. Toujours ces pensées qui s'entrechoquent, ces mots qui défilent, ces notes de musiques insensées qui me maintiennent éveillé. Chez moi en réalité, le silence, n'existe pas.

Je déteste ce moment de flottement entre la fin du concert et mon départ de la salle, ce moment où les fans en furie ont les cordes vocales irritées d'avoir trop hurlé mon nom. Ils

---

[1] *Le club des 27 comporte des artistes célèbres du rock et du blues qui ont comme point commun d'être morts à l'âge de 27 ans, principalement de mort violente.*

vont se ruer dehors, là où est stationné mon véhicule, dans l'attente et l'espoir de me voir arriver. Pour le moment, je dois faire taire le chaos. Je peux pas sortir signer des seins et me faire demander en mariage quarante fois sans ça.

Il n'y a que là-bas, sous les projecteurs, que tout est clair, brut et cohérent. La rage a une direction, la douleur un tempo, la colère un sens. Je n'ai rien à expliquer, rien à justifier. On appelle ça de l'art, moi, j'y vois également une forme de contrôle temporaire.

Quand la musique s'arrête, il ne reste que les débris.

Des corps qui passent, des verres qui s'enchaînent, des poudres trop blanches pour être honnêtes et des nuits qui se ressemblent au point de se confondre. Je maintiens le bruit parce que le calme me renvoie une image que je ne sais pas regarder sans vaciller.

Le pétard me brûle les lèvres, je le termine dans un long soupir exténué avant de me remettre debout. Une douche, des fringues propres et je serai prêt à affronter les groupies, à leur donner ce regard qui enflamme leurs culottes, un sourire aussi large que les leurs et des étreintes qui alimenteront leurs fantasmes.

Jour après jour, Thomas disparaît. Il n'existe plus que par intermittence. Ashwound, lui, répond toujours à l'appel. Nuit après nuit, il reste prêt à monter sur *scène*.

1

Nell Hart

Le bureau est oppressant tant par son odeur de tabac froid que par le trop-plein de décorations de mauvais goût. Bois foncé vernis si brillant que mon reflet me dévisage, trophées sous forme de divers bibelots plus ou moins rutilants, disques accrochés sur les murs, magazines qui traînent, sans oublier l'éternelle carafe de whisky à côté de ses quelques verres en cristal. Tout ici me rappelle combien le P.-D.G de *Sterling Records* cherche à compenser ce qui lui manque au travers d'une exhibition de pognon.

Je me tiens au milieu de tout ça, ma tablette comprimée contre ma poitrine, seule et perdue. Je sais que j'ai merdé, je sais que j'ai été convoquée ici pour affronter les conséquences, pourtant je ne cesse de me répéter que ce n'est pas *si grave*. Mes muscles s'échinent à trembler malgré tout le contrôle que je tente de leur imposer, me donnant cette apparence que je déteste : celle de la nana peu sûre d'elle et angoissée. Mes traits se froncent, je soupire, lasse et agacée, tout en tentant de reprendre contenance. Quoi que j'aie fait, il est absolument hors de question que Richard me voie dans cet état.

On pourrait bien se demander pourquoi je suis là, à attendre la sentence comme un condamné la potence et, je crois, qu'il serait utile de préciser que je suis manager pour un label de musique très réputé. Et vous savez quoi ? Gérer des chanteurs, guitaristes, batteurs ou *whatever*, je crois qu'il n'existe rien de plus compliqué au monde !

Les artistes font partie de cette catégorie de personnes incontrôlables à qui donner des conseils et des ordres relève de la folie. Pourtant, mon poste consiste, précisément, à organiser leurs emplois du temps, à leur souffler quoi dire à la presse, à gérer leur image pour qu'elle reste *clean* quoi qu'il arrive. Autant dire que ça revient à demander gentiment au loup de ne pas dévorer notre troupeau en lui filant une salade verte en guise de rétribution. Impossible, inutile, ridicule.

Mon dernier protégé en date a décidé que la sextape qui « *fuite* » en plein milieu de la promo de son nouvel album était une idée lumineuse. Parfois, le buzz aide, mais dans son cas, ça s'est révélé être un véritable désastre. Oui, avant de poster « *anonymement* » sa sextape en ligne il convient de vérifier deux choses très importantes : la poster sous un faux pseudonyme et publier la vidéo avec sa copine actuelle, pas sa maîtresse.

Résultat de cette idée de merde, le leader de *Neon Avenue* passe pour un infidèle avec -2 de Q.I. et la moitié de ses fans lui ont tourné le dos, entraînant une chute des ventes de près de 30%. D'un point de vue commercial, c'est une véritable catastrophe. Et je ne mentionne même pas les tensions entre les membres qui menacent carrément de tout arrêter. Leur faire entendre raison est une mission impossible, si tant est que celle qui m'est attribuée habituellement soit du genre « *possible* ».

Voilà pourquoi je me retrouve à 8 heures pétantes dans le bureau de Richard Hale le directeur du label. Mon estomac est carrément noué et, malgré l'eau que je viens d'ingurgiter, j'ai la sensation d'avoir avalé un kilo de sel. Même si j'ai l'habitude de gérer les exigences des hommes qui m'entourent sans trop l'ouvrir, cette fois-ci, pour une raison que j'ignore, je me sens malade d'avance. Peut-être est-ce parce que, cette fois-ci précisément, je sais que je risque mon poste. Croyez-le ou non, j'adore ce job et je donnerais tout ce que j'ai pour ne pas le perdre, tout comme j'ai donné tout ce que j'avais pour l'obtenir.

Ou alors, c'est la certitude d'un équilibre que j'adore et qui me permet encore de tenir debout. Quoi qu'il en soit, et je ne suis pas là pour m'auto-analyser aussi tôt le matin, je suis déterminée à conserver mon poste.

Le hic, c'est que j'ignore s'il y a quoi que ce soit que je puisse encore faire pour éviter le licenciement et je crois que c'est ce qui me terrifie le plus. Perdre le contrôle.

Ça m'est souvent arrivé au cours de ma vie, voilà pourquoi je me suis juré à moi-même que ça ne se reproduirait plus, de quelque manière que ce soit. J'ai pris mon destin en main, il m'appartient, personne ne décidera plus jamais pour moi, mon existence m'appartient. Je relève le menton, redresse mon dos et respire du mieux que je peux. Ma chemise me comprime la poitrine, les boutons sont prêts à sauter, et pourtant je reste digne, jusqu'à l'arrivée du *grand manitou.*

La porte du bureau s'ouvre soudain à la volée, je ne sursaute pas et reste digne, droite, prête à affronter la tempête. Quoi, qu'est-ce qu'il pourrait me faire de si terrible de toute façon ? Un deuxième trou au cul ? Nope, impossible physiquement parlant et le mien en a assez vu pour ne pas frémir un seul instant.

Le big boss se pointe, son visage joufflu et colérique dirigé directement vers moi. *Damn*, je ne l'ai jamais vu dans un tel état de nerfs, je croyais qu'il s'apaisait systématiquement face à une paire de loches.

— Qu'avez-vous donc encore fait, miss Hart...

Ce n'est pas une interrogation. C'est un constat amer plein d'agacement et de désespoir. Il prend place derrière le bureau, sur son large fauteuil qui grince au moment où il y pose le cul. Je reste debout, inutile de m'installer confortablement alors qu'il me demandera sûrement de quitter les lieux d'ici quelques secondes. Son regard légèrement vitreux me dévisage comme jamais auparavant. D'habitude, il mate mes seins, mes fesses et c'est limite s'il ne se lèche pas les babines quand j'ouvre la bouche pour m'exprimer. Là, il se contente d'un regard de dépit profond, les lèvres pincées qui veulent dire : « *on a perdu un max d'oseille* ». Ses yeux marron foncé restent rivés aux miens, sans un seul mouvement vers mon corps. Chapeau, c'est une première.

— Je n'ai jamais vu un tel fiasco à la veille d'une sortie. La promo était engagée, les concerts bookés et on se retrouve avec des dizaines d'annulations sur les bras et un groupe à deux doigts de se séparer.

Richard met de l'ordre dans les papiers qui jonchent son bureau, tout en laissant planer un silence mortuaire. J'en profite pour saisir l'occasion de plaider ma cause, bien que je sois consciente de l'inutilité de cette démarche. Quand il a une idée en tête, personne ne peut plus le faire changer d'avis. Bon, vu qu'il n'a pas l'air dans son état normal, autant tenter quelque chose, on ne sait jamais. Pour info : il n'a toujours pas louché sur le galbe de mes seins que je comprime entre mes bras resserrés, juste pour m'assurer qu'il n'ait pas de la fièvre.

— J'ai essayé de le raisonner, j'ai tout fait pour qu'il entende raison. Evan a agi dans mon dos, sans mon consentement. Sterling Records devrait faire un communiqué de presse et démontrer son innocence dans cette histoire avant qu'elle ne prenne trop d'ampleur.

— Ah, parce qu'en plus vous pensez être en position de me donner des conseils ?

Sa voix est tranchante, elle me percute avec plus de violence que n'importe quel geste. Sa phrase me renvoie à mes insécurités les plus profondes. Une nouvelle fois, je suis celle qui brille par son inutilité. Je ne suis pas suffisamment importante pour compter au sein de cette entreprise.

Je suis remplaçable.

Je ne dis rien, me contente de baisser la tête tout en serrant les dents toutefois. Foutues stars de la chanson qui n'écoutent rien ! Je savais qu'Evan Callister foutrait la merde, je l'ai su dès le jour où je l'ai rencontré quand on m'a assigné le groupe. Il a la gueule de ceux qui n'assument pas leurs erreurs, mais qui en commettent chaque fois que la Terre effectue une rotation sur elle-même. Autant dire qu'effectuer ce pour quoi je suis rémunérée dans ces conditions relève du miracle.

— Nous avons mis des gens à même de gérer la situation sur ce cas, ce n'est plus votre préoccupation, reprend Richard. À vrai dire, vous n'avez plus du tout à vous en faire pour l'avenir du label.

Et voilà ! Ce qui devait arriver est en train de se produire. Ma gorge se noue, mon estomac se retourne et mes ongles se plantent instinctivement dans mes paumes, tant la rage que je ressens est puissante. On ne peut pas me faire trinquer pour l'instabilité d'un foutu chanteur de pop à la con ! C'est tellement injuste qu'un sentiment de déjà-vu me prend aux tripes, me poussant à avancer d'un pas vers le P.-D.G Je refuse de perdre le job de ma vie parce qu'un gars à peu près doué pour la chanson a décidé d'être aussi con qu'inspiré par ses conneries.

— Je comprends vos motivations, Richard. Laissez-moi plaider un minimum ma cause avant de me renvoyer, s'il vous plaît.

Il hausse un sourcil touffu, parsemé de fils gris. Monsieur Hale n'a rien d'attirant, de mon point de vue du moins. Il est dégarni, non assumé, puisqu'il porte un postiche en permanence qui, par je ne sais quel miracle, semble aussi réel que sa bedaine. Cet homme a hérité de sa mère, qui elle-même a hérité de son père d'une entreprise lucrative en perpétuelle expansion. *Grosso merdo*, ce mec est arrivé là grâce à ses gènes chanceux, sans avoir à se sortir les doigts du cul une seule fois. Ses seules préoccupations sont de trouver des personnes capables d'assumer ses responsabilités sans que jamais, ô grand jamais, cela ne lui retombe dessus d'une manière ou d'une autre.

— Et comment comptez-vous vous y prendre ? En me donnant de nouveaux « *conseils* » ? En rejetant la faute sur l'artiste ? gronde-t-il, sourcils froncés.

Il me faut toute la force du monde pour me retenir de l'envoyer se faire foutre et lui balancer à la tronche ses quatre vérités, qui seraient aussi laides qu'il l'est. Je m'accroche à une seule pensée : celle de conserver mon emploi, malgré tous les défauts qu'il présente.

— Non. En vous promettant que ça ne se reproduira plus. Je sais que je ne suis pas la candidate idéale sous bien des aspects, car je commets moi aussi quelques erreurs parfois. Mais je crois pouvoir affirmer que la majorité des artistes dont je me suis occupée ont une carrière solide et ont raflé beaucoup de prix. Ils ont rapporté à Sterling des millions de dollars grâce à ma gestion.

— Ne vous pensez pas si indispensable, ils l'auraient fait avec ou sans vous dans les coulisses.

— Certes, mais le fait est que c'était *avec* moi.

Richard me dévisage un instant, ou dix mille, selon le point de vue. Je sens mon cœur cogner contre mes côtes, un besoin pressant de me ruer hors de ce bureau se fait sentir, mais je reste en place, cramponnée à ma tablette. Mon outil de travail le plus fidèle, bien avant les artistes eux-mêmes.

— Vous, Charly, Stanley ou n'importe qui d'autre, le résultat aurait été le même ! Vous avez merdé, miss Hart, assumez-le !

Putain, il mérite une gifle tellement forte qu'elle ferait résonner ses deux tympans simultanément. Je n'en fais rien, c'est évident.

— Je l'assume, Richard. Mais assumez aussi le fait que vous séparer de moi serait comme vous tirer une balle dans le pied. Une erreur, un « *scandale* » et vous virez la manager du groupe ? Qu'en dira la presse ?

OK, je suis d'accord, ça ressemble à du chantage. Ça n'en est pourtant pas, je le promets ! Mais... faut bien que je tente de jouer toutes mes cartes et, au fond de moi, j'ai l'impression que celle-ci peut tout changer.

Ouais, elle va me faire virer, donc.

Ou alors, ce que je viens de dire peut me permettre de le faire changer d'avis, ce qui semble être envisageable à en croire l'expression que revêt soudain son visage.

Un silence lourd et pesant s'installe, je reste droite dans mes escarpins, ma colonne aussi rigide qu'une barre de fer. Mon regard ne le quitte pas, j'appuie autant mes propos que mon intention et ma détermination.

— Vous avez vraiment réponse à tout, hein ?

Je m'avance d'un pas, désormais à quelques centimètres seulement de son bureau, et pose mes mains sur le meuble. Je me penche en avant, évidemment, ma poitrine remontée entre mes coudes, ma tablette posée à plat sous ma main droite.

— Oui. Et c'est précisément pour cette raison que vous auriez tort de me virer. Je sais ce qu'il faut dire, quand il faut le dire et je sais comment faire passer la carrière d'un artiste de « *potentielle* » à « *exponentielle* ».

Mon petit spectacle fonctionne, son regard dévie vers mes seins une seconde, puis il se racle la gorge et lutte pour ne pas se laisser distraire de nouveau. Il me suffit d'un jeu d'épaule pour balancer mes cheveux en arrière pour qu'il reprenne sa contemplation sans honte.

— Je n'ai pas la prétention de vous dire quoi faire, mais si c'était le cas, je vous conseillerais de ne pas me mettre à la porte.

Richard écarte le col de sa chemise, il semble avoir très chaud tout à coup et, connaissant l'énergumène, je suis presque sûre qu'il a déjà la gaule.

— Ah bon... et pour quelle raison ?

— Toutes celles que je viens de citer et bien plus. Contrairement à ce que vous pensez, je ne suis pas dispensable au sein de ce label. Mes compétences sont précieuses et vous auriez tort de ne pas vous en souvenir.

Je me redresse brutalement, les mains légèrement moites. Ce genre de numéro, ça passe ou ça casse. Et dans ce cas précis, casser serait bien peu en comparaison de ce que mon patron pourrait me faire si ça ne fonctionne pas.

Richard se cale contre le dossier de son fauteuil, me jauge en silence, les doigts joints devant sa bouche comme s'il évaluait la valeur d'un objet avant de l'acheter. Je déteste ce regard. C'est celui qui ne voit pas une femme, encore moins une professionnelle, mais une variable ajustable dans une équation financière.

— Vous êtes culottée, lâche-t-il enfin.

— Je suis compétente, rectifié-je calmement. Le culot n'est qu'un effet secondaire quand on refuse de se laisser marcher dessus.

Un souffle amusé franchit ses lèvres, pas un rire, mais un son bref, presque incrédule. Je suis sûre qu'il se demande ce qu'il peut bien faire d'une nana comme moi, tête brûlée qui ne garde pas sa langue dans sa poche.

— Vous venez de nous faire perdre 30% des ventes d'un de nos groupes les plus en vogue, miss Hart.

— Evan Callister a perdu 30% des ventes, corrigé-je. Moi, je suis celle qui contient encore l'hémorragie.

Il tapote le bois du bureau du bout de l'index, lentement. Un tic que je lui connais bien, qui me pousse à retenir mon souffle une seconde. Je sais qu'il temporise, qu'il calcule déjà comment retourner la situation à son avantage.

— Admettons que je vous garde, dit-il sans aucune émotion. Qu'est-ce qui me garantit que vous saurez gérer le prochain artiste que je vous confierai ?

— Rien. Les artistes sont imprévisibles, vous le savez aussi bien que moi. Égocentriques, autodestructeurs, tous ces qualificatifs et bien d'autres encore. Mais ce que je peux vous garantir, c'est que je sais gérer le chaos pour le transformer en force, en levier marketing.

Ses yeux s'illuminent imperceptiblement, comme si je venais moi-même de lui fournir la réponse à la question qui turlupine son esprit. J'ignore encore si c'est une bonne ou une mauvaise nouvelle.

— Vous savez gérer le chaos, hein ?

Je sens que ça va me péter à la gueule. Le truc, c'est que, là, je suis suffisamment anesthésiée pour encaisser tout ce qu'il pourra me balancer sans sourciller. Mes mains ne tremblent plus, mon corps est apaisé, ancré dans la réalité, mon cœur a repris un rythme normal et mon estomac se porte au mieux.

— Oui, affirmé-je avec aplomb.

Un tic. Un tac. L'horloge continue sa course et le temps se suspend pourtant aux lèvres de Richard qui s'ouvrent sur un nom qui bouleverse tout.

— Ashwound.

J'ouvre de grands yeux, même si je crois que j'essaye de garder encore un peu le contrôle de mes réactions physiques.

— Ashwound ? répété-je maladroitement.

— Oui, Marco a décidé de démissionner il y a une semaine, juste avant le concert du nouvel an.

Pas étonnant ! Ashwound est LA définition même de la rockstar capricieuse et autocentrée. Ce mec fait des ravages partout où il passe et pas uniquement pour les bonnes raisons. À 27 ans et 3 ans de carrière, il a déjà enchaîné plus d'une dizaine de managers différents. Personne ne reste trop longtemps auprès de lui.

Ça s'est d'ailleurs confirmé avec un autre artiste de la branche US, le très célèbre Raven Knox. Grosso modo, Raven et Ashwound étaient amis, l'américain a même pris l'anglais sous son aile durant un temps, ce qui lui promettait une belle carrière internationale. Excepté qu'un beau jour, Ashwound a bu un verre de trop, s'en est pris à son « *mentor* » en public et les images ont fait le tour. Leur amitié pourtant si belle et inspirante s'est éteinte dans un nuage de polémiques qui ont bien failli éclabousser le label tout entier. Aujourd'hui, les tensions sont apaisées, mais cela n'empêche pas que ce gars reste un nid à emmerdes.

— OK... Et quel est le programme au juste ? Me faire me planter volontairement pour me convoquer dans votre bureau dans moins de deux semaines et me virer plus « *proprement* » ?

— Quoi, je croyais que vous gériez le chaos ? Si ce n'est pas le cas, aucun problème. Je vous attribue un poste moins... contraignant et le salaire qui ira avec.

Foutu connard manipulateur !

Je reste droite et digne, affichant naturellement mon plus beau sourire de façade.

— Quand dois-je le rencontrer ?

Richard sourit exagérément, comme un prédateur satisfait d'avoir dévoré sa proie. Je me retrouve d'ailleurs étonnée de ne pas apercevoir mon sang dégouliner de ses dents sur son menton gras. Cette idée débile fait naître un rictus sur mon visage, alors que je devrais trembler de devoir affronter la tempête Ashwound.

Mon patron se lève, ajuste sa veste de costume froissée et s'avance en contournant son bureau.

— Il est déjà dans le bâtiment.

Évidemment. Je secoue lentement la tête alors que Richard se dirige vers la sortie et le suis, le bruit de mes talons hauts étouffés par le tapis épais. Dans l'encadrement de la porte, il se retourne vers moi et lance :

— Enfin, s'il est à l'heure. Thomas Reid n'est pas réputé pour sa ponctualité.

Ça l'amuse en plus. Je le sens qui jubile de m'avoir positionnée exactement là où ça l'arrange. Là où je me planterai en lui donnant l'opportunité me foutre à la porte ou de me rétrograder si bas que mes deux options deviendront le suicide ou le double emploi.

Tandis que je quitte le bureau, une seule pensée me traverse l'esprit.

Si je survis à Ashwound, plus rien ne pourra m'arrêter.

2

Ces enfoirés n'ont pas mis très longtemps à dénicher un manager. En l'espace d'une semaine seulement, j'ai reçu un message du label pour me donner rendez-vous dans leurs bureaux aujourd'hui, dès 8 heures tapantes. Et ça ne peut signifier qu'une chose : ils ont trouvé un nouveau type gorgé d'espoir et de confiance prêt à *redynamiser* ma carrière. Je sens que je vais me marrer.

C'est évidemment avec deux heures de retard plus ou moins calculées que je me pointe devant les bureaux de Sterling Records, sous une pluie de hurlements stridents. Je descends de la voiture en souriant, la main qui s'agite pour saluer mes fans. Je relève mes lunettes de soleil sur le sommet de mon crâne, mais la luminosité combinée au bruit me file une migraine instantanée. Les excès de la veille, le manque de sommeil, tout ça n'aide pas.

Pourtant, je me dirige vers eux d'un pas décidé, encadré de très près par mes gardes du corps et les agents de sécurité constamment agglutinés autour de moi. Je choppe un marqueur que l'on me tend, signe une photo, un album, une peluche et même un sein. J'en profite pour balancer quelques phrases remplies d'une bienveillance sincère et j'embrasse quelques-unes de ces personnes si émues de me rencontrer en vrai.

Si elles savaient qu'en dessous de ce vernis de rockstar se cache un gamin brisé, m'aimeraient-elles toujours autant ?

La vérité, c'est que je sais faire, je n'ai jamais eu besoin d'apprendre, ça s'est imposé à moi avec le temps. Les sourires viennent au bon moment, les gestes suivent naturellement, la proximité s'installe sans forcer. Je sais quand pencher la tête, quand serrer une main, quand garder quelqu'un contre moi juste assez longtemps pour qu'il se sente vu, compris, important.

Ils pensent vivre un instant unique et, d'une certaine manière, ils ont raison. Pour eux, ça l'est. Pour moi, ce n'est pas que tout se confond, c'est que tout s'additionne. Des visages, des voix, des mains qui s'accrochent comme si j'étais une bouée au milieu d'un océan trop vaste. Je reste là, à flotter avec eux, parce que tant qu'ils tiennent, moi aussi.

Je monte finalement les marches menant à l'entrée du bâtiment, laissant derrière moi la foule et son vacarme. Les portes vitrées se referment, étouffant les hurlements et me laissant avec ce silence brutal qui suit toujours l'adoration excessive. Mes gardes du corps se détendent à peine, leurs regards balayant encore les alentours comme si le danger pouvait surgir d'un pot de fleurs ou d'un badge de travers.

Généralement, j'adore venir ici. C'est ici que se trouve le studio où j'enregistre, j'y passe toujours des moments intenses qui me remplissent presque autant que le vacarme autour de moi. Quand je suis « *convoqué* », en revanche, je traîne des pieds.

Mes rangers mal lacées râclent le sol au rythme de mes pas las, je sors une clope que je porte instinctivement à mes lèvres. Je ne l'allume pas encore, je réserve ça au pauvre type qu'ils m'auront dégotté. Histoire de faire connaissance. Je traverse le hall sans me presser, lunettes toujours perchées sur la tête, veste ouverte, démarche faussement nonchalante. Je sais que chaque pas en retard est une petite victoire. Une manière de rappeler que, quoi qu'ils décident, quoi qu'ils programment, je reste *la* pièce maîtresse, celui qui fait vendre.

À l'intérieur du bâtiment, tout est trop calme, trop propre, trop lisse. Les murs blancs, les sols impeccables, l'odeur de produits ménagers qui flotte dans l'air me donnent l'impression d'entrer dans un endroit où la musique n'est qu'un mot écrit sur des dossiers, jamais quelque chose qui se vit. Oh, ça et la somme colossale qu'elle rapporte à ses dirigeants et plus particulièrement à Richard Hale, le P.-D.G.

Je monte dans l'ascenseur, mon escorte se déleste de deux types et ne se réduit plus qu'à une paire de gardes du corps habituels : Noah et Finn, deux armoires à glace qui bouffent du riz et du poulet tous les jours sans se lasser et qui soulèvent tellement de poids que leurs muscles sont trois fois plus gros que la moyenne. Je crois qu'ils ont fait l'armée ou un truc du genre. J'admets qu'on ne se parle pas beaucoup, je lance parfois des sujets, mais ils sont trop focus sur ma surveillance pour prendre le temps de discuter. Ils ne sont pas drôles, ils détestent s'amuser, même quand je leur propose un verre ou davantage.

Ouais, c'est donc dans un silence de mort entrecoupé seulement par quelques paroles que je chantonne que l'on monte jusqu'au sixième étage.

Les portes de la cabine s'ouvrent dans un tintement discret qui me donne envie de souffler. Cet étage, c'est celui des décisions, des chiffres et des imbéciles en costards qui ignorent tout de ce que nous, les artistes, traversons vraiment. Ils ne se mouillent pas plus qu'ils ne se montrent, des anonymes qui décident, mais ne subissent aucune conséquence. Je soupire et m'avance, encadré par Finn et Noah qui se positionnent aussitôt.

Je remonte le couloir tapissé de moquette gris anthracite, mes pas insonorisés, ma clope, toujours coincée entre mes lèvres, passe entre mes doigts. Les néons diffusent une lumière trop blanche qui me donne l'impression d'être observé sous un microscope. Ici, tout est pensé pour rassurer les investisseurs, pas pour accueillir les artistes, leurs fêlures et leurs gueules de bois récurrentes.

Une porte est ouverte au bout du couloir, celle de la salle de réunion dans laquelle on m'attend supposément. Sauf si le mec en a eu marre et s'est déjà tiré. Ce qui m'arrangerait beaucoup et me ferait vraiment marrer.

Je m'arrête devant une seconde, prends une inspiration, puis jette un regard à *Tic et Tac*.

— Vous pouvez attendre ici, *a priori*, y a peu de chances pour que je me fasse buter dans le coin. Enfin... normalement.

Je lâche un rire à la con, puis entre dans la salle en les laissant dans le couloir. Je sais qu'ils y resteront, droits comme des piquets, que l'entrevue dure une minute ou une journée. Ils sont payés — ultra cher — pour ça.

Assise bien droite face à une table en verre sur laquelle repose une tablette, je découvre une femme, à ma grande surprise. Ma première réaction, c'est l'irritation, je déteste être surpris. J'ai un mouvement de recul, une hésitation malheureusement palpable.

— Vous êtes en retard, indique-t-elle, monocorde, sans lever ni la voix ni les yeux.

OK, ça donne le ton. Pas de bonjour, pas de sourire, pas même une once d'attention à mon égard. Avec lenteur, je referme la porte derrière moi, m'appuie un instant contre le battant, histoire de l'observer sans me cacher et de reprendre l'ascendant.

Elle est élégante, sobre, professionnelle jusqu'au bout de ses ongles vernis avec soin. Ses cheveux sont châtains, un peu au-dessus des épaules et légèrement ondulés. Je ne distingue pas ses yeux, mais son teint me fait penser à ces poupées en porcelaine qu'on collectionne tout en priant qu'elles ne viennent pas nous étrangler dans notre sommeil. Sa main fine est resserrée autour d'un stylet qu'elle maîtrise avec précision, le faisant glisser contre l'écran tactile rapidement. Elle a le mauvais goût d'être belle au moment exact où elle devrait être invisible.

Si je dois me montrer honnête, je la trouve même sacrément bandante.

Sauf qu'elle n'est pas là pour m'exciter et je sens que lorsqu'elle ouvrira la bouche, ça sera tout sauf pour m'allumer.

— Et vous êtes déjà agacée, répliqué-je en avançant vers la table. J'imagine que l'attente vous a donné le temps de préparer votre discours.

Là, elle relève la tête vers moi, sourcils froncés, lèvres pulpeuses à l'arc de cupidon prononcé fermement serrées. Ses iris me percutent comme un foutu solo de guitare improvisé à 4 heures du matin. Deux perles vertes, quelques reflets d'or nichés çà et là : des bijoux.

— Est-ce que vous êtes capable de respecter le travail des professionnels qui tentent de maintenir votre carrière à flots ou bien est-ce trop vous demander ?

Putain, quelle répartie !

Je ricane et m'avance encore pour prendre place sur une chaise volontairement trop près d'elle.

— Ça dépend, est-ce que vous allez tenir la distance ?

Nous nous jaugeons, moi dans cette attitude séductrice et nonchalante que j'affectionne particulièrement ; elle avec toute la hargne et la détermination que je semble lui inspirer.

— Écoutez, si vous ne prenez pas votre travail au sérieux, sachez que ce n'est pas le cas de tout le monde.

Je lève les mains en l'air, une fausse reddition pour calmer le jeu. Je sais que je peux tirer sur la corde, me rapprocher du vide et vaciller un peu, cependant je refuse de tomber pour de bon. De perdre tout ce que j'ai toujours rêvé de construire. De perdre mon seul exutoire.

— Que puis-je faire pour vous démontrer le contraire ?

— M'écouter, dans un premier temps. Travailler avec moi, et non contre moi, dans un second.

Avec tout l'aplomb dont elle dispose, la nouvelle manager se redresse, abandonne son stylet sur la table, juste à côté de la tablette, et croise ses mains sous son menton.

— Je ne suis pas née de la dernière pluie. Je connais votre passé avec ceux qui m'ont précédée, mais je peux vous garantir que je ne suis pas comme eux. Il est hors de question que je me laisse mener à la baguette par un chanteur qui pense que le monde doit lui obéir.

— Eh bien, que proposez-vous, *miss*... ?

— Nell Hart.

— Que suggérez-vous pour me faire rentrer dans le rang, mademoiselle Nell Hart ?

Je hausse un sourcil provocateur, un rictus amusé au coin des lèvres. Si je suis d'accord pour la fermer pour le moment, cela ne signifie pas que j'ai dit mon dernier mot. Si elle croit pouvoir me changer en toutou docile, elle se fourre carrément le doigt dans l'œil. J'ai de la ressource et je la ferai lâcher, comme les autres avant elle. Qu'a-t-elle de différent, hein ? Une paire de seins ? Génial, et après ?

— Votre carrière explose, mais votre image n'est pas au beau fixe, vous avez besoin de rediriger l'attention des médias pour ne pas perdre celle des fans.

— Hmm, j'imagine que vous avez la solution là-dessus ? demandé-je en me penchant en avant sur la table, le doigt rivé sur sa tablette.

— Quelques idées, oui. J'ai eu du temps à tuer, puisque vous étiez en retard.

Un regard noir dans ma direction, puis elle reprend la contemplation de sa précieuse tablette en faisant défiler d'interminables notes.

— Vos réseaux sociaux sont mal exploités, poursuit-elle. Vous alternez entre des publications très engageantes et des silences prolongés sans logique apparente. Vous provoquez beaucoup de réactions, mais vous ne les canalisez jamais.

Elle parle vite, trop vite pour l'heure qu'il est et ma gueule de bois. Peut-être craint-elle que je l'interrompe et qu'elle ne puisse plus me présenter son fabuleux projet ?

— Votre dernier concert a généré une visibilité énorme, mais vous n'en avez tiré absolument aucun bénéfice derrière. Pas de teasing pour la soirée de clôture de tournée du nouvel an, pas de messages aux fans, aucune continuité. C'est une perte nette en termes d'image et de ventes potentielles.

Elle continue sans reprendre son souffle, moi je suis suspendu à ses lèvres bien que son monologue ne m'intéresse pas le moins du monde. Elles sont pulpeuses, rosées, pile comme j'aime la bouche d'une femme.

— Vous êtes actuellement perçu comme inaccessible, imprévisible, presque méprisant par moments. Vos fans vous adorent, mais ils commencent à ne plus comprendre où vous allez. Et l'incompréhension, chez un public, c'est le début de la lassitude.

Je penche la tête sur le côté, les coudes appuyés sur les accoudoirs de la chaise. Je la regarde parler, articuler chaque mot avec une précision chirurgicale qui me donne envie de la couper juste pour reprendre un peu d'air. La vérité, c'est que cette Nell est aussi excitante que barbante. Elle m'étouffe déjà de perspectives peu reluisantes qui me pompent l'air.

— Attendez, pause.

Elle me regarde, la bouche encore entrouverte.

— Comment ils faisaient avant ?

— Avant quoi ? questionne-t-elle, dubitative.

— Avant toute cette connerie de réseaux sociaux, d'image de marque et compagnie ? À l'époque des histoires de chauve-souris[2], pas des threads à rallonge !

Elle soupire, agacée.

— Ashwound, s'il vous plaît…

---

[2] *Le 20 janvier 1982, Ozzy Osbourne a arraché la tête d'une chauve-souris sur scène. Ce moment est devenu culte, bien qu'il soit totalement imprévu (Ozzy pensait qu'il s'agissait d'un faux chiroptère).*

— Thomas, la corrigé-je.

— Thomas ?

— Ouais, Ashwound c'est pour le public, mais... si vous devez me baby-sitter, appelez-moi Thomas.

Elle hésite, sa bouche s'ouvre, puis se referme. Moi, j'imagine déjà des milliers de façons différentes de lui couper le souffle. Et aucune n'a sa place ici.

Nom de Dieu ! Qu'est-ce qui ne tourne pas rond chez moi ? Je me suis envoyé trois nanas cette nuit, ne devrais-je pas être rassasié au moins pour la journée ?

Et puis, comme je me le suis toujours promis : le staff c'est interdit. Je refuse de ramener mes histoires de cul entre ces murs, ça doit rester un endroit où je crée de la musique et où je me fais engueuler de temps à autres, rien de plus.

Je chasse ces pensées d'un revers mental un peu trop brutal et me redresse sur ma chaise, comme si ça suffisait à remettre de l'ordre dans ce foutoir.

— Bref, tout ce cirque autour de l'image... j'ai l'impression insupportable que vous essayez de me vendre à moi-même une version aseptisée de ce que je suis. Je ne fais pas du rock pour rester assis face à un micro avec une guitare acoustique, à chanter des comptines à des mioches.

Elle m'observe quelques secondes sans rien dire. Elle ne cherche pas vraiment une répartie brillante, elle a plutôt l'air de peser ce qu'elle va dire, histoire de ne pas me pousser plus loin dans mes retranchements. Enfin, elle soupire, pas d'agacement, mais de lassitude.

— Vous n'êtes pas obligé de devenir quelqu'un d'autre, Thomas. Vous devez juste apprendre à raconter votre histoire différemment.

Je fronce les sourcils malgré moi.

— C'est-à-dire ?

— Chaque silence, chaque absence, chaque provocation non expliquée est interprétée. Par la presse, le public et même le label. En toute sincérité, ça joue rarement en votre faveur.

Elle se penche légèrement en avant, ses avant-bras reposant sur la table, les doigts entrelacés. Son regard ne me lâche pas. Je lorgne une petite seconde sur son décolleté, mais pas davantage, car ses iris m'enivrent bien plus.

— Vous pensez être libre parce que vous ne répondez pas, mais en réalité, vous laissez les autres décider ce que vous êtes censé incarner. Si vous leur laissez le pouvoir, c'est eux qui décréteront du moment où vous perdrez toute importance. Si c'est l'inverse, ils ne se lasseront que lorsque VOUS l'aurez décidé.

Ça me coupe net.

Je détourne les yeux une seconde, fixe la clope toujours coincée entre mes doigts. Elle n'est toujours pas allumée, pourtant je comptais le faire avant même d'arriver ici.

— Et vous, dans tout ça, vous seriez quoi ? demandé-je. Celle qui m'explique quoi dire, quand le dire et comment le dire ?

— Celle qui vous aide à choisir quand parler et quand vous taire, nuance-t-elle. La différence est importante.

Je ricane doucement.

— Vous avez réponse à tout, hein.

— C'est un prérequis pour ce poste.

Je laisse retomber mon dos contre le dossier de la chaise, croise les bras, posture fermée. Un vieux réflexe défensif quand mes barrières commencent à vaciller. Cette femme m'ébranle et pas nécessairement comme je le voudrais. D'habitude, les personnes qui sont en charge de ma carrière tremblent devant moi, non parce que je suis imposant ou quelque chose comme ça, mais parce que l'aura de ma notoriété grandissante les impressionne. Ils oublient le temps d'un instant qu'aux toilettes nous chions tous par le même trou, que je ne suis qu'un être humain de plus sur cette planète et que, moi aussi, j'ai des blessures profondes à combler.

Qui pourrait leur en vouloir ? Je suis passé du gamin qui se filmait dans sa chambre avec une vieille guitare à la main à celui qui soulève les foules en ne prononçant qu'un seul mot, en l'espace d'un battement de cils. Personne n'était préparé à ça. Personne n'a vu venir le raz-de-marée médiatique. Ni eux ni moi.

Alors je comprends que ça les impressionne, j'ai tout juste 27, je suis là depuis 3 ans et j'ai déjà explosé un nombre incalculable de records. Entre ça et le fait qu'ils craignent autant qu'ils espèrent que je rejoigne le fameux club, je comprends que ça foute la pression.

Bref, tout ça pour dire qu'elle, elle n'éprouve que dalle face à moi en dehors d'une audace impressionnante. Ça me donne presque envie de jouer le jeu pour la garder le plus longtemps possible. *Presque*.

Comme il est totalement exclu que je courbe l'échine aussi facilement, je trouve à nouveau un moyen de la déstabiliser. Cette fois, je tente le tout pour le tout, parce que je sais que je suis devenu le type qu'on refile aux managers désespérés de faire leurs preuves ou qui ont suffisamment merdé pour être punis sans être virés.

— Vous savez que je ne suis pas un projet de réhabilitation ? Si vous avez encore la volonté de sauver votre carrière, désolée de vous décevoir, mais ça ne sera pas avec moi.

— Humm, intéressant. Et pourquoi ?

— Je suis pas de ceux qu'on sauve. Je refuse volontairement de l'être.

— Tant mieux, répond-elle sans hésiter un instant. Je ne sauve personne. Je limite la casse et j'aide à ne pas couler, c'est tout.

J'esquisse un sourire qui n'atteint ni mes yeux ni mon cœur. Cette nana est têtue, une vraie tête de mule ! Je soupire et me redresse, tout en sortant mon briquet de ma poche.

— Bon, alors, on fait quoi ? C'est quoi le super programme *anti-noyade* ? questionné-je en actionnant la molette du Bic.

Ses lèvres se redressent à peine, mais suffisamment pour me prouver sa satisfaction.

Je sens que ça va être un enfer. Et j'ai toujours eu un faible pour les enfers.

3

Nell Hart

Il y a toujours un instant, juste avant de partir, où je m'arrête. Pas pour douter, mais pour vérifier que ma stratégie est la bonne.

Je suis seule dans l'appartement, immobile devant la baie vitrée, le regard posé sur la ville encore trop calme pour ce qu'elle s'apprête à avaler ce soir. Les lumières dessinent des lignes nettes, presque rassurantes. Tout est à sa place, moi comprise.

Le silence qui m'enveloppe est un outil précieux. Il me permet de sentir si quelque chose cloche, si une pensée parasite cherche à se frayer un chemin. Par chance, il n'y en a pas une seule.

Je ne ressens rien qui ressemble à de l'appréhension, pas même ce trac fébrile que certains confondent avec de l'adrénaline ou cette tension inutile qui pousse à l'erreur. Ce que je ressens est plus ancien, plus maîtrisé, c'est une vigilance calme, un état d'alerte sans panique. Celui que j'ai appris à cultiver au fil des années, à force de situations où la moindre hésitation pouvait coûter très cher.

Ma rencontre avec Ashwound s'est révélée très intéressante et en partie agaçante. Ce *gosse* croit tout savoir du business et de comment on gère une *rockstar*, mais il n'a rien compris. Les années 80 — que nous sommes tous les deux trop jeunes pour avoir connues ! — sont terminées depuis un bail. Les scandales des soirées de Freddie Mercury, les violences d'Axl Rose ou encore les overdoses de Nikki Sixx, c'est terminé ! Aujourd'hui, on lisse son image, on provoque juste ce qu'il faut, mais jamais en tombant dans l'excès. Jamais en offusquant 90% de la population.

Ashwound le fera tôt ou tard. Ce n'est pas une hypothèse, c'est une certitude. Si je le laisse faire, il ira trop loin et, d'une heure à l'autre, il deviendra la cible, puis l'oublié. Ce sera comme s'il n'avait jamais existé.

Contrairement à ce que tout le monde pense, ce n'est pas vraiment le scandale qui tue une carrière, c'est plutôt l'absence de maîtrise dans le narratif derrière celui-ci. Le moment précis où l'opinion cesse d'être fascinée pour devenir lasse, voire agacée. Le public pardonne beaucoup — spécialement quand la musique est bonne —, mais il se détourne vite. Il suffit d'un faux pas de trop, d'une provocation qui dérange, d'un silence mal interprété et j'en passe. J'ai vu des artistes brûler plus vite qu'ils n'étaient apparus, des carrières s'éteindre sans un bruit, ou dans un vacarme si assourdissant que le silence qui suivait n'en était que plus dévastateur.

Ashwound est trop brillant pour prendre ce risque. Il est aussi trop instable et exposé, mais je suis convaincue qu'il reste quelque chose à faire de lui. Il n'est pas perdu. Pas encore.

Je n'ai pas l'intention de le sauver, loin de là, ce serait inutile et contre-productif puisqu'il a été très clair là-dessus. Le brider reviendrait au même, on ne muselle pas un homme comme lui, on lui donne l'illusion de l'espace tout en sécurisant le terrain. On lui laisse croire qu'il improvise, alors que chaque sortie possible a déjà été envisagée.

Plan A : il joue le jeu, provoque pile ce qu'il faut, captive, séduit.

Plan B : il dépasse légèrement, je redirige subtilement sans intervenir réellement.

Plan C : il franchit la limite, la presse s'emballe, je coupe court proprement et sans éclat.

Plan D : il explose. Et là, je protège ce qui doit l'être, mais pas son ego.

Si on arrive aux dernières options, on plongera à deux. Et pas du tout dans un sens romantique et sensuel, plutôt dans une rapide descente aux enfers qui n'en laissera aucun indemne.

J'ai survécu à pire, je me relèverai que je sois à terre ou pas.

Je me détourne de la baie vitrée et attrape mon manteau posé sur le dossier de la chaise. Le tissu est lisse sous mes doigts, un point d'ancrage rassurant qui me fait redresser légèrement la tête. Je l'enfile, attrape mon sac qui contient ma précieuse tablette et me dirige vers la porte. Mes talons claquent sur le sol, un rythme doux et, une nouvelle fois, rassurant.

Je ne me prépare pas pour être vue, je me prépare pour tenir le choc. Les événements mondains ont cette capacité étrange de révéler les failles, de pousser chacun à jouer un rôle qui n'est pas le sien. Quand on est malléable, comme certains artistes rangés, on n'a rien à craindre. Tout se déroule comme sur des roulettes, on dit bonjour, au revoir et à l'année prochaine. Quand on est Ashwound, on peut s'attendre à peu près à toutes les secousses sismiques du monde. Les journalistes ne seront pas là pour dépeindre l'ambiance agréable, les mets délicieux ou la décoration impeccable. Ils seront là pour guetter le plus infime dérapage et l'exploiter le plus vite possible.

Voilà pourquoi il est essentiel que mon nouveau « *protégé* » m'écoute et m'obéisse au doigt et à l'œil. Enfin, quelque chose dans ce goût-là, dur-dur d'en obtenir autant avec lui.

Je jette un dernier coup d'œil à l'appartement avant de partir, rien ne me retient ici, jamais. J'ai appris depuis longtemps à ne pas m'attacher aux lieux, seulement aux équilibres que je crée à la sueur de mon front sur les ruines de mes traumatismes.

Dans l'ascenseur, je me recentre. Chaque détail de la soirée défile dans mon esprit comme un échiquier déjà en place, les visages, les angles, les silences à laisser s'installer et ceux à éviter. La star sera le centre de l'attention, persuadé de mener la danse à son rythme. Je souris à cette idée lorsque le tintement de la cabine résonne.

Les portes s'ouvrent, je quitte mon immeuble et m'engouffre dans le premier taxi qui passe. Pas de temps à perdre, je dois arriver sur place avant tout le monde, même si ça signifie poireauter des heures que Monsieur Ashwound daigne se pointer.

La voiture démarre dans un grondement feutré, la ville défile derrière la vitre comme un décor déjà vu mille fois. Je n'y prête qu'une attention limitée, mon smartphone commence déjà à sonner de tous les côtés, enchaînant notifications de messages en tous genres. Je gère l'artiste, mais également son styliste, sa maquilleuse et sa coiffeuse, qui sont déjà en train de paniquer. Les détails ne m'importent pas tellement, je me fiche de la tenue qu'il portera tant qu'il est habillé, tout ce qui m'importe dans l'immédiat, c'est que personne ne le foute de mauvais poil.

Je tape des réponses rapides et brèves, je gère leurs plannings, certes, mais je ne suis pas là pour les dorloter. J'ai assez affaire avec Ashwound. D'ailleurs, lui il reste aux abonnés absents et ça commence à me tendre très légèrement.

Je lui ai envoyé un SMS en début d'après-midi pour être sûre qu'il était levé, sobre et en état, mais je n'ai rien reçu qui me le confirmait. J'aurais pu débarquer chez lui, le secouer comme un gosse, mais j'ai préféré jouer la carte de la confiance. Après tout, quand je l'ai vu il y a deux jours, il était OK avec le programme et n'a pas du tout donné l'impression qu'il poserait un lapin à ses fans.

Merde, mes mains commencent à trembler de nouveau. Je serre les dents, tente de prendre sur moi, mais force est de constater que dans des circonstances comme celles-ci, j'ai besoin d'un coup de pouce. Allez, c'est quoi dans le fond ? Une aide invisible, rien de plus.

J'ouvre mon sac et en sors deux plaquettes entamées desquelles je choppe deux comprimés différents. C'est une grosse soirée, une longue nuit, autant y aller à fond. Pas besoin d'eau, ma trachée en a tellement vu passer qu'elle ne se contracte même pas au passage des pilules qui descendent tranquillement avant de finir leur route dans mon organisme.

Les effets ne sont jamais immédiats, ils ne le sont plus depuis longtemps, mais je sais qu'ils viendront à temps. Précis, discrets, comme un réglage fin sur une machine bien rodée. Je ne prends rien qui m'abrutisse, rien qui me ralentisse, juste ce qu'il faut pour empêcher mon corps de me trahir lorsque la situation l'exige. Je referme mon sac sur ce secret bien conservé, le replace contre ma hanche et laisse mon regard se perdre quelques secondes dans les lumières de la ville.

Ce n'est pas une béquille, c'est une protection.

Faut bien faire taire la merde de temps en temps, n'est-ce pas ? Dire à tous ces souvenirs d'aller se faire foutre. Prouver à la terre entière que mes agressions ne me définissent pas. Me prouver à moi-même que je suis autre chose qu'une simple victime parmi tant d'autres.

Le taxi ralentit, puis s'arrête devant le lieu du showcase. De l'extérieur, rien de spectaculaire en dehors d'une petite foule déjà amassée pour apercevoir son idole et quelques barrières. Je règle ma course et descends, inspirant l'air frais qui me frappe le visage. Dans un peu plus d'une heure, cette parcelle de trottoir sera prise d'assaut par des fans en folie, les cris se répercuteront contre les murs et feront vibrer chaque être humain présent. C'est à peu près le topo lorsque la star se déplace et même si j'ai pris l'habitude de ces émois incontrôlés depuis le temps que je bosse dans le milieu, je reconnais que ça m'irrite toujours autant.

Sans déconner, que pensent-ils ? Qu'Ashwound ou n'importe quel autre de ces artistes sont des dieux ? Qu'ils possèdent un quelconque pouvoir capable de régler tous leurs problèmes ? J'ai beau rentrer dans leurs têtes pour déterminer mes angles d'attaque, je ne parviendrai jamais à comprendre ce qui les pousse à agir ainsi. À patienter des heures dans la nuit, le froid, sous la pluie, pour un échange de quelques secondes ou un simple aperçu tout aussi rapide. Certains passent des jours devant une salle de concert pour obtenir la meilleure place possible, transformant les parkings et autres terrains non adaptés en camping improvisé. Sérieux ? T'as ta place, que tu sois devant ou pas ne change rien : tu l'entendras !

Je contiens mon soupir lorsqu'une fan déjà euphorique m'interpelle.

— Nell !!!

Elle, elle fait partie de cette catégorie de groupies à TOUT savoir sur son idole. Elle a passé des heures à faire des recherches, elle ne l'appelle pas Ashwound, mais Thomas, comme si elle faisait partie de sa vie, de son cercle, elle connaît toute son histoire, le nom de ses proches et, évidemment — même si je ne m'explique pas comment —, le mien aussi.

Je me compose un sourire de circonstance et m'approche d'un pas lent, comme si son intervention m'intéressait vraiment.

— Oui ?

— Wouaw, vous êtes tellement belle en vrai ! s'extasie la jeune fille.

À vue de nez, elle n'a pas plus de 20 ans. Elle arbore pourtant déjà de nombreux piercings et tatouages, tous plus visibles les uns que les autres. Que fait une gosse de son âge dans la rue, par un temps aussi froid, à attendre un homme qui ne la regardera même pas ? Mon cœur pourrait se serrer une seconde, mais c'est précisément de ce genre de personne dont nous avons besoin pour soutenir la carrière d'Ashwound. Qu'il merde ou pas, elle le soutiendra quoi qu'il arrive et le défendra coûte que coûte. Ce genre de fan est précieux, c'est la catégorie que l'on doit développer le plus, les ultras, les obsédés tout en veillant à ce que ça ne devienne pas dangereux.

— Merci, tu es très jolie aussi. Sacré look, tu as des tickets pour le show de ce soir ?

— Non... malheureusement je n'ai pas pu en obtenir... déplore-t-elle en baissant la tête.

Je comprends donc la raison de son interpellation, elle compte sur moi pour lui filer une place et, ainsi, réaliser son rêve de pouvoir assister à un concert intime. Malheureusement pour elle, si je distribue les places pour n'importe quelle autre prestation, celle de ce soir doit demeurer ultra select. Pas de groupies, pas de jeunes déchaînés, juste des spectateurs triés sur le volet grâce à un prix de vente exorbitant.

— Ma pauvre... je suis désolée. J'aurais adoré pouvoir te faire rentrer, mais le show est *sold out*...

Son visage se décompose, elle semblait miser tout le déroulé de sa soirée sur ma réponse visiblement. Comme je ne suis pas près de laisser partir une nana aussi accro, je lui propose une alternative qui fera inévitablement renaître le sourire sur ses lèvres. Et qui emmerdera pas mal Ashwound au passage.

— Tu sais ce que je te propose ? Donne-moi tes coordonnées et je te ferai envoyer des places pour le prochain concert à Londres avec accès aux répétitions.

Je sors mon téléphone et ouvre un nouveau contact, sous les yeux ébahis de la jeune femme. En quelques secondes, des larmes dégoulinent sur son visage et elle me dicte son numéro et son nom la voix tremblotante.

— Vous... vous êtes sérieuse, hein ? Vous allez vraiment m'appeler ? me questionne-t-elle, en sanglots de joie.

— Bien sûr ! Je t'enverrai un message pour que tu me donnes ton adresse et tu recevras tout à ton domicile. Deux places, ça ira ?

Elle hoche la tête vigoureusement, ses mains jointes devant elle comme une prière. Autour, les quelques fans présents semblent émerveillés et jaloux comme des poux.

— J'en reviens pas ! Merci, Nell ! Vous êtes vraiment celle qui faut pour Thomas, je suis convaincue qu'il saura vous garder !

Ça me fait marrer intérieurement, cette petite nana qui pense nous connaître, simplement parce qu'elle a lu notre page Wikipédia et qu'elle visionne toutes les storys, tous les réels, les posts, qu'elle commente et argumente en boucle. Ouais, j'ai une page sur Google, moi aussi. Oh, rien de reluisant, un topo éclair de ma carrière condensé sans aucune explication. Manager d'untel, d'untel, d'untel, jusqu'à Ashwound. Rien sur les pans les plus noirs de mon passé. Et ça vaut mieux, hein.

Je salue miss piercings — Linda — et adresse un rapide signe aux autres avant de m'engouffrer à l'intérieur. Un picotement léger dans mes mains me fait soupirer d'aise, mon cœur se calme, s'apaise.

Ici tout est déjà en place, y compris les agents de sécurité qui reçoivent leurs consignes de l'organisateur de la soirée. Je me dirige vers lui d'un pas décidé, mon sac accroché au pli de mon coude. Il redresse aussitôt la tête, envoie ses chiens de garde se mettre en place, puis s'avance vers moi avec ce demi-sourire professionnel que je connais par cœur. Celui qui dit que tout est sous contrôle, alors que rien ne l'est vraiment avec une rockstar dans l'équation.

— Bonsoir, mademoiselle Hart. Tout est prêt de notre côté.

Je hoche la tête, puis me dirige d'un pas assuré vers les doubles portes qui donnent sur la salle. La lumière est volontairement basse, la scène à hauteur d'homme et les sièges sont peu nombreux. Parfait, c'est ce qu'il fallait, ce que j'ai validé hier en venant visiter les locaux. Ici, Ashwound ne pourra pas se cacher derrière des effets ou une mise en scène grandiloquente, ce qui signifie qu'il devra être parfait. Musicalement parlant du moins.

— Timing ? demandé-je simplement.

— Ouverture des portes dans une heure. Le public commencera à arriver d'ici...

Il marque une pause pour consulter sa montre.

— Une petite vingtaine de minutes, je dirais. Ashwound compte arriver... dans combien de temps ?

Inutile de préciser que je n'en ai pas la moindre foutue idée et que vu comment ça se déroule habituellement, je tablerai pour un retard d'au moins une heure. J'ai pourtant volontairement donné un horaire avancé pour qu'il se pointe à peu près à l'heure...

— Il ne va pas tarder, mens-je. La loge est prête ?

— Bien sûr. Vous voulez vous y rendre ?

— Oui.

Nous nous dirigeons là-bas d'un même pas, assuré et déterminé. À aucun moment on se douterait des incertitudes qui me secouent ni des enjeux de cette soirée pour moi. S'il merde ce soir, soit cinq jours seulement après ma prise de poste auprès de lui, je me tire une balle ! Non, mieux ! Je LUI tire une balle !

La loge est conforme à ce que j'avais exigé, sobre, fonctionnelle, elle ne comporte rien de superflu. Un canapé en cuir sombre, une table basse, quelques bouteilles d'eau et une machine à café qui me fait de l'œil. Le miroir éclairé renvoie une image honnête, sans flatterie excessive. Aucune bouteille d'alcool, pas de cendrier, ce qui veut dire : pas de tentations inutiles. S'il veut se saboter, il devra le faire ailleurs. Je repère une petite porte qui donne sur une salle de bain minuscule, mais qui contient aussi l'essentiel : serviette propre, gel douche, il y a même une brosse à dents et du dentifrice.

— Parfait. Faites venir l'équipe beauté ici dans 15 minutes.

L'organisateur hoche la tête et s'éclipse sans insister. Je dépose mon sac sur la table, en sors ma tablette et vérifie une dernière fois le déroulé de la soirée en me laissant tomber sur le canapé. Je n'irai pas jusqu'à dire que tout doit être absolument parfait comme ces mères au foyer qui organisent un dîner hors de prix sur le câble, mais tout doit se dérouler. Juste débuter et terminer sans que tout s'effondre en plein milieu.

Mon sac vibre sur la table. Enfin, pas mon sac, mon téléphone, mais il fout un boucan tellement monstre qu'ils deviennent tous les deux indissociables. Je me redresse et l'attrape vivement pour découvrir un SMS qui me cloue le bec. Ouais, je m'y attendais pas à celle-là.

Ashwound
Je suis presque là.

C'est un miracle ou bien j'ai confondu mes pilules et je suis totalement défoncée ? Je relis les quelques mots en boucle et ouvre les yeux en grand. Bordel, on dirait qu'il est de bonne humeur et, en prime, plutôt conciliant. Je me contente d'un court texto, même si j'ai envie de lui hurler ma reconnaissance à cet instant précis. Ce serait très précipité, ce n'est pas parce qu'il se pointe à l'heure que tout se passera comme sur des roulettes.

D'ailleurs, je me demande comment il va réagir quand il apprendra que j'ai menti sur l'horaire.

4

Comme à chaque fois que je vais donner un concert, j'ai la jambe qui remue dans tous les sens et le cœur qui palpite d'anticipation. Je n'éprouve pas de stress, au contraire, je suis juste impatient de monter sur scène, de chanter et de communier avec le public. J'inspire et expire dans la voiture qui me conduit à la salle, me mettant dans les meilleures conditions possibles.

J'ai besoin d'être pleinement concentré pour ne pas me foirer tant sur les paroles — que j'oublie parfois bien que je sois le seul auteur de mes chansons — que sur le rythme. Cette adrénaline qui me parcourt lorsque je rencontre mes fans est unique, elle fait partie de ces choses qui me maintiennent en vie et que personne d'autre ne peut comprendre. En dehors des autres artistes, peut-être.

La voiture ralentit, s'arrête, le chauffeur descend et je sors une clope, par réflexe mécanique. Je l'allume au moment où il ouvre la porte coulissante et que les cris redoublent d'intensité. La première bouffée m'arrache un soupir qui n'a rien de calme. La nicotine se mélange à l'excitation, à cette tension familière qui précède toujours le moment où je redeviens exactement ce que j'ai toujours été au fond de moi. Les cris me frappent comme une vague, violents, stridents, presque trop forts pour un lieu aussi petit.

Showcase intimiste, elle a dit. Intimiste pour qui, au juste ?

Je descends du véhicule sous escorte, sourire en place, lunettes relevées sur le sommet de mon crâne. Les flashs crépitent, les mains se tendent, leurs voix scandent mon nom comme une prière. Dans le boucan, je redeviens entier, à ma place, avec toutes mes fêlures et ce qui les accompagne.

— Bonsoir, *lovers* ! hurlé-je par-dessus le boucan.

Ils n'ont probablement pas entendu ce que j'ai dit, mais ils y réagissent avec une force qui me percute en plein torse, s'époumonant encore plus. Je les salue, je les touche, je leur souris, je les frôle, parce que je sais que ces gestes comptent pour eux. Parce que, d'une certaine façon, ils comptent pour moi aussi.

Une nana fond en larmes quand je lui prends la main, elle tremble des pieds à la tête et je sens son émotion me traverser comme une décharge brutale. Je serre un peu plus ses doigts, pas pour la jouer, juste pour lui rendre ce qu'elle me donne avec le strict minimum de retenue. À cet instant précis, je suis exactement où je dois être.

Ils me regardent tous comme si j'étais indispensable et je ne sais pas comment leur dire que je tiens debout uniquement parce qu'ils croient en moi.

— Tu m'as sauvé la vie, Thomas ! me confie-t-elle, en sanglotant. Je te remercierai jamais assez.

— Non, tu t'es sauvé la vie toi-même, bébé.

Je prends sa tête entre mes mains, ma clope coincée entre mes lèvres, et je la regarde droit dans les yeux. Pour elle comme pour moi, ce moment restera gravé pour toujours. Je me rappelle toujours leurs visages, de leur émotion, de leur espoir, ils s'infiltrent en moi à tous les coups, les rendant inévitablement inoubliables.

— Je te jure, tes chansons, elles sont tellement vraies, tellement puissantes !! insiste-t-elle.

Elle serre mes mains comme si elles étaient une bouée, et je reste là, un peu perdu, incapable de savoir si je mérite ce qu'elle me donne. Alors je ne fais qu'une chose : je ne lâche pas. Si je lâche, je sombre avec elle.

Je refuse de me voir en sauveur, en homme si parfait qu'il épargne des vies rien qu'en chantant. La seule que je sauve, c'est la mienne.

— J'ai juste écrit et chanté ces chansons, *love*, c'est tout. C'est toi qui les as interprétées comme il fallait pour t'en tirer, tu as fait ce que tu devais pour rester en vie. Tu devrais te remercier toi-même.

Je récupère ma main gauche, ma clope entre mes doigts et dépose un baiser sur son front.

Je ne suis qu'un putain de prophète. Ils me confient leur survie comme on confie une prière à quelqu'un d'aussi cassé qu'eux et je les laisse faire, parce que ça me donne une raison de continuer à respirer.

— Vous êtes tous des putains de rockstar !!! scandé-je en levant le poing.

Leur réponse est stridente, intense.

Je continue ma progression en signant quelques autographes, en prenant quelques photos, tandis que la clope se consume. J'en aspire une dernière taffe en parvenant devant les portes, qu'un des nombreux agents de sécurité ouvre pour moi.

— On se voit tout de suite, *lovers* !!

À l'intérieur, l'ambiance change drastiquement. Les murs absorbent le vacarme, la lumière devient plus dense et les rares personnes présentes ne me hurlent pas dessus. C'est là que je me sens mal à l'aise, pas à ma place, dans le silence assourdissant qui m'accueille. Je frotte mes mains entre elles pas pour me redonner chaud, mais pour m'assurer que je suis là, entier.

Je me racle la gorge, un réflexe à la con, tandis qu'un type en costard s'approche de moi avec un regard illuminé.

— Bonsoir, Ashwound, c'est un immense honneur de vous recevoir dans mon établissement ce soir.

Il me tend une main que je saisis et que je presse avec respect.

— Enchanté de vous rencontrer. Merci pour l'opportunité.

Je sais que c'est plutôt lui qui voudrait me remercier de la lumière que je mets sur sa salle de concert, sur la publicité que représente mon nom à lui seul. Pourtant, je ne peux m'empêcher de me montrer reconnaissant à chaque fois qu'un de ces mecs me permet de faire ce que j'aime sur une grande ou une petite scène.

Tout est allé si vite, *hier encore*, je n'étais personne d'autre que ce pauvre gosse qui chantait dans sa piaule. Le changement est effrayant, surtout quand il est si radical.

Il n'a pas le temps de répondre quoi que ce soit que le claquement sec de talons pressés fend le silence ambiant. L'apparition de Nell ne fait pas de bruit inutile, mais elle impose quelque chose d'immédiat. Les rares conversations s'éteignent, les regards convergent vers elle avec cette attention particulière qu'on réserve aux gens qui savent exactement où ils vont. Elle ne cherche pas à être vue, pourtant tout le monde l'observe.

— Ashwound, dit-elle simplement.

Son regard accroche le mien sans hésiter, pas un sourire mondain, pas une effusion déplacée, juste ce calme méthodique qui m'agace autant qu'il m'intrigue.

— Je vais te montrer ta loge, ajoute-t-elle en désignant le couloir dans son dos d'un léger mouvement de tête.

Elle tourne déjà les talons, je n'ai pas eu une seconde pour y penser ou pour ouvrir la bouche que je m'engouffre déjà à sa suite. L'agitation reste bloquée de l'autre côté des murs, je m'en éloigne à regret, même si mes pieds obtempèrent avec bien trop de docilité.

Le couloir est plus étroit, lumineux, décoré avec ce que n'importe qui d'autre dirait : « *beaucoup de goût* ». Moi, perso, je trouve juste que ces tableaux signés par les artistes qui ont défilé sur la scène sont affreux, trop colorés et trop tape-àl'œil pour un simple couloir. Peu importe, il nous conduit dans une pièce plus sobre, une loge tout ce qu'il y a de plus classique où patiente Sara, Maxine et Ryan. Mon équipe beauté habituelle. Je repère tout de suite les bouteilles d'eau, quelques snacks aux flocons d'avoine ou une connerie du genre. Pas d'alcool, même pas un foutu cendrier. Un canapé, une table basse, un miroir éclairé et une chaise où je suis supposé me laisser coiffer et maquiller.

Nell se plante au milieu de la pièce, elle murmure quelque chose à l'équipe qui s'éclipse dans la seconde en me saluant au passage avant de refermer la porte derrière leur passage. J'ai l'impression d'être un élément dispensable de cette soirée, ne devrions-nous pas nous dépêcher ? J'sais pas, le concert devrait commencer, non ?

— Eh bien, on dirait que pour une fois, tu es pile dans les temps, me lance-t-elle.

— Ouais, pour une fois je n'ai qu'une heure de retard, la taquiné-je en faisant le tour de la pièce.

Elle esquisse un sourire que je n'aime pas trop, un de ceux qui hurlent la supériorité. Qu'est-ce qui lui prend ?

— Humm, il se pourrait que je me sois trompée, m'explique-t-elle en feignant l'innocence. En réalité, le show n'est qu'à 21 heures, pas 19 heures.

Je cligne des yeux plusieurs fois, je suis sûr d'avoir mal entendu. Elle se fout de ma gueule ?

— Pardon ?

Nell ne cille pas, pas d'un iota, pas un muscle qui tressaute. Elle croise calmement les bras avec ce côté méthodique qui me donne envie de faire voler quelque chose contre un mur. Quelques jours à peine que je la connais et elle commence déjà à me manipuler ? Je rêve ! Va falloir que les choses s'inversent si elle tient à rester en vie.

— Le showcase commencera à 21 heures, vu l'heure, tu as même le temps de faire tes balances. C'est parfait !

Je la fixe, incrédule, la mâchoire qui se contracte malgré moi. Je dois malheureusement reconnaître que c'est un coup de maître, du génie pur et simple. Cependant, je déteste qu'on me prenne pour un con. Mon entourage a passé sa vie à me manipuler pour parvenir à ses fins, hors de question que ça continue aujourd'hui !

Je me rapproche d'elle en quelques enjambées rapides, la colère battant les tempes.

— Tu m'as menti, grincé-je entre mes dents, la voix basse et dure.

— J'ai fait une petite erreur. C'est tout.

Sa voix posée m'irrite autant que son regard assuré qui ne se détache pas une seule seconde de mes prunelles enflammées. J'ai un élan de violence qui me secoue de la tête aux pieds, je le rejette aussi fort que possible pour éviter de finir en taule ou quelque chose comme ça.

— Tu m'as menti, répété-je, la rage faisant battre mon cœur plus vite, plus fort.

— J'ai ajusté l'horaire pour que tu ne foutes pas tout en l'air, corrige-t-elle avec condescendance.

— Tu m'as menti et tu m'as manipulé, insisté-je, les mâchoires comprimées.

Nell laisse échapper un soupir las, mais ne rompt pas le contact visuel pour autant. Elle est droite, pas le moins du monde effrayée d'être seule avec moi. Pourtant, en un geste, je pourrais la plaquer contre le mur et lui tordre le cou, la priver d'air si longtemps qu'elle tomberait par terre dans un soupir de souffrance.

C'est drôle, ça m'excite d'imaginer une telle scène.

— Tu arrives systématiquement en retard, c'est une vérité inscrite en rouge dans ton dossier, Thomas. J'ai anticipé pour ne pas qu'on en subisse les conséquences.

— On, tu dis ? Y a pas de on ! C'était pour sauver ton petit cul, c'est tout ! explosé-je.

Je recule à peine, sors mon paquet de clopes et en tire une que j'allume dans la foulée, sous son regard réprobateur.

— Est-ce qu'on pourrait se concentrer deux minutes sur le fait que pour la première fois depuis le début de ta carrière tu es à l'heure à un événement ? Tu sais ce que tu devrais me dire, là, tout de suite ? me demande-t-elle de sa voix *mélodieuse*.

Je secoue la tête, comme si elle était en position de me donner des ordres ou me dicter mes paroles. Foutue manager à la con.

— Merci.

— Merci ? répété-je en ricanant.

— Oui.

— Merci de quoi, au juste ? De m'avoir manipulé ?

— Merci d'avoir géré mon planning pour moi, merci d'avoir anticipé que je foutrais le bordel et merci d'avoir préparé 2 semaines de contenu pour les réseaux sociaux ! balance-t-elle désormais rouge de colère.

Hmm, se pourrait-il que la surface lisse de miss Hart soit en train de craquer pour me révéler des caractéristiques bien moins parfaites ?

Je n'ai eu affaire à elle que lors de rendez-vous millimétrés où, certes, elle s'est montrée particulièrement exigeante, mais où elle ne m'a jamais révélé une telle facette. J'aime bien ce que je vois, même si ça n'apaise ni le feu en moi ni mon besoin de lui faire comprendre à quel point elle a merdé.

— Tu crois que tu peux jouer avec moi comme un pion sur un putain d'échiquier ?

— Je crois surtout que tu monteras sur scène dans un état plus stable que si tu étais arrivé à la dernière minute et tu éviteras à tes fans la déception immense de devoir t'attendre pendant des heures !

— Et si je décide de me barrer ?! Qu'est-ce que tu feras, madame je sais tout ?!

— Tu serais déjà parti si tu en avais vraiment l'intention, réplique-t-elle d'un ton plus calme.

Je laisse mollement retomber mes épaules, même si mes muscles demeurent hyper tendus. Cette conne a raison et ça me casse les reins de l'admettre. Elle le sait en plus, parce qu'elle penche la tête sur le côté et esquisse un léger sourire victorieux. Bizarrement, sa rage a déjà disparu et elle semble se recomposer le masque de parfaite petite manager.

Je serre les dents, tire sur ma clope avec l'énergie du désespoir, cherchant une parade pour lui donner tort.

— On n'a pas le droit de fumer ici, tu sais, me fait-elle remarquer avec une intonation douce.

— Il est pas né le connard qui m'empêchera de m'en griller une, grogné-je avant de me laisser tomber sur le canapé.

Elle s'assied à côté de moi la seconde d'après, à bonne distance toutefois.

— Écoute, je suis désolée, d'accord ? Si on veut que ce truc entre nous marche, il va falloir que tu me fasses confiance, OK ?

Je pivote la tête vers elle, un mélange de fascination et de rage sur le visage.

— Te faire confiance ? Alors que je viens tout juste de te rencontrer ? Tu vis dans quel monde, Nell ?

— Je sais, c'est pas facile de confier sa carrière à une personne qu'on ne connaît pas. Mais je te promets que j'en prendrai soin, tu as bien vu comment j'ai géré tes réseaux ces derniers jours, est-ce que tu as un truc à redire là-dessus ?

Je me penche en avant et balance ma clope dans un gobelet rempli d'eau appartenant probablement à quelqu'un de l'équipe. Ces quelques secondes me permettent de réfléchir à la réponse à lui apporter, bien que ce soit au-delà de mes forces de lui donner raison à voix haute. Pourtant, je dois reconnaître qu'elle a fait du bon boulot avec mon Instagram, quasiment laissé à l'abandon. Entre vieux clichés recyclés, vidéos du « *quotidien* » et republications d'édit de fans, elle a tout simplement fait briller ma page. Cela n'empêche que j'aurais pu le faire moi-même, si je l'avais voulu. Elle n'est pas indispensable et clairement pas irremplaçable.

— J'ai un problème avec le fait de laisser le hasard décider à ma place, lâché-je comme une confidence.

— Je ne suis pas le hasard, je calcule tout et je sais précisément ce que je fais. Le hasard, c'est quand tu balances une énorme connerie aux médias et que personne ne sait comment l'interpréter. Ça donne lieu à des suppositions et en moins de temps qu'il ne faut pour le dire, on te colle des étiquettes et ça nuit à ton image.

Je serre les dents, je n'ai pas besoin d'entendre toutes ces conneries maintenant. Image et compagnie, qu'est-ce que j'en ai à foutre ? Je fais de la musique, je compose, j'écris, je n'ai pas besoin d'avoir une image de marque irréprochable ou je sais pas quoi.

— Ne me refais jamais ce coup-là. La prochaine fois, je me tire direct.

— Tu le feras pas, réplique-t-elle avec aplomb.

Je tourne la tête vers elle, elle est aussi belle que gonflante, et fronce les sourcils. Elle pousse le bouchon trop loin, je vais finir par vraiment exploser et elle pourrait le regretter.

— Fais gaffe, Nell. À force de tirer sur la laisse, tu risques de me donner envie de mordre.

— Alors mords au bon moment.

Sa provocation me percute dans un endroit pile entre mes côtes et redescend se flanquer dans mon calbut. Cette conne me fixe avec un air de défiance, mais je peux pas m'empêcher de penser à sa paire de seins qui gondole le tissu de son foutu chemisier.

Est-il utile de préciser que depuis notre rencontre je me suis masturbé trois fois après l'avoir vue ? Oh, et une fois *pendant*. Attention, pas de conclusions hâtives, je me suis éclipsé aux chiottes.

— Sur scène, quand tes chansons prennent possession de ton âme, finit-elle en se levant. Mords à ce moment-là et ça suffira.

Elle brise cette microbulle que j'étais le seul à imaginer en ouvrant la porte et me voilà bien obligé de me prêter au jeu, en étouffant ma colère sous des tonnes de désir. Les deux se mélangent bien, ils forment un cocktail détonant qui me permet de tenir le coup sous les recommandations de mon styliste et de la coiffeuse. N'ont-ils toujours pas compris que je me recoifferai moi-même plus tard ? Pour ce qui est du maquillage, j'accepte que Sara s'en charge uniquement, car elle est l'une des seules à maîtriser le dégradé de noir charbon que j'aime créer autour de mes yeux.

Ma jambe remue de nouveau, mes doigts tapotent mes cuisses en rythme, j'inspire, expire, les paupières closes. Durant quelques minutes, je me joue le concert dans ma tête, l'enchaînement des chansons, *Black Halo* en acoustique pour la première fois en live. C'est mon truc, ma manière de gérer le fait de devoir me livrer devant une flopée d'*inconnus*.

Mes chansons reflètent qui je suis, ce que je ressens au plus profond de moi, je ne sais pas dire je t'aime, je ne sais même pas si je l'ai déjà ressenti. Par contre, c'est clair que je connais la souffrance, la douleur, la peine, même si ça fait partie de ces émotions que je n'exprime pas. Paradoxal, hein ? Que je déballe tout ça au monde entier, alors que les principaux concernés ne l'entendront jamais en face ?

J'ouvre les yeux, mais avant de me regarder en face, c'est sur le regard de Nell que je tombe. Je m'y accroche l'espace d'un instant. Suffisamment pour éradiquer la peur et me sentir... protégé. Elle se pince les lèvres et respire plus rapidement, en témoigne sa poitrine qui monte et descend.

Ça me percute et je détourne très vite les yeux pour m'observer dans le reflet. Le maquillage est super, la coiffure donne l'impression d'être réfléchie et à la fois exécutée à l'arrache. Je porte un pantalon en cuir, un débardeur noir qui sera très vite retiré et des chaînes qui pendent de ma ceinture.

Parfait, tout est... parfait.

5

Nell Hart

La salle est assez grande pour accueillir une cinquantaine de spectateurs, tous triés sur le volet et aux places hors de prix. Ce genre d'événement permet de financer la suite et crée une sorte d'exclusivité pour des fans qui tueraient père et mère simplement pour être là. Les réseaux s'enflamment sur la première story de la soirée, dans la loge, un bout de la veste en cuir d'Ashwound. Je like quelques messages, balance une poignée de cœurs tandis que la star commence son show.

La musique emplit autant la salle que les hurlements déchaînés des fans. Je consulte ma tablette et la liste des journalistes autorisés à la conférence de presse, histoire de m'occuper un peu. Je fais défiler les noms sur l'écran avec une concentration méthodique. Presse musicale spécialisée, médias généralistes, deux plateformes en ligne connues pour leur goût du sensationnel, un journaliste que je tolère sans l'apprécier et un petit nouveau qui cartonne sur les réseaux sociaux avec ses vidéos d'actualité. Chacun a été sélectionné pour une raison précise, aucun n'est là par hasard. Ils pensent assister à un concert offert par la star elle-même et faire partie d'une conférence de presse classique, encadrée et presque banale. Ils ignorent qu'ils deviendront un levier que je compte exploiter autant que possible à l'instant même où ils lèveront la main pour poser une question.

Je relève parfois les yeux vers la scène, pas pour écouter, mais pour surveiller Ashwound. Il a déjà retiré son haut, il saute sur la scène, la traverse, rebondit avec une énergie impressionnante. C'est comme s'il était monté sur ressorts ou tournait à la cocaïne. Faudrait d'ailleurs que je vérifie s'il n'en a pas pris en cachette, juste comme ça.

Puisque le concert est de toute façon la partie la plus facile — maintenant qu'il est bel et bien sur scène —, je décide de retourner dans la loge. Ça me permettra dans un premier temps de vérifier s'il ne cache pas de la drogue et ensuite de reprendre un peu mon souffle.

Contrairement à toutes les personnes présentes ici ce soir, la musique n'est pas mon refuge. Elle n'est qu'un outil, un produit que je maîtrise sous des aspects bien différents. Ce qui constitue une sorte de havre de paix, c'est plutôt le silence à demi-étouffé qui m'accueille dans la loge.

Je m'appuie contre la porte une seconde, ferme les yeux et inspire profondément. Les médocs commencent à ne plus faire effet et le bordel s'insinue peu à peu dans ma tête. Sans parler des frissons sur mon épiderme et de la fine pellicule de sueur le long de ma colonne vertébrale. Je fais rouler mes épaules et rouvre les paupières, déterminée à me concentrer sur quelque chose de concret, autre que l'envie persistante de faire taire le boucan.

La veste de Thomas est suspendue à un cintre, c'est vers elle que je me dirige d'un pas décidé. Le cuir me semble encore tiède, imprégné de son odeur, un mélange de tabac froid, de transpiration et de quelque chose de plus métallique, presque électrique. Rien de rassurant ou de familier, pourtant je la touche du bout des doigts, plus par réflexe que par envie. Un peu comme on vérifie un objet avant de le déplacer, on crée un point tangible, une preuve qu'il est bien là, à quelques mètres, en train de se consumer sous les projecteurs.

Sa réaction m'a quelque peu déstabilisée tout à l'heure ; sa rage ne m'a pas paru à la hauteur de la *trahison*. Devrais-je m'en étonner ? Un gars comme lui est rempli de colère, ce n'est pas un scoop, il le hurle autant sur scène que dans le studio. C'est sa marque de fabrique. Pourtant, j'ai laissé la mienne prendre le dessus sans pouvoir la contrôler. J'ai fissuré mon masque, j'ai failli perdre la main et commettre une erreur.

Il n'attend que ça, il s'est montré plutôt clair à ce sujet. Il ne sera satisfait que lorsque j'aurai foutu le camp, poussée à bout par une énième star trop imbue d'elle-même pour reconnaître mon utilité.

Je leur suis indispensable, bordel. Quand s'en rendront-ils compte ? Quand ce sera trop tard, évidemment.

Je secoue la tête pour chasser toutes ses pensées qui prennent trop de place et vérifie les poches. J'ai besoin de contrôler sa consommation, même si je doute de pouvoir le lui avouer un jour. Dans la gauche, un briquet et un paquet de clopes que je dépose sur la table basse. Dans la droite, trois feuilles pliées et un stylo mâchouillé.

Je m'assieds et ouvre le paquet de cigarettes avec précaution, comme si je manipulais quelque chose de fragile. À l'intérieur, pas seulement des clopes, des feuilles roulées à la va-vite, l'odeur verte et âcre de l'herbe qui remonte aussitôt. Je lève les yeux au ciel, machinalement. Tellement prévisible.

J'attrape une clope, la fais rouler entre mes doigts, un geste familier et inconnu à la fois. Depuis combien de temps n'ai-je pas fumé ? Depuis combien de temps n'ai-je pas senti la nicotine imprégner mes tissus ? Depuis combien de temps la fumée n'a-t-elle pas rempli mes poumons de sa douce toxicité ?

Je la remets précipitamment à sa place. Cette connerie n'est pas pour moi, ça fait puer de la gueule et toutes mes fringues s'imprégneraient de cette odeur immonde en une seule taffe.

À la place je prends le paquet de feuilles pliées en quatre et l'ouvre, laissant tomber un petit sachet transparent.

Prévisible.

De la cocaïne, quelques grammes de blanche dans un pochon déniché on ne sait où. Cependant, mon attention est très vite détournée par les quelques mots griffonnés que je distingue sur le papier. L'écriture est irrégulière, tendue et parfois même violente. Je sens la souffrance dans chaque boucle, chaque alignement, elle me percute et me coupe le souffle. Les phrases ne cherchent pas à être jolies, elles cherchent à sortir et ne représentent qu'un moyen de survivre.

Ce ne sont pas des paroles pensées pour un public, ce sont des aveux. Une lettre d'adieu.

Bon sang, a-t-il pour projet de mettre fin à ses jours ?!

La panique s'empare de moi, l'horreur se dessine déjà dans mon esprit, bien que sa mort — à 27 ans — représenterait une opportunité marketing unique. Nom de Dieu, qu'est-ce qui m'arrive ? Je dois vraiment aller mal pour penser à un truc comme ça !

Un truc qui serait pire que faire perdre un pourcentage de vente au label serait de leur faire perdre leur rockstar la plus vendeuse ! C'est assez égoïste, je le conçois, mais il est hors de question qu'il crève alors que je suis supposée prendre soin de lui.

Ça n'arrivera pas.

Avec le plus de délicatesse possible, je referme les pages en y remettant le pochon malgré tout et range tout à sa place. Ashwound ne doit pas savoir que j'ai fouillé dans ses affaires et que j'ai compris ses projets funèbres. Je ferai comme si de rien n'était et, dorénavant, je me fais la promesse de le surveiller avec deux fois plus d'attention. Ça risque de me coûter mon sommeil et ma santé mentale, mais peu importe. J'ai de quoi tenir et surtout je n'ai pas d'autres projets.

Je reste debout dans la loge, à quelques centimètres de sa veste, sentant le poids des secrets peser dans mon être tout entier. Je me frotte les mains entre elles, l'adrénaline est tombée trop vite, laissant derrière elle un vide poisseux que je connais par cœur. La panique s'estompe, remplacée par ce besoin irrépressible de ce quelque chose que je connais par cœur, ce refuge indispensable à ma survie. Le contrôle.

J'ouvre mon sac sans précipitation et en sors les deux plaquettes déjà entamées. Mes doigts ne tremblent plus, ils se saisissent des comprimés avec habitude et détermination. Un orange, un blanc, posés un instant dans ma paume avant que je les fasse disparaître dans ma bouche. J'avale mécaniquement. Ce n'est ni un rituel ni une faiblesse, c'est une mise à niveau, un réglage fin pour éviter que la merde prenne le pouvoir au mauvais moment.

Je dois réfléchir mieux et plus vite. Je dois l'empêcher de tout foutre en l'air, pour lui comme pour moi.

Je referme mon sac et inspire lentement, les effets ne sont pas immédiats, mais le simple fait d'ingurgiter mes pilules aide déjà à y voir plus clair. Je soupire, balance ma tête en arrière et la secoue avant de me redresser. Ma respiration devient soudain plus ample, le bruit de la salle, filtré par les murs, cesse d'être une agression pour redevenir une donnée parmi tant d'autres.

Ashwound veut se suicider.

Je dois l'en empêcher par tous les moyens. Je vais devoir revoir tous mes plans pour les prochaines semaines pour le surveiller comme le lait sur le feu. Déjà, je commence à faire les cent pas dans la loge, le cœur qui tambourine et l'esprit qui fuse dans tous les sens. Je chope ma tablette et ouvre l'application agenda, que je fais défiler sur les prochaines semaines.

Bon, je n'avais pas vraiment prévu ça, mais j'imagine que ça n'est que la suite logique...

Alors que le programme se dessine dans ma tête, la porte s'ouvre sur Ashwound, en sueur, avec une serviette sur les épaules.

Le concert s'est achevé sans que je m'en rende compte et, si j'en crois l'horaire sur la tablette, j'ai passé une bonne demi-heure à *comater* sur le planning. Je me suis laissé happer sans m'en rendre compte.

— Alors, ça a été ? demandé-je après m'être raclé la gorge.

— Comme toujours, au poil ! s'exclame-t-il en rejoignant sa veste.

L'image des feuilles pliées et des mots remplis de souffrance me reste en tête, je suis incapable de penser à autre chose. Il chope le paquet de clopes, sort un pétard sans se préoccuper une seule seconde de me le dissimuler, puis l'allume sans un regard pour moi. Je reste plantée là, à l'observer en silence, sans parvenir à ignorer toute la douleur qu'il éprouve en permanence. Quoi que, maintenant, ça explique bon nombre de ses comportements.

— Qu'est-ce qu'il y a ? me lance-t-il, le joint coincé entre ses lèvres.

Je secoue la tête, cligne des yeux, reprenant contenance comme je peux.

— Rien. Tu comptes te droguer ici toute la nuit ou tu vas te préparer pour la suite ? lui demandé-je, un brin plus acide que prévu.

Il hausse un sourcil, se laisse tomber sur la chaise face au miroir et replie une jambe sur l'autre. Cette posture lui donne une attitude nonchalante à toute épreuve, doublée d'une position de supériorité évidente.

— Quoi, on n'avait pas dit que j'avais droit à dix minutes après le concert pour me préparer à répondre à leurs questions ?

— Si, mais je pensais davantage à une douche qu'à une session de *défonce*.

— Si j'avais voulu me défoncer, je n'aurais pas pris de la beuh.

Je croise mes bras contre ma poitrine sans ciller. L'odeur de l'herbe commence déjà à se mêler à celle de la sueur et du cuir, saturant l'air d'un parfum que je classe mentalement dans la catégorie *problèmes à gérer plus tard.*

— Peut-être, dis-je calmement, mais ce n'est pas exactement ce que j'appelle une préparation optimale avant un conférence de presse.

Il tire une taffe tranquille, souffle la fumée sur le côté, évitant à peine ma direction. Son reflet de profil dans le miroir me renvoie une version parfaitement maîtrisée en surface, mais ce qui se passe en dessous me paralyse. Je vais devoir prendre sur moi et me montrer bien plus forte si je veux vraiment l'aider. Son regard clair me fixe avec attention, sa mâchoire est détendue, rasée de près et son sourire joueur est une provocation supplémentaire. Rien ne trahit physiquement les mots que j'ai pu lire plus tôt et c'est précisément ce qui me donne envie de le sauver. Je ne peux pas le laisser se noyer. Ce n'est pas possible.

Ou on coulera à deux.

— Détends-toi, mademoiselle Hart, répond-il enfin, d'une voix cajoleuse. C'est juste pour réaligner mes chakra. Je termine ça et je me lave le cul, promis.

Je retiens un rire sec. Cette manière qu'il a de tout prendre à la légère est déroutante, surtout quand on connaît les enjeux.

— Tu as cinq minutes, Ashwound. Pas une de plus. Ensuite tu éteins ça, tu te changes et tu me suis.

Il m'observe, attentif, sans une once de défiance, mais avec cette curiosité du gosse qui cherche la limite.

— Tu stresses pour rien, ils ne me mangeront pas. Pas ce soir en tout cas, pas quand je vais leur annoncer une tournée et un nouvel album.

— Non, ils te disséqueront, corrigé-je. Nuance.

Ashwound se lève et se rapproche de moi, m'imposant sa présence sans me laisser la possibilité de reculer. La fumée de son joint chatouille mes narines, elle me donnerait presque envie de tirer une taffe, histoire de m'anesthésier, moi aussi. Ses yeux sont accrochés si fermement aux miens que je me demande si je ne vais pas m'y perdre à un moment donné. Mais sa voix, grave et chaude, se fraie un chemin jusqu'à mon cerveau et rallume la lumière.

— Ils peuvent essayer, je suis rodé.

— Tu crois l'être, mais ils se saisiront de la moindre opportunité de te faire dire une connerie.

— Et ?

Je soutiens son regard sans broncher, même si tout explose intérieurement. Je refuse de lui offrir une victoire facile ou lui laisser entendre qu'il m'impressionne, car ce n'est pas le cas. Aucun mec ne peut me faire cet effet.

— Et je suis là pour m'assurer que tu ne passes pas pour ce qu'ils attendent que tu sois. Instable, provocateur, incontrôlable.

— Alors, tu vas me donner la main tout le long ? susurre-t-il, avec cette attitude si électrique.

Il tire une taffe, se rapproche et me souffle au visage lentement, sans jamais détourner son regard du mien. À l'instant, je jurerai pouvoir distinguer dans ses yeux l'étincelle de rébellion si dangereuse chez les gens comme lui. Il attend que je craque, que je l'envoie chier, que j'explose comme les autres avant moi.

Non, ça, ce n'est pas dans mes plans.

Je récupère le joint entre ses doigts, ce n'est ni une impulsion ni un craquage, c'est un calcul précis. J'en avale une taffe qui brûle ma trachée autant que mes poumons, en luttant contre la toux qui remonte. Au lieu de ça, je souffle la fumée et déglutis doucement pour calmer ce qui gratte dans ma gorge, avant de m'approcher d'un pas, nos corps à quelques centimètres seulement. Ses yeux s'écarquillent de surprise, sa bouche s'entrouvre. J'ai cloué le bec à la grande rockstar on dirait.

— Je ne suis pas là pour te dorloter. Je suis là pour te diriger et t'empêcher de tout foutre en l'air.

Je recule, lui rends son espace et balance le joint dans un gobelet d'eau qui traîne encore avec ses mégots.

— Maintenant que la récré est finie, t'as cinq minutes pour prendre ta douche, terminé-je d'une voix ferme.

Son regard me transperce un instant, un sourire en coin se dessine sur sa bouche et je devine déjà qu'il abdique. Même si j'ai l'habitude de tout faire pour conserver une expression neutre, je reconnais que je retiens difficilement mon petit sourire de victoire. Ashwound hausse un sourcil et commence à ouvrir sa ceinture sans détacher son regard du mien.

Une chaleur diffuse traverse mon corps, puis mes joues qui rougissent très certainement.

Il déboutonne son pantalon en cuir, laissant apparaître très clairement son boxer rouge et la forme qui se dessine en dessous.

Je recule, me cogne à la table basse et balbutie une vague excuse pour quitter la pièce. L'air se fait rare et... bordel, c'est moi ou ils ont augmenté le thermostat ?

6

Ashwound

Son attitude stricte, mais dévergondée m'électrise comme un puceau en rut. Je reconnais que la voir me prendre le cône pour fumer m'a rendu dingue et il m'a fallu une force surhumaine pour ne pas la retourner et la prendre contre le mur quand elle m'a ordonné de me doucher. Cette autorité naturelle qu'elle dégage est enivrante, putain de merde, comment je suis supposé parvenir à la faire démissionner ?

Sous l'eau brûlante je repense à l'éclat dans ses yeux. Ma main comprime mon sexe et enchaîne les va-et-vient frénétiquement. Sa bouche qui forme un cœur lorsqu'elle a soufflé la fumée, ses joues rouges de me voir me désaper, mon membre durcit de plus en plus. Et ce n'est qu'un souvenir, qu'une image dans ma tête. Qu'est-ce que ça serait si c'était réel ?

Je retiens un grognement de satisfaction lorsque je jouis sous le pommeau de douche, la tête dégoulinant de tous les côtés, le visage trempé. Bordel, cette nana est un véritable fantasme sur talons hauts.

Je coupe l'eau d'un geste sec et reste immobile quelques secondes, les paumes posées sur le parement de la douche. Je déteste ces espaces miniatures qu'on retrouve systématiquement dans les loges et les bus de tournée, c'est trop oppressant. Voilà pourquoi je n'y reste jamais trop longtemps. La vapeur s'accroche à ma peau comme un voile poisseux, incapable d'effacer ce qu'elle a déclenché. Mon cœur bat un poil trop vite et trop fort, comme après un rappel sur scène, sauf que cette fois il n'y a ni foule ni musique pour justifier tout ça. C'est elle, c'est Nell.

Je sors de la cabine de douche, me sèche en quelques secondes et m'habille vite, presque brutalement. Le pantalon en cuir noir glisse sur mes hanches avec cette sensation familière, à la fois confortable et rassurante, suivi du tee-shirt blanc, volontairement banal, presque provocant dans sa simplicité. Mes chaussettes, mes bottines, ma chaîne qui pend à la ceinture et un coup de khôl noir autour de mes yeux, voilà ce qui caractérise une tenue qui se veut aussi sobre que décontractée. Je me redresse lentement face au miroir, que j'essuie du plat de la main, afin de prendre une seconde pour observer le type qui me fixe en retour. C'est moi, mais ce n'est plus moi depuis longtemps. Lui, il est sûr de lui, arrogant, insolent, parfaitement à sa place, il a l'air solide, stable… intouchable. Quelle mascarade !

— T'as bientôt fini ? m'interpelle la voix de Nell depuis l'autre côté de la porte.

Je me passe une main dans les cheveux, esquisse un sourire feint, puis quitte la minuscule salle de bain pour rejoindre la loge.

— Ouep', prêt à sauter dans l'arène.

Elle est exactement là où je l'attendais, au milieu de la pièce, droite et concentrée, son éternelle tablette entre les mains. Elle me jauge d'un regard rapide, chirurgical, rien n'à voir avec celui de tout à l'heure. Elle a repris sa position de manager et moi celle du gentil chanteur. Enfin, gentil… ça c'est vite dit.

— Parfait. Ils t'attendent.

Je hoche la tête, chope ma veste en cuir au passage et m'avance pour quitter la pièce.

— Attends.

Je m'arrête, la regarde avec attention se déplacer à travers la loge pour récupérer ma paire de lunettes de soleil. Elle s'approche de moi, mais interrompt un geste pourtant confiant pour me les tendre.

— Lunettes sur la tête, ordonne-t-elle.

— Reçu, chef, la taquiné-je en m'exécutant.

Je ne discute pas pour plusieurs raisons. Tout d'abord, je déteste ne pas les sentir sur le sommet de mon crâne et ensuite, je confirme que ça complète ma tenue à la perfection. D'autant plus que ça fait partie du *personnage*.

On n'échange plus un seul mot dans le couloir, on se contente de marcher côte à côte, en se rapprochant des voix lointaines et de cette agitation contenue propre aux conférences de presse. Je ne peux pas dire que je déteste foncièrement cet exercice, c'est toujours l'occasion de faire le con, de répondre à des interrogations et d'en faire naître de nouvelles. Cependant, je reconnais qu'après un show intimiste dans le genre de celui que je viens de donner, je préfère échanger avec mes fans plutôt qu'avec des journalistes qui se fichent éperdument de ma musique. Ils ne sont pas là pour ça, ils veulent le scandale, remuer la merde s'il y en a et en créer s'il n'y en a pas.

Derrière la porte, Nell pose sa main sur mon épaule pour m'interrompre un instant.

— Tu annonces le nouvel album qui sort dans une semaine, la tournée européenne qui débute dans un mois sans donner toutes les dates, tu parles de liberté artistique, de besoin de scène pour voir ton public et lui rendre l'amour qu'il te donne et rien d'autre, récapitule-t-elle avec autorité.

— Oui, madame.

— Tu ne parles pas de ta vie privée, s'ils insistent tu retournes la question ou tu fais une pirouette, je m'en fous, mais tu éludes.

— Et si on me pousse vraiment ? demandé-je, faussement détaché.

La vérité, c'est que je n'attends que ça. Foutre le bordel, parler de la drogue que je m'enfile, des soirées aussi *fucked up* qu'ils imaginent, confirmer ce qu'ils pensent. J'y peux rien ! J'adore quand ça devient marrant.

Ses yeux se plantent dans les miens, abandonnant finalement sa précieuse tablette. Ça me fait un effet dingue, il me faut une force surhumaine pour lutter contre l'érection qu'elle m'inspire. *Bordel* !

— Tu me regardes et tu te tais.

— Tu crois que ça va suffire ? questionné-je, un rictus étirant ma bouche.

— S'ils vont trop loin, tu me regardes, ce sera le signal et je m'occuperai du reste. Je prendrai le relais et je trouverai un prétexte solide pour tout arrêter. OK ?

Je sens quelque chose se contracter en moi, pas de colère ou de désir, mais un mélange condensé des deux. Elle a cette manière de poser les règles sans hausser la voix, sans se faire passer en priorité et, pour la première fois de ma vie, j'ai la sensation qu'un manager agît réellement *pour* moi. Putain, ça me donnerait presque envie de respecter ce qu'elle me demande. Presque.

Elle passe devant moi, pose sa main sur la poignée et me jette un dernier regard.

— Prêt ?

Je hoche la tête, la gorge déjà nouée et sèche. C'est l'atmosphère tout entière qui vient de changer et ça me met dans un état terriblement étrange. Pas le temps pour autant de m'attarder là-dessus.

La porte vibre déjà et quand Nell l'ouvre, c'est une vague qui me frappe de plein fouet. Les voix s'élèvent, les flashs crépitent et je me fonds dans mon rôle. J'affiche le sourire qu'ils attendent, lève la main tout en traversant la salle, mise en place pour l'occasion.

Je m'installe derrière la table préparée pour moi, sur laquelle reposent un micro et une bouteille d'eau, face à une flopée de journalistes euphoriques.

La conférence commence. Je jette un œil à Nell, restée près de la porte avec sa tablette à la con. Elle est là et je peux compter sur elle.

Je prends une inspiration lente et discrète, cale mon dos contre le dossier et laisse le silence s'installer juste assez longtemps pour qu'ils s'impatientent. Ça les rend un peu nerveux, ils ne savent plus par où commencer et j'adore ça. Les regards s'aiguisent, chacun veut être le premier à dégainer une question accrocheuse, mais personne ne sait plus quoi dire.

— Ashwound ! lance soudain une voix sur ma gauche.

Jeune homme à lunettes, peau entretenue, un téléphone dernier cri entre les mains et un look très BCBG.

— Comment tu décrirais ce concert en quelques mots ?

Facile.

— Nécessaire, réponds-je sans réfléchir davantage. J'avais besoin de me retrouver dans une petite salle, de donner à mes fans ce qu'ils m'offrent en retour avec plus de proximité.

Je pose ma cigarette sur la table et chope la bouteille d'eau que je dévisse en donnant l'attention à la prochaine personne qui m'interpelle. Une femme d'âge mûr, tailleur trop serré ou repas trop copieux, maquillage d'influenceuse beauté.

— Ashwound, cette chanson inédite que vous avez chantée, fait-elle partie d'un futur projet ?

J'esquisse un sourire, avale une longue gorgée d'eau qui fait grimper le suspense avant de reposer la bouteille dans une lenteur assumée.

— Perspicace ! Effectivement, cette chanson fait partie du prochain album.

Un brouhaha épouvantable s'en suit, un mélange de surprise et de satisfaction. Les mains se lèvent, chacun veut poser LA question qui lui donnera l'exclusivité. Je ne donne la parole à personne, je sais précisément ce qu'ils attendent.

— Préparez vos agendas, dans une semaine *Holy Rockstar* sortira sur toutes les plateformes numériques, en CD et en vinyle en édition très limitée.

Je ponctue cette annonce d'un clin d'œil à l'assemblée déjà survoltée. Le brouhaha enfle de nouveau, une houle incontrôlable de voix surexcitées, de stylos qui grattent et de flashs qui claquent sans interruption. Je savoure ce chaos une demi-seconde, il fait partie de ceux qu'on maîtrise, mais qui peuvent vite déraper aussi. Je connais le jeu, la manière de faire, je sais quand interrompre les pépiements pour que ça reste cohérent. Et surtout, pour ne pas rester ici une plombe de trop.

— Holy Rockstar sera un album qui s'écoute seul ou trop fort, ou les deux. Je n'ai rien édulcoré, j'ai livré une partie de moi, encore une fois, une plus sombre encore. Si ça vous dérange, tant mieux. Si ça vous parle, tant mieux aussi.

— Ashwound ! m'interpelle un homme d'une cinquantaine d'années. Y a-t-il une pochette à nous montrer ? Comment s'appelle la chanson que vous avez chantée tout à l'heure ?

— Humm, vous n'êtes pas très patient. Ça vous va si je vous dis qu'une annonce spéciale sera postée dès demain sur tous mes réseaux sociaux ?

Satisfait, le gars hoche la tête avec un large sourire et griffonne sur son calepin en cuir.

Du coin de l'œil, je remarque que Nell affiche un large sourire, les yeux accrochés à sa tablette. Elle doit être satisfaite, j'imagine.

— Ashwound ?

Une jeune femme au décolleté profond, un regard envoûtant et une jupe trop courte pour être innocente. Merde, elle pourrait me poser toutes les questions de la Terre si nous étions en tête à tête.

— On a tous vu la vidéo de la soirée au *Purple*, est-ce que tu comptes faire une désintox ou est-ce que tu *gères encore ta consommation* ?

Je retire, elle peut bien aller se faire foutre avec son regard de biche. Forcément, sa question attire l'attention de toutes les personnes présentes et ce n'est plus le bruit qui accueille les mots, mais le silence de l'attente. Je me crispe un peu, mais je reste droit et souriant, dans le rôle attendu de moi.

Si j'écoute ma première pensée, je l'envoie chier si fort qu'elle pourra noter sur son foutu téléphone que je ne suis qu'un connard arrogant ou tout un tas d'autres synonymes. Seulement, un rapide coup d'œil à Nell me permet de ne pas suivre mon instinct.

Elle compte sur moi.

Est-ce que ça a vraiment du sens ?

Vu comme elle est tendue, je dirais qu'il vaut mieux que je ne relève pas et que je suive ses instructions. Je prends une inspiration lente, suffisamment visible pour qu'ils comprennent que je choisis mes mots et suffisamment lente pour ne pas exploser. Je prends la clope entre mes doigts, je la fais rouler, je me reconcentre au mieux pour ne pas tout faire foirer. Je le fais pour moi, mais aussi un peu pour elle. Et ça me fait royalement chier.

Mon regard glisse vers Nell, elle ne bouge pas, elle attend patiemment, tout son corps en alerte, prêt à intervenir. Un simple mouvement de doigt pour la retenir et je reviens à la journaliste en penchant légèrement la tête.

— Si tu veux parler de gestion, je dirais qu'on est ici pour parler de celle de mon art que je maîtrise parfaitement, soit dit en passant. Le reste c'est du bruit pour les journalistes de bas étage qui ne vivent que pour le sensationnel d'un buzz creux et inutile.

Elle écarquille les yeux, ouvre la bouche, mais la referme aussitôt face au clin d'œil que je lui lance. Quelques murmures de déception s'en suivent, mais je refuse de leur laisser de la place.

— Je ne fais pas de promo sur mes failles, reprends-je en appuyant chaque mot. Ce qui m'intéresse, c'est ce que je mets dans ma musique, ce que ça provoque chez les gens, le reste... ça ne vous regarde pas.

Je laisse le silence retomber, il est dense, presque lourd, et je sens que Nell relâche à peine la pression. Pas beaucoup, mais juste assez pour me faire comprendre que j'ai dit ce qu'il fallait.

Un autre journaliste tente une percée, un type dans la trentaine qui a fait l'effort de porter un tee-shirt à l'effigie de *Black Halo*, l'un de mes albums.

— La chanson que vous avez chantée tout à l'heure était profonde, très intéressante et surtout assez sombre. Vous nous avez habitués aux titres percutants, mais cette fois c'était encore plus intense. Doit-on s'attendre à un album sur la même lignée ?

Enfin quelqu'un qui s'intéresse à ce que j'ai vraiment à offrir ! Je souris, ravi par cette intervention et me redresse sur ma chaise.

— J'ai jamais roulé en ligne droite, ça, c'est certain. Holy Rockstar ne sera pas un virage, ce sera une continuité. J'écris ce que je vis, ce que je ressens, ce que j'aime et ce que je déteste.

Je me penche vers le micro, juste ce qu'il faut pour continuer de capter l'attention.

— Ces dernières années m'ont offert de nombreuses choses à raconter et j'ai saisi l'opportunité de les coucher sur le papier. Reluisant ou non, cette vie mérite d'être chantée sous tous ses aspects. Si vous cherchez un Ashwound assagi, il ne sortira jamais. Si vous cherchez un Ashwound sincère, alors le voici.

Le gars hoche la tête en arborant un sourire sincère, son stylo gratte le papier et il se permet d'ajouter :

— Avez-vous d'autres projets autour de cet album ?

— C'est bien que vous posiez la question, car c'est effectivement le cas. Je pars en tournée européenne dans un mois.

Je lâche l'info comme une bombe et le résultat est à peu de choses près similaire. Après ça, je glisse ma clope entre mes lèvres et me lève, je peux pas tenir davantage et je crois avoir déjà été suffisamment sage pour ce soir.

Un coup d'œil appuyé à Nell et je lance :

— À très vite sur scène !

Je leur fais un signe éloquent, le fameux signe des cornes, deux doigts vers le ciel, poing fermé, puis me dirige vers la porte. Je veux sortir d'ici, reprendre mon souffle, retrouver l'air frais et fumer un putain de pétard avant que mon cerveau explose.

Je passe tout près de la manager, assez pour que son odeur florale me percute les narines et que son souffle se glisse dans mes tympans en couvrant à peine le brouhaha.

— Merci.

Je soupire, passe une main dans mes cheveux à peine séchés et me réfugie dans le couloir d'un pas pressé. J'entends sa voix annoncer la fin de la conférence, elle remercie tout le monde et tout devient flou à mesure que je m'éloigne. La porte de la loge se referme derrière moi dans un claquement sourd qui a le mérite de tout bloquer autour de moi. Le silence est soudain, assourdissant, étourdissant.

Je serre les dents, déniche mon téléphone abandonné sur la table depuis mon arrivée et ouvre l'application de musique. Je peux pas rester dans le silence, impossible.

La guitare démarre, la batterie la rejoint, la basse et tout se met en place. Je me laisse tomber sur le canapé en même temps que je me débarrasse de ma veste.

Tout semble m'aspirer, les questions, la tournée, l'album et toutes ces choses que je suis supposé cacher. Je dois faire semblant que la drogue ne fait pas partie intégrante de mon quotidien, qu'elle n'est pas devenue une obsession, qu'elle est la seule que je sache aimer. Mentir, oui, mais pour quoi au juste ? Pour mon image ? Pour faire croire que je vais bien ? Pour laisser entendre que je suis encore capable ?

Tout ça et tant d'autres à la fois.

Je récupère un joint dans mon paquet, le porte à mes lèvres et l'allume en balançant ma tête en arrière. La fumée caresse ma gorge, mes poumons, elle me fait un bien fou et me permet de me détendre à peine ce qu'il faut pour m'enfoncer plus profondément contre les coussins du canapé.

Ce soir, pour la première fois, j'ai chanté une part de moi que je planquais jusqu'à présent et ce n'est que la première étape. D'ici une semaine, je remettrai l'album entre les mains de mon public, je leur livrerai la facette la plus vraie que je puisse leur présenter.

Ça me terrifie.

7

Le succès se cache dans les agendas saturés, les notifications qui ne cessent jamais et les appels qui tombent à des heures où le corps réclame autre chose que des décisions. Il s'insinue dans les détails, grignote les marges et réduit l'espace entre deux respirations jusqu'à ce qu'il n'en reste qu'une seule, fonctionnelle. Il n'y a pas de place pour l'hésitation, encore moins pour le doute. Tout doit être traité, filtré, validé et tout de suite.

Il transforme les jours en blocs compacts où chaque minute est comptabilisée et exploitée jusqu'à la moelle. Il n'y a plus de matin ni de soir, seulement des créneaux à saisir, des réunions qui débordent et des exigences urgentes qui s'accumulent. Je ne sais plus si c'est vraiment le succès qui devient dévorant ou les patrons qui ordonnent plus qu'ils ne demandent.

Le mois qui vient de s'écouler a permis à Richard de se calmer juste ce qu'il faut pour me laisser de l'air, mais ça ne lui a clairement pas donné l'envie de me faire confiance. Toutes mes décisions sont analysées et décortiquées en permanence et, heureusement, *Holy Rockstar* a largement trouvé son public, ce qui m'évite le renvoi.

En réalité, je dirais même que cet album a fait bien plus que ça, il a happé les fans, les anciens comme les nouveaux. Les chiffres grimpent, les retours affluent, les demandes explosent et les places se sont vendues si vite qu'on a enchaîné les annonces « *sold out* ». Les plateformes réclament du contenu, les radios supplient pour des exclusivités et la presse cherche déjà l'angle suivant. Il faut continuer de nourrir la machine avant qu'elle ne s'essouffle, maintenir la tension sans la laisser se retourner contre nous. Chaque décision a un poids et chaque erreur coûte cher.

Par chance, Ashwound n'est pas mon adversaire dans cette histoire et je dois reconnaître que c'est un profond soulagement. J'arbitre ce qui peut attendre et ce qui doit sortir avec sérénité. OK, il n'est pas devenu un enfant de chœur pour autant et reste assez instable, notamment lorsqu'il est en direct à la radio ou sur YouTube. Malgré tout, je parviens à le canaliser dans toutes les circonstances.

Il navigue au cœur de la tempête, oscillant entre la fragilité du succès et sa solidité étonnante. Sincèrement, parfois, je me laisse attendrir par sa spontanéité, lorsqu'elle n'est pas assortie de provocation inutile. En fait, c'est comme s'il était fait pour ce job, mais qu'il avait encore besoin d'être un peu affûté. Quand ses silences deviennent trop longs, ses retards moins maîtrisés et ses regards plus appuyés, je prends les devants avant qu'il ne soit trop tard. Avant que tout explose.

Ces signaux sont devenus limpides entre nous et malgré mes préjugés, je commence malgré moi à le trouver de plus en plus... attachant.

En définitive, ce n'est qu'un gosse qu'on a propulsé sur le devant d'une scène bien trop grande pour lui. Un gamin qui chantait pour ses peluches et sa webcam de piètre qualité qui, désormais, doit affronter les millions de cœurs qu'il aide à faire battre plus fort.

Avec le succès vient la rage de ceux qui n'ont jamais eu le courage de se lancer.

Tête relevée et menton fier, il affronte les mauvais avis sans jamais flancher, toujours avec cette pointe d'humour et cette autodérision caractéristique. Je sais que ça le blesse, je le saisis dans ses soupirs et ces pauses urgentes qu'il réclame.

Pourtant, il n'explose pas et, pour nous deux, je l'en remercie de tout mon être.

Je ne dramatise jamais, là où mes prédécesseurs en ont fait l'erreur, je n'alerte pas le label et je continue d'anticiper, pour mieux ajuster. Quand une interview est trop difficile à supporter, je décale la suivante et lui offre un moment de répit indispensable à sa survie. Je limite les zones grises, l'occupe au mieux pour lui rappeler combien la vie est importante et mérite d'être vécue. J'ai opté pour cette approche plutôt que le laïus interminable et creux de « *ne te fous pas en l'air, ça serait dommage* ». J'ai compris que ça serait contre-productif.

Le départ en tournée est pour ce soir, ma valise est prête, mais je ne suis pas certaine de l'être. Je sais ce que les tournées peuvent provoquer, des soirées de débauche, des opportunités de tout foutre en l'air. Le timing est toujours très serré, le manque de sommeil fait partie de l'aventure et même si elle reste profondément gratifiante, ce rythme n'aide pas. Voilà pourquoi je crains la réaction d'Ashwound lorsqu'il comprendra qu'aucun hôtel n'a été réservé et que sa demeure pour les cinq semaines à venir sera un bus bondé.

Enfin, pas si bondé que ça, nous ne sommes que quatorze en tout, mais c'est déjà énorme.

Quatorze personnes ce n'est rien sur le papier, surtout sur une tournée de treize dates. En pratique, c'est un huis clos roulant, un équilibre précaire où chaque respiration compte. Quatorze rythmes différents, quatorze fatigues et caractères qui ne se synchronisent jamais vraiment. Et Thomas, au centre, qui absorbera tout sans restituer ce qu'il encaisse.

Le bus est prêt, aménagé, floqué, fonctionnel, il a été sélectionné et pensé pour que tout s'enchaîne sans heurts. Les couchages sont étroits, mais possèdent tous des rideaux pour plus d'intimité, des rangements optimisés et un espace commun réduit à l'essentiel vital. Grâce aux ventes exubérantes de l'album, le label a accepté cette dépense folle et même si je ne le dirai pas directement, je leur en suis reconnaissante. J'ai prétexté une exigence de star pour l'obtenir, je n'ai pas admis que j'organisais ce petit plan moi-même et j'ai joué sur le fait qu'on économiserait une douzaine de chambres d'hôtel sur chaque date. En présentant la décision comme une évidence logistique qui limiterait les déplacements et les risques de chaos, personne n'a trouvé nécessaire de contester. Ils ont pris l'habitude que je tranche, je crois, et surtout que ça fonctionne avec la rockstar. Ce qui est le plus important dans le fond.

Pour le moment, il n'a pas demandé d'explications, il sait qu'on part ce soir à 20 heures — de nuit pour être plus tranquilles à l'arrivée à Paris — et c'est tout. Le moment de révéler la vérité arrivera assez vite et la seule chose que j'espère, c'est qu'il ne fasse pas une crise de colère.

Je sais qu'il a besoin de croire qu'il pourrait partir, claquer une porte et disparaître s'il le voulait. Le simple fait de savoir qu'une issue existe suffit souvent à le calmer et, en toute honnêteté, je me serais bien passée du camping en bus, moi aussi. Mais c'était ça ou le laisser livré à lui-même, lui offrant ainsi l'opportunité de mettre fin à ses jours sans tenter quoi que ce soit. Je me suis promis que ça n'arriverait pas, peu importe ce que ça me coûtera.

Ma sonnette résonne et me fait tellement sursauter que j'en lâche ma plaquette de médocs sur le sol. L'horloge m'indique 19 heures 40, c'est donc forcément mon taxi. Je ramasse les pilules que je fourre dans mon sac à main, avec toutes les autres et soupire en y ajoutant mon téléphone.

En moins d'une minute j'ai enfilé mon manteau et mon bonnet, j'ai chopé ma valise et je suis sur le trottoir, prête à grimper en voiture.

— Miss Hart, c'est ça ? me demande le chauffeur en prenant ma valise.

— Oui, c'est bien moi.

Il balance mon bagage dans le coffre en geignant, vu le poids, et m'invite à m'installer dans le véhicule. Je m'exécute, la tête perdue dans mes pensées, mon téléphone qui recommence son éternelle symphonie.

— Allô ?

— Le chauffeur de bus fait le plein et vous rejoint sur le parking, c'est bon pour toi ? m'informe Callie, une assistante qu'on m'a collé entre les pattes.

— Bien sûr, c'est parfait.

— Bonne route et envoie-moi un texto quand vous arrivez. OK ? Ou encore mieux : une photo !

— Callie, il sera près de 2 heures du matin... soupiré-je, lasse.

Cette femme a été affectée à ce poste spécialement pour l'organisation de la tournée, afin de me permettre de tout concilier de manière fluide. Si elle se révèle très efficace et professionnelle, son attitude vis-à-vis d'Ashwound me pose quelques problèmes parfois. Elle se comporte comme une énième groupie, bave devant lui, prête à embrasser le sol qu'il foule à chaque instant. Ce genre d'attitude m'exaspère au plus haut point, en partie parce que je ne comprends pas qu'on puisse aduler une personne (qui chie comme nous !) au point d'en devenir ridicule. Callie a la chance d'avoir un poste dans une maison de disques importantes de Grande-Bretagne, elle ferait mieux de s'en souvenir.

— Je sais. Mais je préfère savoir que tout le monde est arrivé entier, se justifie-t-elle maladroitement.

Elle se fiche de le savoir, tout ce qu'elle veut ce sont des infos sur la star qui fait mouiller sa petite culotte, une sorte d'exclusivité, un lien imaginaire auquel elle se raccroche pour ne pas admettre que sa vie est pourrie.

— J'essayerai d'y penser.

Je raccroche avant qu'elle n'ajoute quoi que ce soit, elle a sa façon bien à elle de poser des questions qui ressemblent à des formalités alors qu'elles sont tout sauf anodines. Elle cherche la moindre petite info, le moindre quelque chose qui la rapprochera du chanteur et ça me fout presque autant en rogne que tout le reste.

L'horaire de départ du bus et les ajustements du chauffeur, ça fait aussi partie des choses qui me rendent dingue et me crispent.

Le taxi démarre, le même cirque perpétuel commence et continue, les lumières défilent derrière les vitres, prévisibles, constantes. Je soupire longuement, cale ma tête contre l'appui-tête et ferme les yeux quelques secondes. Ma nuit s'annonce extrêmement longue et je ne dis pas ça uniquement pour les 5 heures de route qui m'attendent.

Quand j'ouvre les yeux, la voiture ralentit déjà. Le parking est presque désert, éclairé par des néons trop blancs qui donnent à tout un air provisoire. Le bus est là, massif, immobile, avec le logo Ashwound placardé sur le flanc. Wouaw, c'est monumental. Je règle la course, récupère ma valise en remerciant le chauffeur pour son aide, puis m'avance vers l'équipe déjà affairée. Le froid me mord le visage, il a ce goût humide des soirs d'hiver où l'on préfère la neige à la pluie.

Les silhouettes chargées de sacs chargent la bête, le chauffeur fait attention à chaque caisse noire qui s'approche trop dangereusement de la carrosserie comme si c'était son propre véhicule. Avant de m'avancer pour le saluer, je balaye la scène du regard, juste pour voir, par réflexe. Personne ne manque à l'appel, sauf lui. Et ses deux gardes du corps, évidemment, étant donné qu'ils ne le lâchent jamais d'une semelle. En fait, j'aurais dû leur confier la mission à eux, plutôt que m'emmerder avec cette trop lourde responsabilité. Non, mauvaise idée. Il parvient trop facilement à leur filer entre les doigts et, de toute façon, il a déjà réussi à merder plusieurs fois sous leur surveillance.

Je suis la seule à pouvoir le sauver de ses idées noires.

Je secoue la tête pour chasser mes pensées et salue le chauffeur, puis le reste de l'équipe de tournée. Avec nous, un technicien son, un technicien lumières, un guitariste, un bassiste, un batteur, le tour manager, l'équipe beauté et les gardes du corps. Je me répète la liste comme un mantra, pour me rassurer et m'ancrer. Chacun a sa place, son rôle et son utilité et même si je ne les connais pas beaucoup, la mécanique est bien huilée. En tout cas, elle le sera.

— Bonsoir, Nell, me lance le tour manager en me voyant m'approcher.

Je lui rends son salut d'un signe de tête et échange quelques mots rapides, notamment à propos de l'arrivée de la star. Les dernières consignes sont déjà passées, le programme est si ficelé qu'il pourrait ressembler à un rôti et les horaires ont été pensées pour nous donner un maximum de flexibilité — dans la mesure du possible.

J'abandonne ma valise dans le compartiment sous le bus, mais garde précieusement mon sac à main et celui que je réserve à la cabine qui contient mon pyjama et mes affaires de toilettes. M'imaginer en tenue de nuit devant toutes ces personnes que je n'ai rencontré que depuis quelques jours me met très mal à l'aise, non que je sois du genre timide ou coincée. C'est juste que l'idée me paraissait simple sur papier et qu'elle devient beaucoup plus inconfortable maintenant que je me retrouve au pied du mur. Ou du bus dans ce cas précis.

Les discussions légères continuent autour de moi, je n'écoute rien en dehors de ma propre panique, qui grimpe le long de ma gorge comme un serpent affamé. Les minutes défilent et Ashwound n'est toujours pas là, mon téléphone ne sonne pas, aucune notification. Rien. L'impatience me grignote les nerfs et je tente par tous les moyens de feindre l'indifférence quand Cassie, la bassiste, fait une vanne douteuse sur l'absence de la star. Je serre les dents, un sourire de façade sur la figure, tout en consultant encore mon téléphone. Toujours rien.

— Bon, et si on se mettait au chaud ? suggère David, le guitariste.

Tout le monde acquiesce et grimpe dans le bus, sauf moi. J'en fais peut-être trop — très sûrement —, mais je ne peux pas empêcher les pires scénarios de défiler dans ma tête. Il ne nous plantera pas, il sait qu'il y perdrait beaucoup. Alors pourquoi je tremble comme ça ? Pourquoi l'image d'un fiasco total ne cesse de s'imposer à moi ?

J'ai la gorge nouée, ultra comprimé même, et il me faut lutter de toutes mes putains de force pour ne pas ingurgiter l'intégralité des médocs que j'ai dans mon sac à main.

Allez, ça va le faire. Il va venir. Si on prend un peu de retard, ce n'est pas si grave.

Je ferme les yeux une seconde, une seule, juste assez pour inspirer profondément et empêcher le battement désordonné de mon cœur de remonter jusqu'à mes tempes. Je n'ai pas le droit de paniquer, pas ici, pas déjà. J'aurai des milliers d'autres raisons de le faire dans les prochaines semaines, je ne vais pas craquer avant le départ ! Je suis censée être celle qui tient la barre quand tout tangue.

J'ouvre mon sac à main, glisse mes doigts autour de la boîte de comprimés, sans l'ouvrir. Le simple contact me rassure autant qu'il m'inquiète. Cette mauvaise habitude, ce réflexe qui refuse de me quitter...

Je ne suis pas addict. Loin de là ! D'ailleurs, je suis capable de refuser d'en prendre. Je relâche la boîte et referme le sac, pour me prouver à moi-même que je peux tenir sans ça. Je peux, je vois pas pourquoi je ne pourrais pas. Ce ne sont que des médocs, pas de la drogue.

— Il arrive, me chuchoté-je à moi-même. Il vient toujours.

Les mots sonnent creux, mais je m'y accroche malgré tout.

Le froid s'infiltre sous mon manteau et je regrette soudain de ne pas être montée avec les autres. En plus de me mettre à l'écart, je suis frigorifiée. Le bus ronronne derrière moi, moteur allumé, lumière chaude à travers les vitres teintées. Un refuge à portée de main que je refuse pourtant de rejoindre tant que Thomas n'est pas là. Ridicule, irrationnel et pourtant...

Je fais quelques pas, m'éloigne du groupe, puis reviens exactement au même endroit plusieurs fois de suite. Chaque seconde qui passe me semble plus lourde que la précédente.

Et puis, après ce qui me semble durer des heures, une paire de phares s'engouffre sur le parking, découpant la nuit et mes incertitudes de sa luminosité trop blanche.

Il est là.

La voiture noire aux vitres teintées s'arrête et il apparaît, comme un miracle dans la nuit. Je jette un œil à ma montre connectée, il est presque 21 heures. Je n'avais pas réalisé qu'une heure entière s'était écoulée. Je pourrais lui en vouloir, m'en prendre à lui directement, mais je sais qu'il a fait de son mieux, je sais que ça ne mènerait à rien d'autre qu'à le froisser.

Sa silhouette découpée par les phares se rapproche et je le distingue de mieux en mieux à mesure qu'il avance vers moi. Sa capuche est rabattue sur sa tête, sa démarche rapide, mais contrôlée, et ses verres de lunettes de soleil ne dissimulent pas l'intérêt qu'il me porte. Il est fixé sur moi, ses deux gardes du corps le suivant de près en portant les bagages. Son sac à dos est jeté nonchalamment sur son épaule et je suis ravie de n'entendre aucun bruit de verre qui s'entrechoque. Pas d'alcool, mais peut-être de la drogue ? Ça, ça ne fait aucun bruit. Je réglerai ça plus tard.

Quand Thomas s'arrête devant moi, il retire sa paire de lunettes et esquisse ce sourire ravageur auquel je tente de résister. Ouais, pas facile quand un gars aussi séducteur que lui se met en tête de vous faire fondre à chaque interaction.

— Désolé, lâche-t-il d'une voix rauque, légèrement essoufflé. J'ai... un peu traîné.

Je n'insiste pas, une heure de retard ou pas, on arrivera quand même au milieu de la nuit et personne ne nous attend là-bas pour le moment. Voilà pourquoi il était judicieux de partir de nuit, entre ça et le trafic, je crois avoir fait le choix le plus raisonnable.

— Tout le monde est prêt. On peut y aller, dis-je simplement.

Il hoche la tête, jette un œil au bus, puis à moi. Un silence s'installe, chargé de tout ce qu'on ne dit pas, de ce qui attendra encore. Plus tard pour la colère et le ressentiment, dans l'immédiat il est important d'apaiser les choses pour que le voyage se déroule le mieux possible.

Il humecte ses lèvres, s'approche dangereusement de moi et je recule. Un instinct, un vieux réflexe. Mais en réalité, ce n'est pas vers moi qu'il marche, c'est vers la porte du bus, dans mon dos. Je lis l'amusement sur son visage, il secoue la tête et monte sans ajouter un mot.

Mon cœur tambourine encore, mais plus pour les mêmes raisons. Plus je le côtoie, plus je le découvre et plus je le trouve... intéressant. OK, peut-être un peu charmant aussi. Quand il joue pas au connard fini.

Noah et Finn me saluent poliment après avoir déposé les bagages et le chauffeur, à côté de la portière avant, jette sa clope avant de venir refermer le coffre.

— Tout est en ordre ? me demande-t-il avec un accent traînant.

— Oui, merci.

Je resserre ma prise sur les lanières de mon sac, relève celle sur mon épaule et inspire profondément avant de monter dans le bus. Un dernier regard en arrière, Patrick grimpe à son tour et referme tandis que je m'engouffre dans l'allée centrale.

Wouaw, c'est encore plus impressionnant maintenant que tout le monde est installé. La première partie du bus se découpe en trois espaces distincts : deux tables de chaque côté, encadrées par des banquettes larges, un canapé noir sur la droite et une sorte de kitchenette sur la gauche en suivant. Placards, micro-onde, plaque, mini frigo, tout le nécessaire pour un road trip réussi. Au fond, un peu avant les couchettes, je distingue deux portes, l'une à droite mène aux WC, l'autre à gauche à la douche. Les murs sont en bois marron foncé, les fenêtres recouvertes de stores noirs et tout le mobilier conserve ces teintes. Au milieu des couchettes, une moquette gris anthracite a été posée, à ma demande, afin d'étouffer les sons de pas et préserver le sommeil de chacun au mieux.

Bon, ce n'est pas si mal et, contrairement à ce que je pensais, on n'a pas l'impression d'étouffer maintenant que c'est blindé.

Je décide de traverser l'allée centrale pour rejoindre ma couchette et y déposer mes affaires, avant de m'installer avec le reste de la troupe. Évidemment, je trébuche sur un truc qui traîne déjà au sol et manque de m'étaler par terre, la tête contre le parquet sombre.

Ashwound me rattrape, son bras puissant autour de ma taille, tandis que l'autre se saisit de mon sac cabine, visiblement plus lourd que ce que je pensais.

Un instant, notre regard s'accroche et je jurerai sentir mon cœur accélérer.

C'est instinctif, mon cerveau ne considère même pas l'option de la laisser s'étaler par terre. Ou bien mon corps réagit-il avant de le consulter ?

Ses iris accaparent toute mon attention le temps d'un battement de cils et je crois que l'intégralité de mon être se tend vers elle. Heureusement, ça ne dure pas et je la relâche rapidement, sans toutefois la quitter des yeux.

— Attention où tu mets les pieds, conseillé-je d'un ton plus sec qu'escompté.

— Oui. Pardon, merci.

Elle se remet d'aplomb, récupère son sac que je tiens encore, puis s'éloigne vers le couloir. Un sifflement débile me tire de mes pensées, alors que je continue de la fixer.

— Ben dis donc, c'est chaud entre vous ! s'exclame Miles, mon batteur.

Je le foudroie du regard et secoue la tête en sortant mon téléphone, foutu réflexe à la con.

— Chaud ? Quand on s'embrouille, ouais !

— Enfin... là ça sentait pas l'embrouille, plutôt le cul ! intervient Cassie.

J'esquisse un sourire nonchalant, puis tourne entièrement le dos à Nell qui entend probablement notre conversation depuis le petit couloir, vu le manque de discrétion de mon équipe.

— Ferme-la un peu ! Tu sais très bien que je déteste systématiquement tous les managers qu'ils m'envoient !

Je me rapproche et m'installe sur le canapé en cuir à côté d'eux. C'est drôle, le bus semble équipé pour survivre à une apocalypse, voire à un siège de groupies acharnées. J'ouvre mon application de notes, une jambe repliée sur l'autre, mon pied qui bat l'air en rythme avec les mélodies dans ma tête, et commence à taper quelques mots qui me viennent d'eux-mêmes. Les conversations de mon équipe dérivent très vite et chacun oublie ce sujet en un instant. Tant mieux, hors de question qu'ils se fassent des idées sur notre relation qui se limite au professionnel. Le tour manager, Mark si je me souviens bien, s'est déjà mis au boulot, installé légèrement en retrait, la tête rivée vers son écran d'ordinateur portable. Lui, il ferait un petit ami parfait pour Nell, qui se ressemble s'assemble comme on dit. Mon équipe *beauté* se mêle aux musiciens et techniciens avec facilité, si bien qu'on les croirait amis de longue date.

Noah et Finn débarquent finalement avec un sac à dos sur l'épaule, après s'être assurés de je ne sais quel détail primordial auprès de notre chauffeur et avoir déposé mes grosses valises dans le coffre. Quoi ? Quelqu'un a sérieusement imaginé que je partirais 5 semaines sans posséder, a minima, une tenue pour chaque jour ?

Mes gardes du corps prennent place, mais ne se détendent jamais totalement, constamment sur le qui-vive. J'ai beau savoir que leur présence est devenue indispensable après avoir *survécu* à mon premier gros bain de foule, je ne me ferai jamais à l'idée qu'ils soient près de moi en permanence.

Le bus démarre, le moteur vrombit et l'énorme véhicule se met en marche. En route pour la première étape : Paris.

Je reste affalé sur le canapé, l'écran de mon téléphone allumé sans que je le regarde vraiment, les mots qui s'accumulent dans l'application de notes sans logique apparente. Des phrases tronquées, des images brutes, des débuts de refrains qui n'ont pas encore décidé ce qu'ils voulaient devenir. Mes doigts vont plus vite que ma tête, comme toujours quand quelque chose cherche à sortir sans passer par le filtre de la réflexion. C'est mon seul moyen de garder le contrôle quand tout le reste menace de m'échapper.

Je sens que la vie s'organise autour de moi, mais je n'y prête que peu d'attention, décidant de m'enfermer dans ma bulle pour ne pas (déjà) demander une pause clope.

Les voix se mêlent, se chevauchent, certaines rient trop fort, d'autres se font plus basses, peut-être plus fatiguées. Je capte quelques bribes de conversations, des fragments inutiles sur les horaires, des vannes à la con, des soupirs et des « j'ai faim » qui parasitent mes pensées. Je fronce légèrement les sourcils, efface un mot pour le remplacer par un autre, recommence et reprends encore. Je n'aime pas écrire sur mon portable, je préfère encore largement sentir le papier sous mon stylo, mais cela reste une bonne solution lorsque je n'ai pas envie de justifier de ce que j'écris. Ouais, quand on est chanteur, les autres ont tendance à croire qu'on doit constamment parler de nos écrits en cours à chaque mot que l'on ajoute. C'est usant à la longue et je devine que, lors des trajets en bus, l'intimité ne sera pas de mise, voilà pourquoi j'opte pour cette solution. C'est toujours mieux que rien.

Quelques minutes s'écoulent, durant lesquelles j'ai foutu mon casque sur mes oreilles et me suis isolé du reste du monde grâce à quelques compos que j'ai enregistrées il y a quelques jours. Quand je relève la tête, je constate que les jeux de cartes ont commencé, mais surtout que quelques membres de l'équipe ont disparu — Cassie, Mark et Julien. Je balaie l'espace plus attentivement, sans trop savoir pourquoi, comme un foutu instinct de survie qui s'active sans prévenir. Le « *petit* » couloir ne dessert pas uniquement des WC ou un semblant de douche tel que je l'ai déjà vu dans mes précédents moyens de locomotion ; j'aperçois des couchettes, dont trois aux rideaux fermés. Je plisse les yeux, fronce légèrement les sourcils, mon attention dirigée vers la kitchenette. Elle est destinée à bien plus qu'un snack de voyage ou au stock d'alcool, elle est équipée de tout ce qu'il faut pour bouffer. Non, je me fais des films, c'est pour l'équipe, pas pour moi. Le label a dû estimer qu'une quinzaine de chambres coûterait trop cher et a décidé qu'ils dormiraient ici de sorte à me financer de sublimes quatre étoiles.

Pourquoi ça me semble soudain trop beau pour être vrai ?

Mon regard se dirige vers Nell, concentrée sur sa putain de tablette posée sur la table face à l'une des banquettes. Elle a l'air parfaitement calme, à sa place au milieu de cette équipe et une question me traverse l'esprit. Pourquoi est-elle là au juste ? OK, les managers suivent parfois sur quelques dates, mais généralement le tour manager suffit à orchestrer une tournée, pas besoin de la baby-sitter sauf émission de radio prévue ou autre événement de ce genre.

Putain, il me faut la confirmation que je me plante, il faut qu'elle me dise que je suis complètement parano et qu'une chambre m'attend évidemment à chaque étape de la tournée.

Je souffle par le nez, coupe ma musique et retire mon casque que je laisse pendre autour de mon cou. Mon regard dévie une nouvelle fois vers l'arrière du bus, vers ces couchettes trop étroites, trop proches, trop réelles. Elles me font penser à des cercueils ambulants et, bien que j'apprécie particulièrement le côté gothique qu'elles reflètent, je refuse de me coucher là-dedans.

En plus, je n'en compte que 12, ce qui signifie qu'il manque deux couchages. Moi, forcément, et peut-être Noah et Finn, qui dormiront dans mon hôtel pour être au plus proche de moi ?

Je soupire, me lève enfin du canapé pour faire quelques pas dans l'allée centrale en continuant d'analyser mon environnement. Je passe devant Mark toujours concentré sur son écran, devant l'équipe beauté déjà installée comme à la maison, devant les musiciens qui plaisantent sans se poser de questions. Tout le monde a intégré le concept ou je rêve ? Je ralentis le pas presque malgré moi, comme si une part de mon cerveau espérait encore que quelque chose, quelqu'un, vienne invalider ce que je commence à comprendre.

C'est une prison sur roues, un châtiment pour mes crises passées, un moyen de me contrôler.

Je m'arrête au milieu de l'allée, suffisamment longtemps pour que Noah me lance un regard rapide, interrogateur, avant de reprendre ses activités silencieuses à côté d'un Finn tout aussi taciturne. Je fais volte-face lentement, mon regard cherchant Nell avec l'urgence qui me comprime les tripes. Si quelqu'un a organisé ça, ça ne peut être qu'elle. Elle ne rit pas, ne participe pas aux conversations ou aux jeux, elle orchestre et contrôle.

Plus je la regarde, plus une certitude désagréable s'impose à moi. Si elle est là, ce n'est pas pour la presse, ce n'est pas pour faire joli. Elle est là pour moi. Pour me surveiller, me materner, me museler. C'est probablement ce gros connard de Richard Hale qui a décidé ça, pour protéger ses intérêts à travers moi et surtout vérifier que je reste rentable.

Je serre les dents, les poings, une violente et persistante envie de tout casser autour de moi me secoue, mais au lieu de l'extérioriser de cette manière, je choisis d'affronter la coupable.

— Nell, faut que je te parle, exigé-je d'une voix aussi ferme que contrôlée.

Elle relève le nez brusquement, un peu interloquée par mon intonation et hoche la tête en verrouillant sa tablette. Quelques regards se tournent vers nous, mais je les ignore en restant pleinement fixé sur elle, ma manager de malheur. Je réalise uniquement lorsqu'elle se plante face à moi que les possibilités d'obtenir de l'intimité sont limitées. Peu importe, y a bien des chiottes dans ce foutu bus.

Je me dirige vers le couloir après lui avoir fait signe de me suivre et ouvre la première porte que je distingue sur ma gauche qui me dévoile la douche.

— Qu'est-ce que tu fous ? me demande-t-elle, à mi-voix.

— Je veux te parler en privé.

— Pas besoin de s'enfermer dans la douche pour ça.

Elle me contourne en me frôlant, son parfum chatouillant mes narines, puis remonte entièrement le couloir avant de se poster devant la dernière porte du fond. Elle pivote vers moi, une expression indéchiffrable sur le visage, puis tourne la poignée.

— Je sais déjà ce que tu vas dire, soupire-t-elle en s'engouffrant dans l'espèce de pièce.

À mon grand étonnement, je découvre un lit deux places, encadré par des placards en bois vernis et des lumières qui s'activent. Entre la porte et le pied du lit, il n'y a pas assez d'espace pour reculer, plus assez pour respirer. Je reste debout face à elle, si près que je pourrais compter ses battements de cils.

— Écoute, je sais que ce n'est pas ce à quoi tu t'attendais, commence-t-elle d'une voix peu assurée.

Elle a refermé la porte et conserve désormais ses mains jointes devant elle. Son col roulé noir lui donne un air différent, de même que son pantalon large en espèce de tweed gris et la veste assortie. Peut-être est-ce parce que je ne distingue pas son décolleté ?

Elle est parfaitement habillée pour ne rien laisser paraître, ni peau, ni faille, ni émotion lisible. Une armure sobre et efficace, presque *trop* pour ce lieu exigu où l'air manque déjà un peu.

Je fais un minuscule pas vers elle, elle ne bouge pas, et je la fixe sans chercher à masquer l'agacement qui me noue la gorge. Nos épaules frôlent presque les placards derrière nous, la pièce est assurément trop petite pour contenir tout ce qui monte. La proximité est forcée, presque violente. Il n'y a pas assez de place pour prendre du recul, pas assez d'espace pour détourner vraiment le regard sans que ça se remarque, ni pour reprendre son souffle.

— Dire que ce n'est pas ce à quoi je m'attendais est un doux euphémisme, rétorqué-je à peu près calmement, même si chaque muscle de mon corps est tendu.

Elle inspire profondément, comme si elle s'était préparée à cette conversation depuis longtemps, mais qu'elle ne savait pas vraiment comment s'y prendre. Ses épaules s'abaissent d'un millimètre à peine, signe qu'elle abandonne l'idée de m'imposer quoi que ce soit sans explication.

— Thomas, ce choix n'a rien de punitif, commence-t-elle en choisissant ses mots avec soin. Et ne va pas croire que c'est un coup monté contre toi.

— Pourtant ça y ressemble furieusement, grondé-je en me penchant vers elle suffisamment pour qu'elle sente mon souffle. Une prison roulante, pas d'hôtel, pas d'échappatoire, et toi à bord pour jouer les baby-sitters chiantes. Tu crois vraiment que je vais me tenir droit parce que tu me regardes respirer ?

Ma voix claque plus fort que prévu et deux rires étouffés fusent quelque part dans le bus. Je m'en fous. Ses lèvres se pincent, mais elle ne détourne pas le regard. L'étincelle dans ses yeux me laisse penser que j'ai touché un point sensible, mais je n'en suis pas certain. Après tout, plus je côtoie cette femme, plus elle me fait penser à un robot programmé pour faire chier et n'éprouver aucune émotion. À part ce moment spécial et hors du temps où elle a tiré sur mon joint, elle est toujours tellement contrôlante qu'elle en devient limite flippante. Ouais, je sais, je ne suis pas le mieux placé pour parler d'émotions, je les enfouis sous des kilos de drogue et de déni 90 % du temps, mais j'ai toujours l'air plus humain qu'elle.

— Je ne suis pas là pour ça. Je suis là pour m'assurer que…

— Que je foute pas tout en l'air, ouais, ouais, j'ai compris ton éternel refrain de merde. Faut que je sois sage, que je fasse joli sur les photos, que je ferme ma gueule et que je chante quand on me le dit, singé-je grossièrement. Tu veux quoi de plus, Nell ? Une laisse autour du cou ?

Je serre les dents. Elle ne me porte pas suffisamment d'estime pour admettre qu'en dépit de mon goût prononcé pour la provoc je ne suis pas près de tout gâcher. J'ai autant besoin de chanter que de communier avec mes fans, est-elle trop conne pour le voir ?

— Tu n'es pas un génie incompris, tu es un risque financier ambulant ! Je suis payée pour limiter les dégâts, alors j'utilise ce que je peux pour éviter à tout le monde de trinquer pour tes caprices de gosse pourri gâté !

Sa remarque est comme un uppercut et ma réaction est sans appel : je frappe du plat de la main contre la paroi. Le bruit résonne dans la pièce, mais elle ne cille pas, elle reste droite et enragée face à moi. C'est ce que je représente à leurs yeux, un investissement à la con, je ne suis même plus l'ombre d'une personne et ça, putain de merde ça me fout en rogne ! Avant les disques et le fric, je suis un artiste avec des choses à dire.

— J'suis peut-être pas un génie incompris, mais moi au moins je ressens quelque chose. J'suis pas un foutu robot docile programmé pour casser les burnes !

Je me rapproche encore, nos corps se frôlent, nos respirations se mêlent.

— Toi, t'as quoi au juste ? Des chiffres ? Des contrats ? Et après ça, il reste quoi ?

Elle me fusille du regard, je sens que si ses pupilles pouvaient tirer à vue, je serais mort dans la seconde. Mais ce n'est pas le cas et je m'en amuse, aveuglé par la colère et la frustration.

— T'as rien, t'es qu'une ligne interchangeable. Tu te caches derrière des clauses et t'appelles ça du courage, magnifique ! ricané-je.

Sa réaction est sans appel, elle me repousse violemment, me faisant cogner contre le placard dans mon dos, puis m'assène une gifle monumentale.

Le choc me coupe le souffle une seconde. Le silence qui suit est pire que les mots échangés. Je porte lentement la main à ma joue, elle brûle, mais pas autant que la fureur que je distingue dans son regard.

— Ne me parle plus jamais comme si je n'étais rien, m'ordonne-t-elle sans trembler.

Sa voix est basse, maîtrisée, pour la première fois cependant, j'aperçois quelque chose de plus profond en elle. De l'humanité.

— La machine a un bug, lancé-je connement.

— Tu veux que je devienne un robot ? Très bien. Pas de problème. Dorénavant je m'occuperai seulement de te faire aller au bout de la tournée sans éclabousser le label. Pour ce qui est du reste, démerde-toi.

Je sens un truc se contracter dans ma poitrine, je ne l'explique pas, mais sa réaction me touche plus qu'imaginé.

— Tu veux te détruire ? Détruis-toi.

Malgré ce que j'éprouve, je n'abdique pas. Je relève le menton, les yeux braqués sur elle.

— Parfait.

Elle ouvre la porte, je recommence bêtement à respirer.

— Et une dernière chose, Thomas.

Elle se tourne vers moi une dernière fois.

— Les vrais artistes se reconnaissent à leur profondeur, pas à leur capacité à s'autodétruire.

La porte claque et le silence me saute à la gorge. Je reste planté là, la joue encore brûlante, le dos contre le placard. L'espace paraît soudain plus étroit, plus étouffant et l'air me manque. Je ricane une seconde, mais ça sonne faux.

Putain.

Je passe une main dans mes cheveux, fais deux pas dans la pièce trop petite, puis m'arrête net. Ses mots tournent encore dans ma tête.

Les vrais artistes…

— Va te faire foutre, marmonné-je pour la forme.

Mais ça ne prend pas, parce qu'elle n'a pas parlé de chiffres, elle n'a pas parlé de label, elle a parlé de profondeur.

Et ça… ça m'emmerde.

Je cogne du poing contre le placard cette fois. Juste assez pour sentir la douleur. Je me suis déjà embrouillé avec des managers, je les ai fait virer, j'en ai vu démissionner et j'ai même perdu un gars que je considérais comme un ami. Ça ne m'a jamais rien fait. Mais là, dans ma poitrine, il y a un truc qui serre et que je ne capte pas.

Ça me met encore plus en colère.

Je sors mon téléphone, le regarde sans le voir. L'envie de me faire une ligne me traverse l'esprit, l'envie de prouver qu'elle a tort aussi, mais l'envie de tout cramer pour lui montrer que je peux m'obsède soudain.

Je reste immobile trop longtemps.

— Personne ne me dira comment exister.

Je tends la main vers la poignée et pour la première fois depuis longtemps… j'hésite.

9

Paris a cette odeur particulière de fin d'hiver, un mélange de bitume humide, de fatigue urbaine et d'attente électrique. Même derrière les murs épais de la salle, je la sens vibrer. Ça bourdonne, ça s'agite, ça s'impatiente. Les balances sont terminées depuis un moment déjà, l'équipe s'affaire encore, mais pour moi, tout est en pause. Je suis là sans vraiment l'être, appuyé contre un mur, capuche rabattue, le regard perdu sur un point invisible.

Le joint brûle lentement entre mes doigts et l'odeur qui s'en dégage apaise déjà mon esprit. Je ne le fume pas pour planer, jamais avant un concert où je veux tout ressentir, mais seulement pour lisser les angles, faire taire le bruit parasite, calmer ce truc à l'intérieur qui cherche toujours à sortir trop vite. J'inhale, je retiens, j'expire. Mon corps se détend juste ce qu'il faut, rien de plus ou de moins.

Je sens son regard peser sur moi avant même de lever les yeux.

Nell est à quelques mètres, tablette à la main, concentrée, droite comme toujours. Elle ne dit rien, ne commente pas ce qui la dérange inévitablement, mais elle observe et c'est suffisant. Son visage trahit que dalle, mais je sais que ça l'agace malgré son petit laïus de merde. Le joint, l'odeur, le timing. Elle note sûrement quelque chose, une ligne de plus dans une liste qui n'en finit jamais. Ses doigts se crispent une fraction de seconde sur le bord de la tablette, je crois entendre un léger craquement du plastique, mais elle relâche aussitôt comme si elle-même ne devait pas s'en rendre compte.

Ça me ferait marrer si j'étais pas autant en colère contre elle. Son besoin de contrôle m'oppresse et depuis qu'elle m'a laissé seul dans cette putain de chambre roulante, on ne se dispute plus vraiment. On se parle juste assez pour que la tournée se poursuive. Le reste du temps, elle me traverse comme si j'étais un élément du décor. Même quand je siffle une ligne sous son pif, même quand je bois à l'excès juste pour voir si ça la fera réagir.

Je tire une dernière latte, écrase le reste par terre sans cérémonie et me redresse en retirant mon hoodie. Le joint est fini, je me sens prêt. Je porte un pantalon en cuir orné d'une guitare brodée sur la jambe droite, porté bas sur ma taille, ainsi qu'un tee-shirt blanc qui finira dans la foule après deux ou trois chansons, mes éternelles chaînes accrochées à ma ceinture et mes *Doc Martins* aux pieds. Mon maquillage est parfait, deux ronds noirs qui dégoulinent juste assez sur mes pommettes, tandis que mes cheveux, noir d'un côté et blond polaire de l'autre, sont en désordre maîtrisé. Je récupère ma veste en cuir sur une chaise de bar pas loin quand une voix résonne quelque part derrière moi, étouffée par l'épaisseur des murs.

— Cinq minutes !

Ces deux mots suffisent à faire basculer quelque chose. La salle existe soudain autrement, elle devient plus proche et plus massive. La vibration que je percevais de loin devient presque palpable, une pression bienvenue contre ma cage thoracique qui me rappelle que je suis en vie. Je survis pour ces moments, je ne respire plus loin de la scène, j'ai besoin d'eux autant qu'ils ont besoin de moi.

Mon cœur accélère lorsque je quitte l'espèce de lounge, suivi de près par une Nell visiblement agacée — comme toujours. Je fais rouler mes épaules en remontant le couloir sombre, inspire, expire, tentant de faire taire l'impatience qui me submerge.

— Ashwound, une seconde ! m'interpelle ma manager.

Je serre les dents, je déteste que l'on me fasse chier dans un moment pareil, pire encore quand c'est elle. Je veux pouvoir me mettre en condition tranquille, pas répondre à ses questions débiles. Pourtant, je me tourne et la fixe, la surplombant de toute ma hauteur. Je ne demande rien, je me contente de hausser un sourcil, ce qui suffit.

— Prends la pose, je mets une story, me lance-t-elle, portable en main.

Je fronce les sourcils, cette demande est tellement conne ! J'ai que ça à foutre ? Mon air suffit à lui faire comprendre le fond de ma pensée, puisqu'elle s'empresse d'ajouter :

— C'est pour tes fans. Ils seront contents de voir les coulisses.

Cette idiote a toujours réponse à tout. Elle sait que je ne peux rien refuser à ceux qui me suivent et, maligne, elle l'utilise contre moi dans le pire moment. Je secoue la tête fugacement, mais me prête au jeu. Grimace à la con, signe de la main distinctif, le flash m'aveugle un peu et je reprends mon chemin derrière le technicien qui me dirige sans un mot pour elle.

Je passe une main sur mon visage, chasse la fatigue, la colère, tout ce qui n'a rien à foutre avec ce qui m'attend de l'autre côté. Les bruits se précisent : un câble qu'on branche, un retour qui grésille, un technicien qui jure à voix basse. Et puis, par-dessus tout, la foule. Des centaines, des milliers de respirations mêlées, un murmure continu, affamé, impatient. Prêt à exploser. La clameur me traverse avant même que je ne vois la salle. Elle s'infiltre sous ma peau, cogne contre mes tempes et me tire vers l'avant à l'instar d'une force gravitationnelle à laquelle je ne résiste pas. Chaque pas me rapproche de cette scène, là où tout s'efface pour laisser place à quelque chose de brut et primitif que je ne retrouve nulle part ailleurs.

On me tend une bière en bas des quelques marches qui me séparent encore de *ce* moment. Je referme mes doigts autour du gobelet, ma peau frissonne contre le froid des gouttelettes qui le recouvrent alors que mon cœur s'emballe déjà.

Je récupère mon micro au passage, dans l'autre main et le poids familier me permet de m'ancrer davantage. Je suis là. Je suis complètement là. On ajuste mon *in-ear*, le câble glisse naturellement derrière mon oreille avec discrétion, il est parfaitement calé en moins de dix secondes, le second pendant sur mon épaule, à ma demande. Le monde se referme, tout est en partie filtré et maîtrisé. J'avale une gorgée de bière qui rafraîchit mon œsophage, dans le tumulte des techniciens qui m'entourent.

— C'est bon, m'informe Julian, mon tech son.

Je hoche la tête, esquisse un sourire et m'élance sur les quatre marches qui me séparent de ma scène. Ce soir, ma scène c'est l'Accor Arena à Paris. Ma première fois en France ! Putain, faut que je marque le coup !

Les premières notes de guitare résonnent, *Amen to the Fire*, de mon premier album. Je parcours la scène le gobelet en l'air et le micro près de la bouche.

Let the show begin !

La salle explose. Le premier riff claque comme une gifle et tout répond instantanément. Les cris montent et se superposent, portés par l'acoustique massive de l'arène. Voilà pourquoi je ne mets jamais mes deux oreillettes avant de commencer le spectacle. J'ai besoin de les entendre et de les sentir. Les bras se lèvent, les corps sautent, les téléphones émergent. La constellation artificielle qui se braque sur moi me traverse et m'embrase instantanément, installant en moi une stabilité paradoxale.

— Bonsoir, Paris ! Comment ça va ?! m'exclamé-je dans un français terrible.

Quoi ? J'ai fait mes recherches !

Leur réponse est un hurlement général qui me fait vibrer des pieds à la tête. Mon être entier s'aligne à la musique et à ces milliers de présences qui m'accordent leur attention. Ils sont là pour moi, pour ma musique, pour mes mots, pour mon énergie. Je suis là pour eux, grâce à eux.

David, Cassie et Miles ont assez fait durer la mélodie, il est temps d'y poser ma voix. Je reprends une gorgée de bière, puis pose le gobelet devant la batterie de Big M. et positionne mon second *in-ear* correctement.

Je chante sans réfléchir, les paroles s'échappent toutes seules, ancrées dans mes muscles autant que dans ma gorge et mon âme. Le micro ne vibre pas vraiment dans ma main, pourtant c'est toute l'impression que ça me donne tant la salle entière est en folie, moi compris. J'enchaîne deux chansons de mes premiers albums (*Fractured Voice, Black Halo*), puis l'une du troisième (*Noise Is My Prayer*). Les titres défilent, les bières aussi. À la deuxième j'ai retiré ma veste, à la cinquième je balance mon tee-shirt dans la fosse, aussitôt happé par une nuée de mains. La sueur trace des lignes le long de ma colonne vertébrale, de mes abdos contractés et les cris redoublent d'intensité. Visiblement, Paris adore ça, Paris en redemande.

Avant *Holy Rockstar*, ma chanson signature du troisième opus, je retire un *in-ear*, juste pour balancer cette connerie que je mijote depuis des jours comme un connard immature.

— Maintenant qu'on est là, tous ensemble, je voudrais faire passer un message.

La foule est suspendue entre cris et silence attentif. Je reprends mon souffle, passe une main dans mes cheveux trempés de sueur, un sourire insolent accroché aux lèvres. Je ne vois pas Nell, mais je sais d'avance la gueule qu'elle doit tirer, à se demander ce que je vais foutre en l'air cette fois.

— À un ancien ami, à un nouveau traître : j'attends toujours ta réponse. À moins que tu préfères te cacher !

Je termine par un rire sonore, car je sais très bien que ces quelques mots vont faire cogiter et rager plus d'une personne. Une gorgée de bière et je récupère ma guitare acoustique mise de côté pour ce moment en particulier.

Je ne joue pas souvent sur scène, préférant toujours user de ma voix que de mes capacités de musicien, pourtant ce titre en a besoin autant que moi. Accords mineurs, drop C, en trois notes l'euphorie de la foule redouble d'intensité. Ils savent, ils ont compris, car la plupart d'entre eux décortiquent mes paroles autant que mes souffrances que je leur balance sans filtre. Ils connaissent les notes par cœur, ont retenu chaque nuance, chaque mot, comme à chaque fois.

I learned to smile with a blade on my chest. [3]

Le ton a changé, le rock se fait plus calme, plus pur, plus profond. La folie est différente, plus sombre et plus intime.

They call it talent, I call it routine.[4]

Mon cœur se serre, se comprime. Cette chanson me fera toujours cet effet-là, je crois.

They feed me light, I spit out smoke.[5]

Les réactions sont épiques, pas par le bruit qu'elles génèrent, mais par le silence d'une audience captivée. Leurs regards et leurs tympans me sont entièrement consacrés, je crois qu'à cet instant, rien ne pourrait davantage briller.

They say I'm alive when I'm ready to choke. [6]

Je donne tout sur cette chanson, j'extirpe surtout ma douleur, celle contenue la majorité du temps, celle qui ne peut s'exprimer différemment. Quand les dernières notes résonnent, mon public est aussi captivé que moi, peut-être aussi vidé également. Ils vivent avec moi. Ils étouffent avec moi.

Le reste du concert s'écoule dans une euphorie presque violente. Je saute, je hurle, je donne tout jusqu'à ce que mes

---

[3] *J'ai appris à sourire avec une lame dans la poitrine.*
[4] *Ils appellent ça du talent, moi j'appelle ça la routine.*
[5] *On me gave de lumière, je recrache de la fumée.*
[6] *Ils disent que je vis quand je suis prêt à étouffer.*

muscles et mes poumons brûlent, jusqu'à ce que ma voix râpe juste assez pour faire vibrer la salle une dernière fois.

L'ultime note de *When the Lights Go Out* s'écrase dans un mur de cris. Je reste planté là une seconde de plus, le souffle court, la poitrine en feu et les mains tremblantes autour du micro et de son pied. Mes yeux contiennent l'émotion que j'éprouve après cette première prestation française. La lumière m'aveugle à peine, mes écouteurs sur les épaules, pour m'imprégner de leurs réactions. Paris hurle mon nom et ça me traverse comme une décharge finale.

Je lève le bras une dernière fois, poing serré, salut bref, mais appuyé. Je ne fais ni discours ni rappel inutile, je leur ai déjà tout donné. Je recule de quelques pas sous un tonnerre d'applaudissements et de hurlements, les musiciens me suivent, puis je pivote vers les coulisses, happé par leurs ombres dévorantes.

Soudain, la clameur devient sourde, étouffée par les murs épais qui me donnent l'impression de se refermer sur moi. J'arrache mon équipement sans ménagement et le tends à une main dont je n'observe même pas le visage. L'adrénaline retombera bientôt, très vite, trop. Alors je savoure les quelques minutes qu'il me reste à ressentir ce frisson et cette excitation en m'appuyant contre un mur entre la scène et la loge. On me parle, on me félicite, je crois, je ne sais pas, car j'écoute à moitié.

Mon torse monte en rythme, l'air devient plus froid et mordant, plus brutal. Le brouhaha m'atteint encore, mais il est différent, c'est celui du départ, des fans qui pétillent encore de ces deux heures de show que je viens de leur offrir. J'inspire, expire, ferme les yeux une demi-seconde quand une voix que je connais trop bien m'interpelle soudain.

— Tiens, prends ça. Après on parlera.

Je relève la tête vers Nell pour la découvrir qui me tend une clope et un briquet. Son regard ne s'attarde pas sur moi, pas vraiment en tout cas. Il glisse, mesuré et professionnel, glacial même. À l'air sur son visage, je comprends qu'elle ne prépare plus de sermon, juste des faits. Je crois que c'est pire.

Par contre, j'apprécie en partie sa manière de me passer de la crème en me filant une clope, ce qui me pousse d'ailleurs à l'accepter.

Je la glisse entre mes lèvres sans détacher mes pupilles des siennes. Elle ne soutient pas mon regard cette fois, elle vérifie une connerie sur sa tablette de merde. Je remarque qu'elle a enfin opté pour une tenue plus sobre et confortable, il était temps qu'elle envoie chier ces foutus tailleurs de mode à la con. Là, en simple jean et pull en laine, elle paraît plus réelle, moins guindée et stricte, même si elle a toujours son attitude robotique.

Est-ce ma faute ?

La première taffe de fumée entre dans mes poumons, je souris. Je souffle la fumée en l'air, mon regard toujours ancré au sien.

— Viens avec moi dans la loge, m'ordonne-t-elle d'un ton neutre.

Je me redresse et obtempère, même si le changement d'ambiance me rend déjà malade. Cette pièce est trop silencieuse après le vacarme de la salle et ça m'oppresse instantanément. La porte se referme derrière nous avec un claquement sec qui me fait grimacer. Ici, l'air est lourd, saturé d'odeurs de sueur, de cuir et de maquillage. La nicotine s'ajoute à ce mélange et me permet de me recentrer à peine un peu. C'est trop étroit.

Nell traverse la pièce sans un mot, sa tablette resserrée contre sa poitrine, ses talons qui claquent contre le sol en rythme. Elle garde une distance précise entre nous, assez pour que nos corps ne se frôlent plus, assez pour que la rage reste contenue.

Boom, boom, boom.

If you like my cracks[7]...

Merde, ça y est, maintenant son pas m'inspire des putains de paroles de merde. Elle s'arrête enfin et se retourne vers moi, son regard est chirurgical, acéré. Je reconnais ce moment pour l'avoir vécu des centaines de fois, c'est le moment où elle va m'engueuler comme un gamin qui ne capte rien.

Pourtant, je termine ma clope assis sur un fauteuil dans le silence oppressant, interrompu uniquement par nos expirations respectives. Après la petite scène dans le bus, je dois admettre que ça me file encore plus les jetons. Elle cherche ses mots, je crois, et on dirait même qu'elle les pèse un par un pour ne pas exploser. Même si la gifle m'a fait chier, je préfère encore quand elle laisse apercevoir un semblant d'humanité. Il me suffirait de la titiller un peu pour qu'elle se délaisse de cette attitude, j'en suis convaincu.

J'écrase ma clope dans le cendrier le plus proche, soupirant à la fois de lassitude et d'ennui.

— Bon ? J'attends.

— Tu ne peux pas continuer comme ça, lâche-t-elle aussitôt ma phrase terminée.

Sa voix ne monte pas, toujours teintée de cette précision et de ce détachement profond.

— Comme quoi ?

— Joue pas l'innocent. Tu dois arrêter de provoquer constamment. Tu allumes des incendies sans réfléchir à qui devra les éteindre.

J'esquisse un sourire insolent, laisse échapper un rire bref.

— Laisse-moi deviner, tu comptes t'improviser pompier ?

— Arrête de tout prendre à la légère ! gronde-t-elle d'une voix forte.

---

[7] *Si tu aimes mes fêlures.*

Cette fois, la fissure laisse entrevoir le feu sous la carapace. J'adore ça, c'est exactement ce qui me file la trique. Oh, ça et son physique affolant, bien sûr.

— J'ai exécuté une performance exceptionnelle ce soir, Nell. Le public a répondu à l'appel et je crois pouvoir affirmer qu'il était ravi. Qu'est-ce que tu comptes me reprocher au juste ? La tournée est un succès.

— Ne joue pas à ça. L'allusion que tu as faite était évidente et ça ne tardera pas à t'exploser à la figure.

— Une phrase en l'air, c'est devenu un crime ?

Je joue au con, je le sais, mais je ne peux pas m'en empêcher. En même temps, elle est trop sexy quand ses joues rougissent sous l'effet de la colère qu'elle ne contient plus.

— Putain... soupire-t-elle. Thomas, une phrase devant vingt mille personnes et presque autant de téléphones, relayée quasiment en direct, décortiquée en boucle, ouais, c'est un problème !!!

Je continue de sourire avec nonchalance, ce qui semble toucher son point de rupture. Enfin !

Elle s'élance vers moi avec colère et pose ses mains sur les accoudoirs en se penchant dangereusement vers moi. Son souffle rageur s'échoue sur mon visage, transportant avec lui un mélange d'effluves fleuris. Son regard assassin me transperce de bout en bout.

— Je n'ai pas envie de rigoler, siffle-t-elle entre ses dents serrées.

— Continue à me regarder comme ça et je vais vite oublier qu'on est encore en tournée.

Sa réaction est sans appel, elle recule, plus rouge encore que précédemment, mais toujours aussi enragée.

— Tu me dégoûtes ! Tu ne prends rien au sérieux, putain ! Si tu te plantes, tu t'en tapes, mais sache que ce n'est pas le cas de tout le monde ! T'es qu'un putain d'égoïste !

Alors qu'elle tente de me contourner pour quitter la pièce, je fais la connerie de la rattraper en enroulant ma main autour de son poignet.

— Qu'est-ce que tu fais ?!

Je la plaque contre le mur, prisonnière entre mon corps et le placo qui se plante dans son dos. Un geste trop rapide et instinctif que je ne maîtrise pas, comme si je voulais reprendre quelque chose qu'elle m'a arraché la veille. Le pouvoir, mon ego blessé à ses pieds ? Non, ce n'est pas ça…

— Ne me dis jamais un truc comme ça, t'as compris ? grigné-je.

— Sinon quoi ? me défie-t-elle en remontant légèrement le menton.

Je la foudroie du regard, nos visages à quelques centimètres. Son souffle sur ma bouche est court et irrégulier ; le mien n'est pas plus stable.

— Sinon quoi ? répète-t-elle, plus bas.

Sa voix tremble à peine, pas de peur ou de colère, d'autre chose que je ne sais comment nommer. Mes doigts serrent son poignet une seconde de trop. Je le sens, elle aussi. Sa peau est chaude sous ma paume, fine et vivante, elle m'électrise.

— Sinon je te prouve à quel point tu te trompes, répliqué-je d'une voix rauque.

— En me plaquant contre un mur ? C'est tout ce que t'as ?

Elle ne détourne pas les yeux, elle ne supplie pas, elle me défie et… putain ça m'énerve autant que ça m'excite.

Je rapproche mon visage du sien, suffisamment pour que nos nez se frôlent presque, espérant enfin lire la frayeur dans son regard impudent. Rien. Elle continue de me défier, même si je sens son cœur cogner contre ma poitrine. Ou peut-être que c'est le mien ?

— Tu crois vraiment que je m'en tape ?

— C'est l'impression que tu donnes, réplique-t-elle, du tac au tac.

Sa franchise me percute plus fort que son absence de peur et son côté tête brûlée. Je croyais être ravagé, il faut croire qu'elle n'est pas en reste quand elle montre son vrai visage.

— Je bosse comme un taré pour chaque album. Je me crame sur scène. Je vis pour ça. Je ne foutrai pas tout en l'air, je sais ce que je fais avec Raven et je sais que *ça* reste rentable.

— Peut-être, mais ta destruction, elle, ne l'est plus vraiment, enchaîne-t-elle.

Je serre les dents, je suis certain qu'elle peut les entendre crisser vu notre proximité. Le mot retombe entre nous et laisse flotter dans l'air un goût de vérité amère.

— Tu crois que je ne te vois pas ? continue-t-elle d'une voix plus douce. Les joints, l'alcool, la cocaïne, les provocations... Tu veux qu'on te regarde brûler ? C'est ça ?

Je la relâche brusquement, ses mots me piquent, mais pas autant que l'air glacial qui remplace la chaleur de son corps contre le mien. Son regard n'a plus rien de professionnel, c'est devenu personnel et j'ignore à quel moment l'échiquier s'est renversé. Ça me fout autant en rogne que ça m'intrigue.

— Ne fais pas semblant de t'inquiéter pour moi, lâché-je en attrapant mon paquet de clopes.

— Je ne fais pas semblant.

Silence. Cette fois, c'est différent, limite dangereux. Elle se rapproche de moi d'un pas lent et calculé. Ce sont ses doigts qui s'enroulent autour de mon poignet maintenant, me forçant à pivoter vers elle.

— Plus maintenant, ajoute-t-elle en maintenant mon regard.

Ses doigts ne tremblent pas. Les miens si.

Cette proximité me dérange, elle est radicalement différente de simples corps qui entrent en collision, elle est plus intime et profonde. Je ne peux pas l'assumer. Je passe une main dans mes cheveux, fais un pas en arrière en rompant le contact, mais la pièce est trop petite. On est encore trop proches. Toujours trop proches.

— Ce n'est pas ton rôle, Nell. Tu as été très claire hier.

Je préfère qu'elle me déteste plutôt qu'elle s'approche trop près et s'inquiète. Il n'y a rien à sauver.

— J'ai commis une erreur de jugement. Je suis la mieux placée pour t'éviter la chute, le mode robot qui gère les lignes de contrat, avec toi ça ne fonctionnera pas.

— Et tu as réalisé ça en moins de 24 heures ? me moqué-je.

— Ouais, comme quoi, tout est possible. Je peux encore te sauver, t'aider, te tendre la main, il faut juste que tu l'acceptes.

— Non, m'opposé-je encore, ferme. Comme tu l'as dit : ton rôle, c'est de gérer la tournée. Pas la manière dont je gère ma vie !

— Ta vie impacte tout le reste !

— Ma vie m'appartient encore, tranché-je sèchement.

Je joue un jeu dangereux, j'en ai conscience. J'aime ça, cette électricité entre nous, cette façon de la pousser dans ses retranchements pour mieux savourer sa fougue.

Elle soutient mon regard, sans un battement de cils.

— Tu n'es pas qu'un produit, Thomas.

Je ricane.

— Ah ouais ? Pourtant tout le monde encaisse sur mon dos.

— Ils investissent en toi, car ils croient en ton talent. Ne gâche pas ta chance en enchaînant les conneries.

— Si tu le dis...

Je lève les yeux au ciel, si elle est sincère, elle se voile la face. Si elle ne l'est pas, elle est douée dans son mensonge. Je sais que pour le label je ne suis qu'un chanteur de plus dans un calendrier bien garni, un gars qui produit et vend comme on en croise à chaque coin de rue. Camden regorge de types dans mon genre et en dehors d'une voix singulière et d'un talent indiscutable pour l'écriture, ils n'ont rien à m'envier. Si je fane, si je m'éteins, ils m'auront vite remplacé. Elle serait conne de ne pas s'en rendre compte. Elle serait cruelle de vouloir me pousser à croire le contraire.

— Tu crois que j'ignore vraiment que je suis remplaçable ? lance-t-elle soudain.

Un silence s'installe, elle secoue la tête, beaucoup d'émotion dans le regard.

— Tu as raison, je suis une ligne interchangeable. Une donnée variable. Mais toi, tu ne l'es pas. C'est précisément pour ça que tu ne peux pas faire n'importe quoi. Je compte sur toi pour ne pas merder.

Elle pourrait me le dire dix millions de fois dans toutes les langues du monde que je n'y croirais pas. S'il y a bien un truc que j'ai compris, c'est que je ne suis qu'un chiffre parmi d'autres. *L'autodestruction est acceptable tant qu'elle est rentable*. Voilà pourquoi je reste constamment sur la ligne, sur ce fil tendu que je suis le seul à percevoir clairement.

Comme je ne réplique plus rien, Nell soupire et récupère son sac et sa tablette avant d'amorcer un pas en direction de la porte. Je me tourne, l'observe en silence, étouffé par ces questions parasites et cette foutue hésitation qui revient me flinguer la tête.

— Les fans VIP doivent déjà t'attendre, je te laisse une quinzaine de minutes.

Et sans un mot de plus, elle m'abandonne. La porte se referme, je reste immobile une seconde, la fumée s'échappant lentement de mes lèvres. Elle croit vraiment que je ne suis pas remplaçable. Je ricane jaune, bien sûr que si.

J'ai vu des types plus jeunes, plus beaux, plus propres, plus dociles. Des voix incroyables, des mecs prêts à crever pour une signature, des gars prêts à obéir à tous les ordres comme des toutous dociles. Je ne suis pas unique, je suis juste... utile. Et dans ce milieu, l'utilité a une date de péremption.

Je tire une dernière taffe, l'amertume me brûle la gorge, je ferme les yeux une seconde. Si je ne suis pas qu'un interchangeable... Alors qu'est-ce que je suis au juste ? Derrière le personnage d'Ashwound, derrière la rockstar, que reste-t-il ? Y a-t-il encore quelqu'un ?

La fumée s'efface, je jette le mégot dans le cendrier.

Pour la première fois depuis longtemps, je ne suis pas certain d'avoir envie de brûler.

10

Nell Hart

Deux jours depuis Paris et l'odeur persistante de sueur, de nicotine et de colère contenue dans cette loge trop étroite refuse de quitter mon épiderme. La petite scène qu'il m'a jouée là-bas continue de repasser en boucle dans un coin de ma tête comme une séquence que je n'arrive ni à effacer ni à interpréter correctement.

Nous avons traversé ces quarante-huit heures avec une rigueur presque chirurgicale, sans éclat ni confrontation directe. Sans rapprochement non plus. Il a pourtant l'air plus « *calme* » qu'à l'accoutumée, parlant et riant avec l'équipe entre deux tentatives de charme des attachées de presse locales. Il ne revient pas sur sa petite provoc, il répète en boucle qu'il a dit ce qu'il avait à dire et qu'il n'y a rien de plus à ajouter. Je ne sais pas s'il le fait parce qu'il a compris que je risquais autant mon poste que lui sa célébrité, mais en tout cas je lui en suis reconnaissante. Il m'octroie un brin de répit dans cet océan de conneries.

Le label n'a clairement pas apprécié sa pique et, pire encore, s'est fait remonter les bretelles par la branche US de Raven. Évidemment, celle qui doit payer les pots cassés, c'est moi. Alors le simple fait qu'il élude ce passage pour se concentrer sur des réponses en lien avec sa musique et la tournée me rassure quant à la suite. Je suis la seule à penser qu'il ne foutra pas tout en l'air, pas avant la dernière date en tout cas et dans la perspective qu'on lui fiche la paix avec certains sujets. J'ignore ce qui l'a poussé à provoquer Knox comme ça, je pensais que leur querelle était enterrée et je regrette de m'être plantée à ce point, car j'aurais pu l'anticiper différemment. Par chance, l'américain se montre plus raisonnable qu'Ash, ce qui maintient la dispute à l'état de guerre froide. À savoir : réglée en privé, par l'intermédiaire des dirigeants des labels.

Si *mon* artiste se résout à arrêter les conneries, on devrait s'en sortir sans trop de dommages. Et s'il accepte de continuer à jouer le jeu, notamment comme il vient de le faire en répondant à une interview pour un média en ligne avec humilité et politesse (relative vu le nombre de « *putain* » lâchés à la seconde), on devrait pouvoir oublier l'incident. Je veille aux transitions et décortique les questions avant qu'elles ne soient posées de sorte à verrouiller les sujets sensibles, ce qui permet aussi de contenir l'hémorragie. Rien ne me dit qu'il la fermerait sur Raven autrement.

Enfin, si, ce petit quelque chose qui a l'air d'avoir changé dans son regard. Celui que je surprends parfois dans le bus en relevant le nez de ma tablette, celui qu'il détourne comme un gosse pris en faute, celui qui me fait rougir et palpiter telle une ado inexpérimentée. Je me suis rendu compte hier, lors de notre voyage jusqu'à Lyon, que je l'observe davantage que je ne le voudrais. Je le regarde quand il s'appuie sur le dossier d'une chaise avec désinvolture, quand il incline la tête pour poser une question, quand son regard s'assombrit une fraction de seconde avant de redevenir charmeur. Je le regarde taper sur son écran de téléphone avec l'air habité par ses propres mots.

Et je repense malgré moi à la pression de son corps contre le mien dans cette foutue loge parisienne, à la chaleur de sa main autour de mon poignet, à la violence contenue dans ses yeux clairs.

Je déteste les hommes qui imposent leur force. Pourtant, ce quelque chose qui s'est joué là-bas, ce n'était pas ça. C'était autre chose. Un équilibre instable, une tension réciproque. Il n'a pas écrasé ma volonté, il l'a heurtée. Il a pris l'ascendant sans me retirer le mien, créant une dynamique nouvelle au goût pétillant d'interdit.

J'ai détesté.

J'ai adoré.

Le simple fait de l'admettre intérieurement me met hors de moi.

Ce trouble me suit partout et les dernières quarante-huit heures ont pris des allures de cent vingt tant ce fut fastidieux de l'ignorer. Je travaille plus pour compenser, mais vérifier trois fois de suite les timings et les plannings, relire les contrats en boucle et contrôler les accès backstage ne m'évite pas l'avalanche d'émotions incompréhensibles.

Le bus nous a déposés il y a à peine une heure à la Halle Tony Garnier, moins monumentale que l'Accor Arena, mais qui possède une énergie qui n'a rien à lui envier. L'équipe technique installe le matériel en coordination avec nos deux techniciens et les balances ne vont pas tarder. Ashwound circule quelque part dans le bâtiment, mais je n'ai pas la force d'aller vérifier s'il n'est pas en train de se défoncer pour mieux supporter la vie. Je sais, je dois le surveiller pour éviter qu'il se foute en l'air, mais j'ai aussi besoin de mes instants de répit, qui se font extrêmement rares. Nous ne sommes partis de Londres que depuis quatre jours, qu'en sera-t-il dans trois semaines ? Et à la fin du périple, où en serons-nous ?

Alors que je m'assure machinalement que tout se déroule à merveille sans pour autant avoir la capacité ou les connaissances de leur venir en aide, mon téléphone vibre contre ma hanche. Je sursaute brièvement, puis le saisis et frémit en constatant le nom du contact. Richard Hale, évidemment.

Je soupire et m'éloigne en direction des sanitaires réservés aux artistes. La pièce est entièrement carrelée et la lumière trop forte s'y reflète comme une agression visuelle. Je claque la porte et pousse le loquet en faisant glisser mon doigt sur l'écran.

— Allô ?

Je tente une voix posée et maîtrisée, bien que mon esprit commence à anticiper chaque reproche qui me sera bientôt assené. Il est capable de tout pour m'humilier.

— Miss Hart, vous avez cinq minutes à m'accorder ?

Si la fin de sa phrase se termine de façon interrogative, il est évident qu'elle n'a rien d'une question. En un éclair, je vérifie que les WC sont vides et réponds :

— Bien sûr, je vous écoute.

— Je vais être très clair, ce qui s'est passé à Paris ne doit pas se reproduire ce soir.

— Je sais, Monsieur, vous me l'avez déjà dit et j'en mesure l'importance. Ashwound s'est calmé et, comme vous avez pu le constater, il se prête dorénavant au jeu des interviews sans provocation inutile.

— Ne prenez pas ça pour acquis. Un type comme lui, ça déborde si vite des cases qu'on ne voit pas venir l'ouragan.

Je soupire discrètement et pose mon téléphone sur le rebord du lavabo, le haut-parleur activé. Mon reflet change dès que la voix de cet homme résonne, mes sourcils se froncent, mes mâchoires se compriment et c'est évident que la colère bouillonne dans mes veines. Je crois que je le déteste viscéralement.

— Tout est sous contrôle, réponds-je, le plus calmement possible.

— Non. Rien ne l'est ! hurle-t-il. Enfin… pour le moment, c'est un semblant de contrôle, mais ce n'est pas définitif.

J'ouvre la bouche pour répondre, mais il continue, sur un ton supérieur à la con.

— Nous n'avons pas signé Ashwound pour qu'il règle ses comptes sur scène, nous l'avons signé pour contrôler la rockstar adulée et générer des millions. Rien de plus.

La réalité tombe avec brutalité et me coupe presque le souffle. Comment répondre à ça sans le trahir ni me trahir moi-même ? Hors de question d'expliquer à ce connard que Thomas est bien plus qu'un produit à exploiter et que sa vie pourrait possiblement être en danger. Non seulement Richard ne prendrait pas la mesure de la menace, mais en plus il m'ordonnerait de récupérer les paroles suicidaires que j'ai trouvées dans sa poche pour en faire un business. Si j'ai potentiellement accepté de mettre ma carrière en péril, il est évident que je ne le ferai pas au détriment de l'existence de cet homme qui souffre quotidiennement.

— Il n'est pas de ceux que l'on contrôle comme un produit lambda, vous le savez aussi bien que moi, me risqué-je à énoncer.

— Ne soyez pas naïve, tout le monde est contrôlable, Miss Hart. Regardez-vous, vous êtes le parfait exemple.

Je baisse la tête, serre les parois du lavabo à m'en faire blanchir les phalanges, le cœur tambourinant dans ma poitrine. J'ai passé ma vie à reprendre le contrôle de mon existence que d'autres ont piétiné de mille façons différentes. Ce qu'il énonce me percute violemment, comme une énième vérité similaire à une claque en pleine gueule. Ce con a raison, bien sûr, et ça me foudroie de l'admettre.

— Je garde la main, Richard. Je vous l'assure.

Ma voix tremble à peine, non d'hésitation, mais bien de rage contenue. Je voudrais lui coller une droite, putain !

— Non. Vous tentez d'amortir ses dégâts, ce n'est pas la même chose.

Silence lourd. Je me masse les tempes, retiens le flot d'injures qui ne rêve que de franchir la barrière de mes lèvres.

— À Paris, il a repris l'ascendant sur vous, sur la narration et la stratégie. Et nous ne tolérons pas ça !

— Il n'a cité personne, tenté-je de minimiser.

— Il n'en avait pas besoin, les fans ont vite fait le lien ! hurle-t-il désormais.

J'aurais mieux fait de la fermer. Le défendre, oui, mais pas pour générer des réactions inutiles et ridicules de ce genre qui ne font qu'allonger la durée de cet appel d'avertissement.

— Tout est contenu, nous en avons déjà discuté et je vous assure que ça ne se reproduira plus.

— Parce que la branche US a décidé de ne pas escalader. Pas parce que vous avez géré la situation.

Il marque une pause.

— Raven Knox est un actif prioritaire sur le marché nord-américain. Vous comprenez ce que cela signifie ?

— Oui.

— Cela signifie que si un choix doit être fait entre eux deux, ce ne sera pas en votre faveur. Ni la nôtre.

Je déglutis malgré moi, l'estomac comprimé qui semble déterminé à remonter le long de ma trachée.

— Ashwound est toujours rentable, tenté-je de nouveau, un peu maladroitement.

— Rentable ne signifie pas intouchable.

Sa voix devient plus glaciale encore, elle provoque une nuée de frissons le long de mon échine et pas dans le sens sexuel du terme. Je fixe le téléphone avec stupeur, comme s'il pouvait me voir.

— J'ai accepté de vous garder pour conserver la main sur lui, poursuit Richard. Pour cadrer ses écarts, pour lui faire comprendre que sa liberté artistique s'arrête là où commence notre stratégie commerciale, pas pour prendre sa défense comme une groupie aveuglée par l'amour.

— Je ne le défends qu'en tant que manager, il n'est pas un pantin, il est un artiste, un être humain, répliqué-je, choquée par ses propos.

J'ignore ce qu'il croit, mes joues se mettent instantanément à rougir à la simple évocation, évidemment. Heureusement que ce n'est ni une rencontre en face à face ni une visio. Ça n'aurait pas arrangé mon cas.

— Non, il n'est plus rien de tout ça. Ce n'est qu'un produit.

Le mot me heurte plus violemment encore.

— Et les marques se gèrent.

Je ne réponds pas, il enchaîne.

— Souvenez-vous que si vous perdez le contrôle, nous vous remplacerons aussi vite que vous avez remplacé le précédent.

Mon cœur rate un battement, j'ai beau en être au fait, se l'entendre dire de nouveau ne fait pas plaisir. Bien au contraire, ça rappelle à quel point les dés sont pipés et me pousse de nouveau à me demander : qu'est-ce que je fous là, déjà ?

— Les noms ne comptent jamais autant que les chiffres, assène-t-il comme une menace à peine voilée.

Il détache chaque syllabe, entaillant mon cœur et mon esprit plusieurs fois.

— Ni le vôtre. Ni le sien.

Le silence devient lourd, presque étouffant. Je manque de m'étrangler avec ma salive, à moins que ça ne soit du vomi.

— Vous pensez qu'il est irremplaçable ? reprend-il face à mon silence éloquent.

Je ne réponds toujours pas, je n'en suis de toute évidence plus capable. Si j'ouvre la bouche, je gerbe mes tripes sur le lavabo et le téléphone au haut-parleur grésillant.

— Il ne l'est pas. Aucun artiste ne l'est. Nous fabriquons des trajectoires et comme n'importe quelle marque, nous pouvons aussi le détruire en un instant.

Je sens ma mâchoire se crisper encore plus, c'est sûrement la dernière chose qui retient mon dégueulis. Son monologue termine de m'achever, tant de terreur que de réalité tranchante.

— Si vous perdez la main de nouveau, on vous changera. Si c'est lui qui dépasse la ligne, en une semaine on l'oubliera. Talent ou pas.

— Je fais mon travail, bégayé-je, à deux doigts de tout casser autour de moi à défaut de lui enfoncer les dents dans la gorge.

— Faites-le mieux. Dernière chance. Des minettes avec votre belle gueule et votre poitrine on en trouve à chaque coin de rue, ça ne sera pas difficile de lui en coller une autre entre les pattes, si vous voyez ce que je veux dire.

Malheureusement, je vois très bien. Je serre les poings, récupère mon téléphone qui craque sous ma poigne colérique.

— N'oubliez pas que votre contrat est à durée déterminée, déterminée justement par votre capacité à gérer *la marque*.

— Oui, je ne risque pas de l'oublier, grincé-je, plus enragée que jamais.

Il me faut toute la force du monde pour ne pas l'envoyer chier et mettre un terme à toutes ces conneries. J'ignore d'où je la sors, mais je m'y accroche et garde le reste des mots à l'intérieur, là où ils ne feront pas davantage de dégâts.

— Bien. Maintenant que les choses sont claires, je vous souhaite une bonne soirée et un bon concert, Miss Hart, termine-t-il d'une voix enjôleuse.

La ligne se coupe et je reprends finalement mon souffle, ébahie et tremblante. Je reste plantée là, face au miroir qui reflète une version de moi que j'espérais ne plus jamais voir, la terrifiée et colérique Nell, prête à buter pour ne pas crever. Le silence des sanitaires me percute de plein fouet, mais il est trop vite brisé par le bruit de quelques pas sur ma gauche. Des bottines raclent le sol, je n'ose même pas lever les yeux. La porte se ferme, le verrou s'enclenche, je ferme les paupières pour accrocher mon masque de contrôle sur ma face ravagée par toutes ces foutues émotions.

Quand je relève la tête et plante mes pupilles vers lui, tout se casse la gueule.

— Charmante conversation, constate-t-il, amer.

Il ne sourit pas, il ne joue pas, il ne provoque même pas. Il se contente d'une phrase aussi courte que lourde, adossé à la porte, bras croisés, mâchoires serrées. Ses yeux ne sont plus charmeurs ou insolents, ils sont sombres, denses. Pour la première fois depuis que je l'ai rencontré, j'ai l'impression d'y déceler une certaine lucidité.

— Depuis combien de temps es-tu là ? demandé-je dans l'espoir de gagner du temps pour trouver une explication.

— Suffisamment pour tout comprendre.

— Que crois-tu avoir compris ?

Son regard glisse fugacement sur le téléphone dans ma main moite, puis replonge dans le mien. Il ne répond pas, il m'observe en attendant un éclaircissement qui ne vient pas. Mon cœur a-t-il déjà battu aussi vite ? Oh oui, sans nul doute. Mais ai-je déjà cru me désintégrer face à un silence aussi profond ? Jamais.

— Tu n'aurais pas dû écouter. Et d'ailleurs, la porte était verrouillée !

— Non, le verrou n'était pas enclenché correctement, elle était entrouverte.

Merde ! J'ai été trop conne ! Dans ma précipitation, j'ai tout bonnement laissé la porte ouverte à toutes les commères du coin. Et il a fallu que celui qui se pointe ce soit lui, évidemment. Un musicien, un technicien, ça aurait été facile à convaincre de ne rien dire, mais lui ? Il ne me laissera pas sortir avant d'avoir eu une explication solide. Je n'en possède pas l'ombre d'une ébauche.

— Alors, on débat encore de la porte ou on commence à parler plus sérieusement ? demande-t-il face à mon absence de réponse.

J'inspire profondément et expire, ne sachant pas où commencer et comment finir. Même si je rêve de rendre la monnaie de sa pièce à cet enfoiré de Richard, dévoiler à la star toute cette conversation et les enjeux me semble un pari extrêmement risqué, surtout quand on considère son instabilité.

— Thomas, écoute... commencé-je maladroitement en m'approchant de lui.

— Il t'utilise autant que moi, c'est ça ?

J'écarquille les yeux, surprise par tant de lucidité. Lors de notre échange relativement tendu dans la loge de Paris, j'ai compris qu'il n'était pas si innocent qu'il s'en donnait l'air, mais j'étais loin de me douter de son niveau de clairvoyance.

— Je n'ai pas envie de parler de ça maintenant. Va faire tes balances, on en discutera plus tard.

Je tente de me frayer un chemin vers la porte, tremblant de toutes parts, mais il m'intercepte en se plantant devant moi.

— Il est hors de question que tu quittes cette pièce sans me raconter ce qui se passe.

Je déglutis, ma gorge devenue si étroite qu'elle en est presque douloureuse, mon regard planté dans le sien.

— Je ne sais pas quoi te dire, avoué-je après une seconde d'hésitation. Tout ce que je pourrais balancer risquerait de tout foutre en l'air.

— OK, laisse-moi parler dans ce cas. Richard Hale est un enculé de première qui me considère comme un produit, une marque sans âme ni libre arbitre. De ce que je constate, je me suis planté. Tu n'es pas comme lui, tu crois encore que je suis un être humain qui mérite de la considération. Sans oublier qu'il te fait du chantage et estime que tu es aussi interchangeable que moi. *Grosso merdo*, ce fumier pense que le plus important c'est l'oseille et que ni toi ni moi n'avons notre mot à dire à ce propos, si ce n'est : « *Oui, maître. Merci, maître.* ».

Nerveusement, je laisse échapper un rire bref. Je hoche la tête. Bien résumé, malgré l'horreur de la situation.

— Bon, maintenant que ça, c'est établi, laisse-moi te poser une question : pourquoi accepter un tel traitement ?

Sa tête se penche légèrement sur le côté, comme s'il tentait de m'analyser. Je secoue la mienne, à peine sonnée, puis hausse les épaules avec une fausse nonchalance.

— Je te retourne la question. Tu as une passion qui t'anime et te fait vivre, pourquoi ne pas faire produire ta musique par quelqu'un d'autre ? Ou par tes propres moyens. Après tout, internet pullule d'artistes talentueux.

Il esquisse un sourire, se mordille la lèvre et fait glisser lentement ses doigts le long de mon bras. Un frisson me parcourt, mon souffle se bloque dans mes poumons et, quand je le reprends, j'ai l'impression que tout est plus doux tout à coup. Quand il rompt le contact, après quelques secondes, le froid me cueille comme l'hiver succède à l'automne.

— Pour la scène, Nell. Il n'a jamais été question que de ça. J'en ai besoin, c'est vital. Pathétique d'avoir besoin de hurler devant des milliers de personnes, mais au moins c'est assez clair.

Je croise les bras, un réflexe idiot de protection, car je sens que ses mots me touchent bien plus que j'accepte de l'admettre. Son visage me dévoile une expression inconnue, aussi douloureuse que réelle, mature et à la fois aussi pure que celle d'un enfant blessé. Mon cœur se serre inévitablement surtout en songeant aux paroles lues dans le plus grand secret.

— Mais toi ? Pourquoi tu fais ça, Eleanor ?

Mon prénom complet dans sa bouche sonne comme un souvenir oublié qui remonte à la surface. Je reste coite, rendue muette par la succession d'émotions diverses qui se bousculent en moi. Une larme veut se frayer un chemin, mais je la repousse avec l'ardeur qui me caractérise habituellement. Dans cette bulle intime qu'il crée pour moi, pour la première fois, je distingue une fêlure dans mon armure. Et pour la première fois, je donne à un autre une infime partie de qui je suis vraiment.

— Parce que c'est le seul truc dans ma vie que j'ai choisi.

Il hausse un sourcil d'étonnement, captant l'intensité de mes mots, cette courte phrase qui ne prend du sens que lorsqu'on ressent ce qu'elle n'exprime pas. Je serre les dents, ma voix tremble à peine.

— Je veux juste pouvoir choisir, ajouté-je.

Son visage se fronce à peine, il humecte ses lèvres.

— Choisir quoi ?

Je hausse les épaules, un rire amer m'échappe face au ridicule de la situation. J'ai choisi de devenir manager d'artistes quand Harold Clark m'a harcelée sexuellement pour me faire chanter dans les locaux de la compagnie d'assurance *Direct Line Group*. J'ai choisi de quitter Randy en abandonnant tout ce que j'avais quand il m'a laissée pour morte sur le sol de notre appartement. J'ai choisi de quitter le domicile familial après un énième viol incestueux à l'âge de 18 ans pour reprendre ma vie en main. Et maintenant ? Je choisis quoi, au juste ? De me laisser de nouveau piétiner en croyant posséder encore une once de contrôle ? Quelle mascarade !

— Je ne sais plus, admets-je avec douleur. De rester ? De partir ? De prendre des risques en faisant ce que j'aime ? De me battre pour moi, mais aussi pour toi ? De ne pas... accepter d'être déplacée comme un pion docile ?

Je soutiens son regard, la vérité me brûle les lèvres et pour la première fois de ma vie, en toute conscience, j'en dévoile assez pour lui permettre de me détruire ultérieurement si l'envie lui prenait. Quelque chose en moi me hurle qu'il ne le fera pas. Deux âmes écorchées ne peuvent décider de se détruire davantage.

— On m'a déjà retiré assez de choses dans ma vie sans me demander mon avis. Ça, au moins, je continue de le choisir. Je veux lui prouver que j'en suis capable et me prouver à moi-même que je ne laisserai personne m'empêcher d'aller au bout des choses.

Il me fixe longtemps, trop longtemps d'ailleurs. Après mon petit laïus qui me semblait pertinent il y a une minute, je me sens vidée et essoufflée. Mise à nue. Décortiquée.

Étrangement, face à lui, je ne me sens pas mal à l'aise de l'être. Je voudrais qu'il continue de me dévisager comme il le fait sans jamais s'arrêter. Je voudrais que cette bulle aux relents de produits d'entretien n'éclate jamais.

Merde, qu'est-ce qui me prend ?

Dans un murmure tout juste contenu, il énonce :

— Ils peuvent nous remplacer, d'accord.

Son regard qui a dévié une seconde revient se planter dans le mien avec une intensité dévorante. Il s'approche de moi, limitant mon espace personnel à un maigre centimètre.

— Mais ils ne pourront pas nous remplacer en même temps, pas en pleine tournée.

Je fronce légèrement les sourcils, dans l'incompréhension totale.

— Que veux-tu dire par là ? demandé-je d'une petite voix.

Un éclat nouveau traverse ses yeux, ni romantique ni tendre. Il devient tout à coup plus stratège que je ne l'ai jamais été.

— S'ils me coupent, ils perdent l'actif. S'ils te coupent, ils perdent le *contrôle* sur moi.

Il incline légèrement la tête, son regard passe de mes yeux à mes lèvres à peine entrouvertes. Mon cœur tambourine à la fois de toutes ces émotions qui me percutent et à la fois d'une excitation difficile à dissimuler. Oui, mes joues chauffent, signe d'une rougeur évidente.

— Ils ont besoin qu'on soit divisés, qu'on travaille l'un contre l'autre, pas vraiment ensemble.

— Thomas…

— Non, écoute-moi, m'interrompt-il avant même que je puisse exprimer le fond de ma pensée.

Sa main empoigne tendrement mon menton, son pouce caresse ma peau, puis ma lèvre tremblante. Pour être totalement honnête, je rêve qu'il m'arrache mon jean et me prenne contre le lavabo en me regardant droit dans les yeux à travers le miroir. Voilà les idées qui traversent mon esprit salace lorsqu'il reprend la parole avec sérieux.

— Tu veux choisir ? Alors on choisit.

L'air entre nous devient plus électrique que jamais et je sens mon entrejambe palpiter sous la tension qui émane de nos corps. Le sujet est plus que sérieux et pourtant je ne peux m'empêcher de penser à ce que je ressentirais s'il m'arrachait mes vêtements. Que me ferait la sensation de ses doigts entre mes replis déjà trempés ?

— Tu veux garder la main ? C'est bien ce qu'il a exigé de toi ?

Je hoche la tête, tentant vainement de me remettre totalement dans la conversation.

— Alors on la prend ensemble.

Mon souffle se bloque. Il ajoute sa seconde main autour de mon visage, m'encadrant désormais de ses paumes aux doigts vernis et tatoués. Pour la première fois depuis que j'ai pris ce poste auprès de lui je ne me sens ni pion ni manager. Je me sens... alignée. Dangereusement alignée.

— On renverse le plateau et on reprend la main. Ensemble.

Il insiste sur ce dernier mot, son souffle à l'odeur de marijuana m'enivrant assez pour me donner confiance.

Son regard électrique est un support suffisamment solide pour que je hoche la tête sans prendre le temps d'y réfléchir. J'imagine que nous verrons les termes de cette collaboration plus tard, ailleurs. Pour l'heure, il colle son front contre le mien et je remonte naturellement mes mains le long de ses épaules.

Il demeure toujours ce foutu centimètre entre nous, aussi frustrant qu'une barrière entre l'idole et ses fans. Et pourtant, je ne me suis jamais sentie aussi en phase avec quiconque qu'en cet instant.

Des coups sont portés contre la porte, une voix la traverse, mais nous ne remuons pas.

— Ash, t'es là ? T'as pas vu Nell par hasard ? questionne Mark.

La bulle éclate en douceur. Thomas recule, mais ne me relâche pas. Nos iris s'arriment, une nécessité avant de laisser le monde se remettre à tourner.

— On a un concert à assurer, Miss Hart. Mais après, je te promets de trouver un tas d'idées pour bien les baiser.

Il me relâche, je retrouve à contrecœur l'usage de mon corps et de ma respiration. Devrais-je ajouter, avant qu'il ne parte, que j'en ai un tas d'idées pour baiser ensemble, là tout de suite ?

Après un concert hors normes, mon esprit est embué et il me faut quelques heures pour remettre totalement les pieds sur terre. Nell semble perturbée, c'est à peine si elle me répond et n'ose même plus me regarder en face. Dans la loge, je n'ai pas cherché plus loin, j'avais autant besoin de solitude qu'elle. Après la rencontre avec quelques fans VIP triés sur le volet, nous étions tous pressés de manger quelque chose, ce qui expliquait probablement l'urgence et l'évitement.

Désormais, le calme reprend ses droits petit à petit dans le bus, une discussion qui s'éteint après l'autre, un joint, un verre qui se vide. Lentement, les places sur les sofas se libèrent, les lumières baissent en intensité et la seule qui demeure, c'est celle qui brûle dans l'échange de regards entre Nell et moi.

Nous sommes face à face, une table entre nous et l'allée centrale comme un fossé infranchissable. Mark est encore debout, il somnole sur son PC portable qu'il trimbale partout avec lui tel un prolongement de son corps. Je tire sur ma clope sans détacher mon regard de l'électrisante manager qui me le rend bien.

Tout à l'heure, dans les sanitaires, j'ai bien cru me jeter sur elle et déchirer ses fringues tant la tension entre nous était irrésistible. Ses doigts sur mes épaules, son souffle contre ma bouche et son front soudé au mien, je crois n'avoir jamais rien vécu de tel. Une connexion au-delà du physique, une union non seulement initiée pour détruire, mais qui pourrait bien nous sauver au passage. Pourtant, j'en ai connu des femmes aussi attirantes et sauvages, des groupies prêtes à tout pour me faire plaisir aux simples nanas attirées par autre chose que la star ; beaucoup sont passées entre mes bras. Aucune ne m'a jamais fait ressentir un truc aussi fort et inconnu à la fois. Aucune ne m'a jamais fait éprouver ça. Ce n'est pas uniquement du désir ou de l'obsession. C'est un truc plus primal et dangereux. Comme si cette femme avait trouvé la fissure exacte dans laquelle planter ses doigts.

— Bon, il est tard, bougonne Mark.

Je le vois s'étirer du coin de l'œil ; il se lève, fait craquer sa nuque et se plante entre nous.

— Vous n'allez pas dormir ? questionne-t-il comme si ça l'intéressait vraiment.

Je termine ma cigarette que j'écrase dans le cendrier sans jamais détacher mes prunelles de celles de Nell. Elle, elle se redresse doucement et se racle la gorge, avant de rompre le contact visuel.

— Pas tout de suite, j'ai encore quelques trucs à voir pour demain, répond-elle vaguement.

— Ouais, la journée va être longue, déclare Mark en bâillant.

Je ne lui prête pas la moindre attention, tout juste une oreille distraite par tout ce qui me traverse la tête. Notamment les mots de Hale envers Nell, l'expression sur son visage, les battements de nos cœurs trop forts pour être ignorés.

— Bonne nuit ! lance le manager tour en s'éloignant d'un pas traînant.

Quelques secondes s'écoulent durant lesquelles nous continuons de nous regarder sans prononcer un mot, sans initier le moindre mouvement. Nos souffles, même à distance, semblent suspendus l'un à l'autre, patientant sagement que le silence soit rompu. Les genoux repliés devant elle, ses mains nerveusement liées par-dessus, Nell semble totalement déroutée. Je ne distingue plus la moindre assurance et le masque de contrôle qu'elle semblait maintenir en place depuis des heures ne tient plus à rien. Même ses iris ont l'air de m'implorer de faire quelque chose, d'agir, de mettre mes promesses en route.

Je me pince les lèvres, déglutis. Cette conversation est d'une importance capitale, elle marquera un tournant dans la dynamique de notre relation et j'ai comme le sentiment qu'elle sera déterminante. Je lui ai assuré qu'on travaillerait ensemble à casser le système dans lequel on nous enferme, mais en sommes-nous réellement capables ? Est-ce possible de les faire payer pour tout ce qu'ils nous font subir ? Quelles seront les conséquences ?

À mon tour, je suis pris d'un doute considérable et je commence à me demander si je ne suis pas allé trop loin. S'accroche-t-elle à l'espoir d'obtenir *justice* à cause de mes paroles ? Et si je n'étais tout simplement pas à la hauteur de la tâche ?

— Je...

Sa voix est rauque, à peine brisée par l'émotion palpable qui émane d'elle. C'est étrange, mais c'est tout ce dont j'ai besoin comme impulsion pour effacer tous mes doutes d'un revers mental. J'ignore comment elle fait, mais elle parvient à me remplir d'une certitude immuable : avec elle, je peux tout faire. *Fuck*.

Je me lève d'un bond, lui tends une main avenante et dresse mon index devant ma bouche pour l'intimer au silence. Elle me considère, perplexe, durant une seconde, puis m'accorde sa confiance en même temps que sa paume. Sa peau chaude m'électrise immédiatement, je la guide à travers le couloir où les respirations profondes résonnent jusqu'à ma chambre.

Mon cœur va bien finir par me péter les côtes.

Une fois la porte refermée derrière nous, je réalise que je ne sais pas quoi faire ni comment. En fait, je crois que j'ai juste besoin de me sentir proche d'elle, d'entendre son souffle, de percevoir sa présence tout contre moi. C'est un changement radical, moi qui souhaitais encore la voir disparaître pas plus tard qu'hier, comme le reste de mes managers.

— Je ne sais pas si c'est une bonne idée, souffle-t-elle, sans y croire elle-même.

Nous nous faisons face, proches, mais pas encore assez à mon goût. J'ai toujours sa main dans la mienne, je la caresse du bout du pouce en secouant la tête lentement. L'impression que les mots n'auront jamais assez de poids ne me quitte pas, je suis incapable de parler, car j'ignore si ça suffira. Je l'attire vers moi, elle se plaque naturellement contre mon torse et mes bras s'enroulent autour de son corps.

Durant quelques minutes, nous restons comme ça, sans rien dire, sans bouger autre chose que mes doigts qui caressent son dos. C'est un sentiment étrange qui me prend aux tripes, celui d'être où il faut, avec qui il faut. Celui d'avoir trouvé un alter ego, une personne capable de comprendre ce que moi-même je ne saisis pas. Comme si tout ce qui m'a détruit jusque-là m'avait simplement conduit jusqu'à elle.

— Je le laisserai plus te parler comme ça, murmuré-je sans trop savoir pourquoi.

Elle relève lentement la tête vers moi, je baisse mes yeux vers elle.

— Je me fiche de la façon dont il me parle.

— Pas moi.

Elle esquisse un sourire, lève une main qu'elle pose délicatement sur ma joue. Un frisson exquis me traverse des pieds à la tête, je ferme les paupières.

— Personne sur cette terre n'a le pouvoir de me briser, d'autres ont déjà essayé avant sans jamais y parvenir.

— Alors, je dois en conclure que t'es une nana forte ?

— Pas tant que ça, bougonne-t-elle, en une moue délicieusement adorable.

Je hausse un sourcil, légèrement amusé par sa réponse que je ne comprends pas tout à fait.

— Tu minimises pour que je te rassure ou c'est réellement ce que tu penses de toi ?

Là, la tension presque électrique qui subsiste entre nous semble gagner en intensité. Elle mordille sa lèvre, penche la tête sur le côté et je vois très clairement son regard dériver vers ma bouche. Mon corps se tend instantanément, prêt à tout recevoir d'elle, prêt à tout lui donner en retour.

— Non, c'est ce que je pense. Parce que si j'étais aussi forte, je saurais te résister...

Et là je comprends que ce n'est pas de la faiblesse. C'est le même vertige qui me traverse.

En un battement de cils, elle fonce sur mes lèvres qu'elle dévore avec avidité. Instinctivement, je la soulève et la plaque contre le mur en bois, ma langue enroulée à la sienne. Elle a un délicieux goût de menthe. Mes mains pétrissent ses fesses que je maintiens fermement, tout en retenant l'élan d'excitation qui me hurle de la prendre sans attendre une seconde de plus.

Ses mains s'agrippent à mes épaules comme si sa survie dépendait de notre proximité. Je ne me suis jamais senti aussi désiré de ma vie et pourtant je le suis par des milliers de nanas prêtes à brûler leurs culottes pour le prouver. J'ai beau enchaîner les conquêtes, passer de cuisses en cuisses, vivre des aventures érotiques d'une folie sombre et passionnée, jamais je n'ai ressenti une urgence aussi impérieuse.

J'en oublie tout ce qui nous entoure, le bus, la tournée, ce connard de Hale et Sterling Records. La seule pensée cohérente que je formule porte son nom, son odeur, son goût.

Je remonte une main le long de son corps enflammé, attrape ses cheveux que je tire suffisamment pour lui faire relever la tête. Un râle lui échappe, mais le gémissement qui suit lorsque j'embrasse sa gorge l'efface très vite. Sa poitrine prisonnière d'un pull en laine immonde se soulève en rythme avec sa respiration haletante tandis qu'elle se redresse et encadre ma nuque de ses bras. Mon visage se retrouve coincé contre ses seins que le tissu continue de dissimuler en partie. Super décolleté, mais là j'en veux plus. Je relâche ses cheveux pour tirer sur le vêtement, me frayant un chemin plus que direct vers son galbe rebondi. Sa peau est chaude, douce, sucrée. Ses gémissements sont si rauques et sa respiration tellement hachurée que je comprends que mes baisers ont l'effet escompté. Et même plus que je ne l'imaginais.

— Oh putain... susurre-t-elle entre deux halètements.

Elle relève la tête et l'arrière de son crâne cogne contre le bois, une fois, deux fois. Qu'est-ce qu'elle fout ?

Je m'interromps, inquiet qu'elle se fasse mal.

— Ça va ?

— Oui, t'arrête pas. Continue...

Je hausse un sourcil, mais ne me fais pas prier. Je la balance sur le lit et sans lui dire, elle retire précipitamment son pull, me dévoilant sa poitrine fabuleuse prisonnière d'un simple soutien-gorge en dentelle sans rembourrage. Bon sang...

Je jette mon tee-shirt, ouvre ma ceinture et la retire avant de la faire claquer dans l'air. Elle se mordille la lèvre, se tortille comme un diable en ôtant son jean slim pour mon plus grand plaisir. Son string en dentelle transparent ne cache absolument rien de son intimité et, si j'en crois l'auréole que je distingue vers sa fente, elle est plus qu'excitée.

Mon pantalon enfin retiré, je me penche vers elle et la surplombe totalement en reprenant possession de sa bouche. Je veux lui faire perdre la raison, qu'elle s'égare dans son orgasme et ne trouve son chemin qu'en suivant le son de ma voix. Je me frotte contre elle, mon sexe bien dressé contre son entrejambe que je sens trempé même à travers nos sous-vêtements. L'une de mes mains remonte le long de son corps et empoigne son sein, lui arrachant un petit cri rauque. Mon doigt retire le tissu fin et joue avec son téton dressé, impatient, excité.

Elle ne se laisse pas seulement faire, elle caresse ma peau du bout des doigts, trace des lignes imaginaires le long de ma colonne, de mes hanches, mon aine, et finalement s'aventure dans mon boxer. La fraîcheur de sa peau contre mon membre m'arrache un léger frisson et je mordille sa lèvre par réflexe, elle aime ça.

On s'arrête une seconde, nos regards se croisent, se sondent. Pas besoin de mots. On comprend tous les deux qu'il n'y aura plus de retour en arrière. Tout bascule. Mais aucun de nous n'a envie d'appuyer sur les freins.

D'un geste sec et maîtrisé, je déchire son string et elle me retire mon boxer. L'urgence fait trembler nos corps, mais elle accélère aussi les battements de nos cœurs. Nell enroule ses jambes autour de mes hanches, je plaque une main sur ses reins. En un mouvement de bassin, je m'infiltre en elle dans un concerto à deux gémissements. Elle plante ses ongles dans ma peau, provoquant une sorte de brûlure qui me traverse et elle s'accroche à moi de toutes ses forces. La tête renversée, elle me fixe d'un regard aussi excitant qu'inquiétant. C'est celui qui me confirme que coucher avec elle ne sera pas seulement une mauvaise décision sur mon interminable liste.

J'ai couché avec des tonnes de femmes, des nuits entières à me perdre dans des corps qui ne comptaient pas. Mais là… ça ne ressemble pas à une conquête de plus. Ça ressemble à un putain de point de non-retour.

Les sensations physiques sont ce qu'elles sont, mais l'urgence de me sentir encore plus proche d'elle me donne le tournis. Je la serre contre moi, continue d'aller et venir en elle comme si c'était la dernière fois tout en comprenant que ce n'est que le début. Je presse sa peau, plante mes doigts dans sa chair en respirant contre son cou, je la soulève contre moi, quand elle finit par me renverser sur le dos.

Elle me surplombe et retire son soutien-gorge qu'elle envoie valser, puis m'attrape les mains pour que j'empoigne ses seins. Elle relève la tête et commence à remuer, j'en ai presque le souffle coupé. Je serre les mains, pince les tétons, me laisse aller à une petite claque sur son galbe qui la fait gémir davantage. Elle s'appuie sur mes abdos dans lesquels elle plante ses ongles, la griffure est parfaite, elle semble remonter jusqu'au bout de mon sexe en une décharge électrique savoureuse. Elle est divine !

Nos regards se retrouvent, s'ancrent, comme on grave un moment dans sa tête avant de le voir disparaître.

C'est à cet instant précis que je comprends un truc effrayant : je veux pas qu'elle disparaisse. Jamais.

La peur ne guide pourtant pas mes gestes, je me redresse sur les coudes, attrape sa nuque et la plaque contre moi pour l'embrasser à en perdre haleine. Je veux la serrer jusqu'à m'en casser les côtes, je veux être si proche d'elle que je ne saurai plus où elle commence et où je termine, je la veux encore et encore jusqu'à l'épuisement total. Plus je m'enfonce en elle et je la serre contre moi, plus une évidence s'impose.

Cette femme vient de foutre un bordel monumental dans ma tête et je crois bien être incapable de m'en passer.

12

Nell Hart

Le réveil est doux. D'abord un brin de lumière, puis mon corps retrouve ses sensations et surtout le poids du bras de Thomas autour de moi, sa main qui entoure mon sein. Son corps entier est plaqué contre mon dos, une position aussi intime que naturelle qui semble s'être imposée d'elle-même. Sa respiration contre ma nuque est paisible, presque rythmée, et fait naître un léger sourire sur mes lèvres.

Le plus délicatement possible, je pivote pour me retrouver face à lui, ce qui lui arrache un petit mouvement, mais ne le réveille pas.

Pour la première fois de ma vie, je découvre son visage sans filtre ni tension. Il est détendu, calme et serein. L'arrogance a disparu, la star adulée s'est effacée au profit de l'homme. Et quel homme...

Une sensation électrique secoue mon bas-ventre en me remémorant la nuit d'hier, symphonie de corps qui s'entrechoquent dans l'urgence d'un besoin bestial. Je mordille doucement ma lèvre, pose mon front sur son torse, animée par la nécessité de me lover davantage contre lui.

Pour la première fois depuis très longtemps, je ne me réveille pas avec l'envie de fuir. Et j'oublie toutes les raisons pour lesquelles je devrais déjà être partie.

La chaleur de nos corps me rend si sereine et détendue que je me surprends à rêvasser de l'après. Si ces matins devenaient ma routine ? Je sais, c'est stupide et digne d'une gamine à la con qui n'a pas encore vécu de déconvenues. Mais... et si ? Y a-t-il une possibilité pour que ce que nous avons vécu cette nuit se prolonge d'une quelconque façon ? Ou était-ce ce fameux *one night stand*[8] indispensable quand la tension devient trop forte ? Comment remettre les pieds sur terre après ça ?

Cette nuit, nous n'avons pas fait que *baiser*. Notre relation était intense sur le plan charnel, mais elle l'était davantage sur le plan émotionnel. Je ne peux pas l'avoir inventé, je ne suis pas le genre de fille à désespérer qu'on m'aime, à rêver d'une histoire d'amour alors que tous les signaux me hurlent une descente aux enfers. Ce que j'ai ressenti était au-delà des mots, au-delà de l'orgasme et de l'envie.

— Tu fixes souvent les gens pendant qu'ils dorment ? me demande soudain Thomas, d'une voix rauque et endormie.

J'esquisse un sourire, plante mon regard dans le sien, comme hypnotisée.

— Nan, je ne dors jamais avec personne.

— Arrête, je vais me sentir privilégié.

Il me serre contre lui, son nez dans mon cou, son corps entier plaqué au mien. Évidemment, inutile de préciser que nous sommes nus. À quoi bon s'habiller ?

Durant quelques minutes, le silence se fait dans mon esprit. Tout est clair, vide, reposant. Je ferme les paupières, le serre plus fort contre moi tel un besoin vital de ne plus m'en décrocher.

Mais comme la présence seule d'un homme ne peut pas non plus tout effacer — et ce serait bien dommage si c'était le cas —, mes préoccupations reviennent rapidement se frayer un chemin dans mon esprit. La discussion que j'espérais tant hier soir et qui s'est changée en autre chose doit se dérouler, c'est important. Cependant, je réalise que notre nouvelle proximité donne lieu à une différente approche.

---

[8] *Coup d'un soir.*

— Alors, quel est ton plan pour le label ? demandé-je d'une petite voix.

— Déjà, je dirais que ce qui s'est passé hier soir pourrait bien les faire chier, réplique-t-il, un brin amusé.

Je recule légèrement, haussant un sourcil offusqué.

— Quoi, tu m'as baisée juste pour les emmerder ?

— Ça va pas ou quoi ! Tu crois que j'ai besoin d'un plan comme ça pour coucher avec toi ?

Il secoue la tête et nous fait rouler sur le côté pour se retrouver au-dessus de moi. Il se maintient en équilibre sur un coude et fait glisser sa main le long de mon ventre, ma hanche, ma cuisse pour ensuite venir caresser mon intimité.

Immédiatement, je me cambre contre lui, électrisée par ce contact.

— Ose répéter pour voir ? me provoque-t-il.

Il se penche vers moi, absorbe mon téton dans sa bouche, joue avec sa langue, ses dents. Je m'approche rapidement et dangereusement d'un précipice où je ne contrôle plus rien.

— Répète, insiste-t-il.

Il souffle contre mon mamelon humide, je suis traversée par un frisson délicieux qui termine sa course entre mes replis humides, contre ses doigts habiles.

— Non. J'ai compris.

L'instant d'après, il se fraie un passage en moi, son sexe déjà dur et gonflé, prêt à me faire chavirer.

Sa main m'attrape les cheveux, à l'arrière de ma tête, tandis que ses yeux s'arriment aux miens.

— On va renverser le pouvoir à deux. On le prend ensemble, on les fait paniquer, on les pousse au bout de ce qu'ils pourront endurer.

Ses mouvements sont lents et calculés, ils me coupent le souffle, mais ses mots me le rendent.

— Comment ?

— Par tous les moyens. Sans jamais saboter la tournée, mais en leur donnant l'impression que c'est le cas.

Il ponctue sa phrase d'un baiser enfiévré, terminé sur une morsure de ma lèvre inférieure.

— Champ libre en interview ? questionné-je, la voix tremblante.

— Champ plus que libre. On montre qu'on ne les craint pas, on donne au public ce qu'il attend, mais pas ce que le label valide.

Il est légèrement essoufflé, comme s'il tentait de se retenir, de contenir le feu qui le dévore. Ce même feu que je rêve de voir nous consumer.

— Ce qu'il faut... tenté-je, tant bien que mal, c'est trouver l'équilibre parfait. Le public t'adore, il adore ton attitude, mais tu ne dois pas piétiner sa limite.

— Exactement.

Son coup de reins à cet instant est plus ferme, plus profond et je ne retiens pas mon gémissement. Thomas me sourit, son regard illuminé par mille émotions que je ne lui connaissais pas. En même temps, avant ça, l'ai-je vraiment connu tel qu'il est ?

Alors que je m'agrippe à lui de toutes mes forces, quelques bruits nous parviennent depuis le couloir et une voix grave, celle de Mark, fait péter la bulle.

— Quelqu'un a vu Nell ?

Mon corps se tend immédiatement, mais celui de Thomas reste en position. Il lève les yeux au ciel et soupire.

— Sérieusement ?

Mon cœur s'emballe, que diront-ils s'ils me trouvent ici ? Surtout en train de faire... ça.

— Je devrais peut-être... commencé-je dans un murmure.

— Rien du tout. Enfin, si. Reste là et...

Un sourire amusé se dessine sur son visage, puis il plaque sa main contre ma bouche en approfondissant davantage ses poussées. Il n'a aucune intention d'arrêter.

— Ne fais pas de bruit, chuchote-t-il contre mon oreille.

Et tandis qu'il me fait l'amour sans retenue, je m'étouffe contre sa paume dans laquelle je hurle ma jouissance. Je perds la notion du temps, je zappe la tournée et les personnes qui vaquent à leurs occupations de l'autre côté de la porte, attendant mes instructions pour la journée à venir.

Parce qu'à ce moment-là, le seul endroit où je veux être c'est proche de Thomas. C'est le seul lieu où j'ai la sensation de pouvoir retirer toutes mes protections, mes masques et être moi-même à 100 %. S'il y a bien quelqu'un qui ne me jugera ni sur mes actes passés ni sur mes décisions présentes, c'est bien lui.

Alors qu'il commence à grogner tout son plaisir, je plaque ma main contre sa bouche à mon tour pour étouffer ses gémissements. Nous serrons notre prise, et plus je sens ses doigts s'enfoncer dans mes mâchoires, plus je me rapproche du précipice. Je me redresse à peine, les yeux dans les yeux, et mords sa main lorsque, finalement, j'explose autour de lui. Il se contracte en moi, se déverse sans jamais me relâcher.

Nous retombons contre le lit, serrés dans les bras l'un de l'autre, essoufflés et plus que satisfaits. Je ne veux jamais quitter cette chambre. Jamais.

— Putain, je veux me réveiller comme ça tous les matins, soupire-t-il en caressant ma joue.

— C'est une excellente façon de commencer la journée.

Étrangement, cette façon de projeter du sexe matinal sans vraiment faire de grande déclaration me laisse entendre qu'il est question de bien plus qu'une simple (ou plusieurs) partie de jambes en l'air. Je l'avais déjà ressenti jusque dans mes tripes, mais là, il me le confirme par des mots. On ne dit pas ça à quelqu'un qu'on ne compte pas sauter de nouveau.

— Dis, au fait... dans l'euphorie du truc, je reconnais que je n'ai pensé à rien. Tu prends la pilule, rassure-moi ?

Je me redresse à peine et ne retiens pas le gloussement débile qui me secoue. C'est bien tard pour s'en préoccuper vu le nombre de fois où il a éjaculé en moi entre cette nuit et ce matin. Une chance pour lui que je porte un stérilet et que je sois négative à toute infection sexuellement transmissible[9].

— Stérilet. T'inquiète.

Je dépose un baiser chaste sur ses lèvres légèrement entrouvertes.

— Un comme toi, c'est bien assez.

Son sourire en coin, provocateur et sûr de lui, m'arrache un petit gloussement.

— Ose dire que la vie ne serait pas plus belle avec plusieurs moi !

Je lève les yeux au ciel, puis soupire exagérément :

— Quoi ? Tu veux ma mort ?

Pour toute réponse, il me pince le téton, provoquant chez moi un cri et un rire très sonores. Immédiatement, j'écarquille grand les yeux et plaque ma main contre ma bouche, ce qui le fait ricaner à son tour.

— Tu sais, avec tout le bordel qu'on a foutu cette nuit, on n'est plus à ça près.

— Certes, mais ils peuvent très bien imaginer que c'est n'importe qui ici, avec toi.

Cette fois, il fronce les sourcils et se redresse, nous imposant une distance que je déteste.

— Je ne compte pas prétendre que ça n'est pas arrivé.

Il se lève carrément, me laissant orpheline de son contact si précieux. À en juger par son expression et sa manière de se rhabiller, il est vexé.

— Je ne voulais pas dire ça.

— Si t'as du mal à assumer avec qui tu couches, ce n'est pas mon cas.

Il me pique. Je serre les dents et déglutis péniblement, la gorge sèche et les yeux légèrement humides.

— J'assume pleinement mes actes, grincé-je.

---

[9] *Hello, petit mot de l'autrice : rappelez-vous que ceci est de la fiction, ne faites pas comme eux. Protégez-vous, toujours.*

— Tant mieux.

Thomas termine d'enfiler son pantalon et je me lève à regret de ce petit lit, nid douillet que j'aurais adoré ne jamais quitter. Je remets rapidement ma culotte, poisseuse et collante, pensant déjà à la douche que je vais prendre quand il se place devant moi et relève mon visage vers le sien d'un geste possessif.

— Et toi, je compte t'assumer jusqu'au bout. Crois pas que ce qui s'est passé cette nuit s'arrêtera là et crois pas que tout restera enfermé à clé dans cette piaule.

Mon cœur tambourine. Mon souffle se coupe. Qu'est-il en train de dire au juste ?

— C'est-à-dire ? articulé-je avec difficulté.

— Je crois que c'est assez clair comme ça.

Il sourit, puis m'embrasse fougueusement avant de me relâcher. Je reste là, pantelante, encore à moitié à poil.

— Putain, j'en reviens pas de ce que je vais dire, grogne-t-il en se passant une main sur le visage. Habille-toi, j'ai la dalle et il est absolument hors de question que qui que ce soit te voit dans cette tenue.

Il caresse mon sein du bout des doigts, son regard lubrique parcourant mon corps.

— Même si je reconnais que c'est de loin ta plus belle étoffe.

Dans ses yeux, je lis du désir bien sûr, mais quelque chose d'autre que je ne saisis pas tout à fait. Une étincelle. Non, un brasier. Un brasier si intense et incandescent qu'il me donne envie de m'y perdre, de me consumer jusqu'à l'extinction.

Jusqu'à présent, j'ai toujours voulu m'accrocher à mon indépendance, regagner ce que j'avais perdu par le passé : le pouvoir et la liberté. Pourtant, pour la première fois, j'ai envie de tout remettre entre ses mains et de m'abandonner pleinement. C'est ridicule, nous n'avons passé qu'une nuit ensemble et, avant ça, on se supportait à peine !

Je secoue la tête, chasse le sourire niais sur ma face et enfile mes fringues en quatrième vitesse. J'attache mes cheveux rapidement, puis me dirige d'un pas vers la porte où il m'attend.

— J'sais pas toi, mais je meurs de faim !

J'émets un léger rire, bien que la perspective d'affronter les regards curieux des autres me fasse mal au bide. Je n'ai pour autant pas le temps de m'en préoccuper, Thomas ouvre la porte et glisse sa main dans la mienne avant de s'engouffrer dans le petit couloir.

J'ai le feu aux joues. Putain.

Il avance, serein, comme si tout était normal, et je crois bien que c'est son attitude qui me fait relâcher la pression. Je me détends à peine ce qu'il faut pour ne pas avoir l'air de ne pas savoir ce que je fais, mais pas assez pour sembler maîtriser la situation.

— Ah, tiens ! Nell ! m'interpelle Mark, sans trop lever les yeux de son ordi. On part bien à 10 heures ?

— Oui. C'est ce qui est prévu.

— Le journaliste me demande d'avancer l'interview et le tournage de vidéos pour les réseaux à ce soir. C'est OK ?

Il me montre son écran alors que Thomas s'assied, m'entraînant avec lui sur le sofa. Je plisse des yeux, en un instant me revoilà dans mon rôle de manager qui gère et, quelque part, ça me fait du bien.

— Non, tu maintiens à demain. Aujourd'hui, ça fait partie des horaires obligatoires de repos et de trajet.

— OK. Pas de soucis.

Sans prêter la moindre attention au fait que je sois littéralement collée à notre star, il rédige le mail de réponse et apostrophe le chauffeur. Et c'est là que je réalise que toute l'équipe évolue sans se soucier le moins du monde de ce que nous faisons, de comment nous le faisons ou de quoi que ce soit. David propose du café, Cassie bougonne un truc à propos de ses ongles et Alex se marre avec Julian. En réalité, personne ne s'occupe de nous, ce qui n'est pas pour me déplaire.

Comme si tout était normal.

Cette pensée, aussi fugace qu'inattendue me permet de me détendre davantage.

— Il reste quoi à déjeuner ? questionne Thomas en passant son bras autour de mes épaules.

J'enroule mes doigts autour des siens, soupire de contentement, ma tête contre son torse.

— Miles a essayé de faire des pancakes, mais... bon, disons qu'il est meilleur batteur que cuistot, lance David.

— Eh oh ! s'époumone le concerné, depuis l'autre bout du couloir, côté salle de bain. Je t'entends !

— Ah, t'es de retour ? se moque gentiment le guitariste.

Thomas explose de rire, tandis que Cassie nous glisse l'assiette sous le nez.

— Ils sont pas dégueu, ils sont juste... bizarres. Mais c'est comestible, ce qui est bien plus que ce que l'on pouvait espérer venant de lui.

— La prochaine fois, démerdez-vous !

L'hilarité gagne le groupe et pour la première fois depuis que j'ai mis les pieds ici, je me sens complètement intégrée au groupe. Je découvre la dynamique d'un œil nouveau, sans rester rivée sur ma tablette et mes pensées étriquées.

Cassie, une grande brune aux cheveux si longs qu'ils flottent en dessous des ses fesses, est rieuse et enjouée, un rayon de soleil qui a parfois tendance à materner les garçons. David et Miles me font penser à deux membres d'une même famille, tant par leurs similitudes physiques (teint pâle, barbe fournie, cheveux épais et noirs) que par leur complicité évidente sous couvert de taquineries. L'équipe beauté, comme on l'appelle généralement, a tendance à rester à l'écart de ce que j'ai pu observer, mais est toutefois plus intégrée au groupe que je n'ai jamais eu la prétention de l'être. Ryan feuillette des magazines de mode, tandis que Sara et Maxine discutent de la meilleure manière d'alimenter leurs réseaux autour de leur job sur la tournée. Noah et Finn, discrets et silencieux, restent observateurs, installés près de Julian et Alex, les techniciens.

L'ambiance générale est excellente et je ne comprends pas comment j'ai pu l'ignorer jusque-là. Comme si une simple nuit pouvait suffire à m'ouvrir les yeux sur le monde qui m'entoure.

Thomas me tire de mes pensées en me tendant un pancake tout ramolli, peu ragoûtant, mais dont l'odeur m'ouvre instantanément l'appétit. Je distingue quelques pépites de chocolat et croque dedans sans me poser la moindre question, affamée. Je le dévore très rapidement, puis décide de profiter que tout le monde soit là pour m'éclipser prendre une douche.

Ouais, j'aurais pu y penser plus tôt vu l'état de mon corps et de mes sous-vêtements, mais j'avoue que la faim a pris le pas sur l'hygiène. Pas de jugement, chacun ses priorités.

Au moment où je me lève, Thomas interrompt complètement sa discussion musique avec Miles et me retient par le poignet.

— Tu vas où ?

— Prendre une douche, tu croyais quoi ?

Il esquisse un sourire ravageur, se mordille la lèvre en baissant le regard vers mon corps, ce qui me fait rougir davantage.

— Dommage que la cabine soit trop étroite, j'aurais adoré la prendre avec toi, me lance-t-il sans aucune pudeur.

Je glousse — une vraie dinde, vous en conviendrez — et me retire en choppant mon sac à main sur l'une des tables au passage. En dessous de ma couchette, dans un tiroir pensé exprès, je récupère des affaires propres ainsi que ma trousse de toilette et rejoins l'espèce de salle de bain (je refuse de continuer à l'appeler ainsi alors que la « *pièce* » ne contient rien de plus qu'une douche minuscule et un évier assorti). Le miroir est identique, ridiculement petit, et je ne parle même pas de l'espace qu'il reste pour s'habiller. En même temps, je m'attendais à quoi avec ce bus ? Un quatre étoiles ?

Enfermée dans ce qui ressemble plus à un placard à balais qu'autre chose, je me plante dans la pièce, mains resserrées sur l'anse de mon sac. Mon esprit est embrumé, mon corps légèrement endolori et j'ignore encore ce que l'avenir me réserve, mais, étrangement, je me sens plutôt sereine.

L'idée de jouer un coup à mon connard de boss et son foutu label me grise, mais, quelque part, ça m'effraie. Est-ce réellement nécessaire ? Ne pourrions-nous pas trouver un terrain d'entente ? Un endroit neutre où nous trouverions tous les deux notre compte, sans forcément retourner le système ?

Je secoue la tête. Je dois me faire à l'idée que Hale ne changera jamais, il n'acceptera qu'une seule chose : m'humilier jusqu'au point de non-retour et utiliser Thomas jusqu'à le vider de toute énergie. Si nous n'agissons pas, d'une manière ou d'une autre, ça ne fera qu'empirer. Jusqu'à quand ? Jusqu'où ?

Machinalement, j'ouvre mon sac et choppe mon paquet de médocs. J'en fourre un sur ma langue, croise mon regard dans le miroir, mais je l'ignore. Je vais avoir besoin de toutes mes capacités pour développer non seulement mes idées pour œuvrer avec Thomas, mais aussi pour élaborer un plan précis afin de reprendre notre pseudo-liberté. Et puis, faut que j'arrête ces foutus tremblements dans mes mains.

Marseille. L'odeur de sel, de chaleur et de bitume qui colle à la peau. Nous ne sommes qu'au beau milieu du mois de février et pourtant la météo n'est pas la même que dans les villes précédentes. À Londres, à cette période, on se les caille ! Ici, les gens se baladent en tee-shirt, lunettes sur le crâne et tongs affreuses aux pieds. Même enfermé dans le bâtiment où se déroule l'interview, je sens flotter cette chaleur étouffante, comme un rappel constant que la ville qui nous accueille aujourd'hui n'est pas comme les autres.

L'équipe s'active pour le concert de ce soir, premier moment depuis hier où je serai officiellement séparé de Nell plus de dix minutes et, même si j'ai hâte de retrouver la scène, j'appréhende de me décoller d'elle et de la perdre du regard.

Pour l'instant, je suis assis sur un fauteuil en cuir trop propre pour être honnête, face à un journaliste qui sourit comme s'il avait déjà décidé que cette interview serait inoubliable. Nell est dans ma ligne de mire, accrochée à sa tablette, le regard rivé sur moi. Le type est dans tous ses états, il a beau tenter de se tenir, je vois bien que ma présence le rend dingue et que son professionnalisme en prend un coup. Il m'explique tant bien que mal comment il compte poser ses questions après s'être présenté et je constate que son anglais est aussi désastreux que sa concentration.

— Tu veux faire une pause ? proposé-je enfin.

— Non, bien sûr que non. Pourquoi ? Toi oui ?

Je me passe une main dans les cheveux, m'avance sur le fauteuil pour m'accouder sur mes genoux. Il est en train de plier ses feuilles de notes, ses doigts tremblants autour d'un stylo qu'il tient à l'envers.

— T'as l'air légèrement stressé. Tu fumes ? demandé-je en sortant mon paquet.

Pierre secoue la tête, tire sur le col de son tee-shirt pour se faire de l'air, tandis que je sors une clope.

— Tu devrais prendre deux minutes pour te remettre dans le bain, mon pote, je vais pas m'envoler.

Il acquiesce, me remercie du bout des lèvres, puis se lève et se dirige vers une espèce de buffet où il chope une bouteille d'eau avant de quitter la pièce en se confondant en excuses. Nell en profite pour s'avancer vers moi, en jetant un coup d'œil vers la porte, mi-amusée, mi-agacée.

— Je ne comprends pas qu'ils t'envoient ce genre de gars. J'avais pourtant été claire sur les exigences... soupire-t-elle.

— C'est rien. Ça ? Ça arrive souvent quand je suis dans les parages, la taquiné-je.

— Excuse-moi, monsieur la Rockstar.

Je ricane et l'attire vers moi en lui prenant le poignet, délaissant carrément ma cigarette encore éteinte.

— Dis donc, ce n'est pas toi la première à être déstabilisée par ma présence magnétique ?

Elle explose de rire, rabat une mèche de cheveux derrière son oreille, puis se penche en avant pour murmurer près de la mienne :

— C'est uniquement parce que je sais l'effet que ton corps produit sur le mien.

— Hmm, tu me rafraîchirais pas la mémoire ? Quitte à attendre que ça commence, autant s'occuper, la provoqué-je en faisant remonter mes doigts le long de son bras jusqu'à sa clavicule.

Elle frissonne sous mon passage, sa peau se recouvre de petits points exquis similaires à ceux qui la parsèment lorsque je la pénètre. Moi-même, je commence à me sentir particulièrement excité par son regard lubrique posé sur moi et ses lèvres, qu'elle ne cesse de torturer avec ses dents.

— Nell, retiens-moi de tout envoyer chier pour te prendre là tout de suite.

— Retiens-moi, toi, chuchote-t-elle, haletante.

Dans mon pantalon, mon sexe commence à se dresser tandis que sa poitrine rebondie me nargue à travers son tee-shirt au col en V.

— Putain, tu sais que je m'en tape de ces questions à la con.

Notre échange est un murmure contenu dans la pièce, mais il me donne l'impression d'être un hurlement de désir. Déjà, les images de son corps nu contre le mien défilent dans ma tête et, pourtant, je sais que ce n'est pas pour tout de suite. Je me redresse assez pour frôler son visage.

— Je sais. Mais... c'est important pour continuer de contrôler ton image. Pense juste à...

Elle s'interrompt, jette un œil à l'équipe de tournage dans son dos. Ils nous observent, mais je m'en cogne totalement. Un caméraman, un preneur de son et un technicien dont j'ignore le rôle, il m'en faut plus pour être mal à l'aise.

— Pense à ta récompense après tout ça. Au moment où, enfin, on pourra se retrouver.

— Tu vas devoir me donner plus que ça pour que je patiente sagement.

— Oh, crois-moi, tu ne regretteras pas d'avoir attendu, souffle-t-elle en reculant légèrement.

La porte se rouvre dans notre dos et Nell se redresse totalement, reprenant cette distance professionnelle qu'elle maîtrise à la perfection, mais qui ne résonne plus pareil désormais. J'ai un goût de trop peu sur les lèvres. Elle mordille les siennes en reprenant sa place, avant de m'adresser un clin d'œil aguicheur. Putain de merde.

Pierre semble avoir repris son calme, il inspire doucement, sa bouteille d'eau entre les mains, et se replace en face de moi. Par chance, mon érection naissante ne se voit pas et finit par retomber en l'espace de quelques secondes.

— Je te demande pardon. C'est juste que je suis un peu impressionné. J'ai l'habitude des influenceurs et autres, mais une star comme toi... internationale ? C'est la première fois.

— Franchement, sois tranquille, je suis un gars comme les autres.

Il esquisse un sourire, se passe une main dans les cheveux et jette un coup d'œil rapide au caméraman qui se met en place. Quand tout est en ordre, il reporte toute son attention sur moi.

— Prêt ?

Je hoche la tête, glisse ma clope sur mon oreille et me renfonce légèrement dans le fauteuil.

— Balance.

La caméra s'allume, le type fait signe derrière l'objectif et l'interview commence pour de bon.

— Tout d'abord, merci d'avoir accepté notre invitation, Ashwound.

— Tout le plaisir est pour moi.

Faux, je déteste ça.

— Alors, comment se passe la tournée jusqu'ici ?

Je hausse une épaule.

— C'est géant, je ne pensais pas que les Français aimaient le rock à ce point ! Quel public de malade !

— Sans vouloir vanter mon pays, on sait s'amuser, c'est vrai ! plaisante-t-il, soudain très détendu.

— En tout cas, vous savez recevoir. On a mangé un truc hier soir, hmm, comment ça s'appelle ? Une soupe de poisson...

— Ah, la bouillabaisse ?

Je hoche la tête en claquant des doigts devant moi.

— Voilà, c'est ça ! C'était délicieux ! On peut dire que depuis qu'on a mis les pieds dans ce pays, on a eu la chance de goûter d'excellentes spécialités.

— Ça fait plaisir. Bon, j'imagine que le plus important ce n'est pas vraiment la gastronomie pour toi. Tu as fait Paris et Lyon, Marseille ce soir et toutes tes dates sont *sold out*[10]. Qu'est-ce que ça fait de remplir des salles aussi emblématiques et exceptionnelles ?

— Sincèrement ? C'est une immense reconnaissance pour mon travail et je suis profondément fier et heureux. Y a pas longtemps, j'étais qu'un gamin qui chantait dans sa chambre pour ses peluches et ses posters. Le changement est incroyable !

Du coin de l'œil, je vois que Nell hoche la tête, satisfaite, mais je ne m'attarde pas à la regarder — bien que ça soit la seule chose que je désire faire à l'instant T — pour ne pas gâcher l'interview. Je réponds à l'instinct, sans vraiment réfléchir, ce qui semble plaire au journaliste aussi.

Pierre rit, probablement soulagé que je joue le jeu vu ma réputation désastreuse de provocateur intenable. Il a sûrement imaginé que j'allais raconter des conneries et que d'un entretien d'une heure, il ne pourrait conserver que trois minutes de vidéo. Il enchaîne avec des questions classiques : l'album, la tournée, le public. Là encore, je gère et balance quelques vannes acceptables, me mettant de plus en plus à l'aise sur le fauteuil en cuir.

— Ton dernier album est un énorme succès, on parle même de nominations à des prix musicaux, tu ressens une pression particulière par rapport à ça ?

— La pression fait partie du métier, je la ressens à chaque chanson que j'écris et chante, à chaque écoute, à chaque concert. Si elle disparaît un jour, je promets de me foutre en l'air !

---

[10] *Épuisé.*

Il ricane en secouant la tête, puis reprend ses fiches sans se défaire de son sourire.

— Je ne suis pas sûr qu'une telle chose puisse arriver avec toi, commente-t-il.

— Oh, on sait jamais ! Une soirée de trop, une lame de rasoir, tout peut arriver.

Je plaisante et il le comprend bien, mais quand je relève le regard vers Nell, je constate qu'elle est hyper tendue tout à coup. Elle serre sa tablette contre elle, les yeux grands écarquillés et il me faut lutter pour ne pas tout arrêter afin de m'assurer que tout roule. Ça va, c'était qu'une vanne ! Je compte pas me suicider. Surtout pas maintenant qu'elle a chamboulé mon existence.

Pierre met un terme à mes pensées en enchaînant, ignorant ce qui se passe dans mon esprit nébuleux.

— On parle aussi beaucoup de ton image. Ton style est très reconnaissable, notamment tes cheveux.

Je hausse les sourcils, surpris, mais pas trop.

— Mes cheveux ?

— Oui. Ils sont devenus une vraie signature, comme une marque de fabrique. Tu dois en être très fier, non ?

Je reste silencieux une seconde. D'extérieur, on imagine que je suis jovial et intéressé. À l'intérieur, tout s'éclaire.

Une marque de fabrique *soufflée* par le label. Pas un truc que j'ai façonné par moi-même, mais un truc qu'ils m'imposent de garder. Je ne m'en suis jamais plaint parce que j'aime mes cheveux comme ils sont, avec ce côté noir et ce côté blond polaire. Cependant, je ne les aime pas au point d'accepter qu'ils restent LA marque de fabrique qu'ils auront décidée. Et je viens de trouver comment faire avancer mon premier pion.

— Oui, évidemment. Mais bon, ce ne sont que des cheveux, ma marque de fabrique devrait plutôt être mes chansons, non ?

— Bien sûr, et vu ton talent de parolier, de chanteur et de musicien, il est évident que ce n'est qu'un accessoire supplémentaire pour te définir !

Je ricane tel qu'il l'attend et l'interview se poursuit avec légèreté et bonne humeur. Pierre me propose ensuite de tourner une vidéo assez courte de « *this or that*[11] » et je me prête au jeu avec amusement. C'est tellement plus drôle ce genre de trucs que les questions rasoirs qui tournent toujours autour des mêmes sujets. Une fois terminé, nous échangeons quelques poignées de mains, faisons quelques photos rapides, le cirque habituel, quoi. Et après une heure et demie passée dans les locaux, Nell et moi repartons accompagnés par Noah et Finn à bord d'un taxi mis à notre disposition, direction la salle de concert. J'en profite pour taper un message rapide à Maxine, ma coiffeuse attitrée.

Le trajet ne dure pas longtemps, je le passe collé contre Nell, incapable de me tenir à distance davantage. Derrière la vitre teintée du véhicule, je distingue les premiers groupes de fans massés derrière les barrières métalliques. Certains portent des tee-shirts à mon effigie, d'autres agitent des pancartes bariolées avec des marqueurs fluo ou noirs. Ça continue de me faire un truc, même trois ans après, cet engouement autour de moi, de mes chansons, de mon image. Il n'y a pas si longtemps, mes paroles glissaient sur une feuille de papier, j'étais seul face à moi-même et, désormais, ils les connaissent par cœur.

Le taxi se faufile jusqu'à l'entrée technique et la liesse redouble d'intensité, car ils comprennent que je suis à l'intérieur de la voiture. Des agents de sécurité ouvrent le passage et le chauffeur pénètre rapidement à l'intérieur pour éviter la cohue.

— Ben putain ! Ils sont en forme ! commente-t-il dans un anglais approximatif.

---

[11] *Ceci ou cela. Choix entre deux propositions.*

Je souris malgré moi. Je sens déjà que le show de ce soir sera inoubliable.

La voiture s'arrête devant l'entrée des coulisses, à l'endroit où Noah indique au chauffeur de s'arrêter et nous descendons après les deux gardes du corps, main dans la main. Je peux pas me détacher d'elle, j'ai besoin de la toucher, de la sentir près de moi, contre moi, je peux pas faire autrement.

— C'est clair qu'ils sont chauds, commente Finn alors que nous entrons dans le bâtiment.

Le bruit de la foule s'est estompé, mais nous l'entendons encore comme une rumeur sourde qui fait vibrer les murs. Impressionnant.

— De ce qu'on dit par ici, ils deviennent hystériques même pour de la pétanque, rétorque Noah, plus fermé.

Même s'ils se lâchent parfois à quelques notes d'humour, *Tic et Tac* restent toujours concentrés, sur le qui-vive en permanence. Ils nous font traverser les couloirs d'un pas rapide, remonter les étages dans un ascenseur jusqu'à arriver devant la loge. Je n'ai toujours pas lâché Nell.

— On va faire un tour avec le chef de la sécurité de la salle, histoire de nous assurer qu'il n'y a aucun problème, nous informe Noah.

Je hoche la tête et entre dans la pièce spécialement préparée pour l'occasion. Les salles s'enchaînent, plus ou moins similaires, mais si quelque chose demeure toujours parfaitement identique, ce sont les loges. Toujours le même bouquet de fleurs que je n'emporterai pas, les mêmes bouteilles d'eau, les gobelets en plastique dégueulasses, le portant de fringues, la douche trop étroite. Sur la table basse cependant, quelqu'un a laissé un plateau avec des sandwiches, quelques fruits et un pack de bières.

— J'ai pensé que ça te ferait du bien, juste avant le concert, me dit Nell avec un sourire.

Forcément, c'était son initiative, j'aurais dû m'en douter. Elle répond aux demandes que je ne formule pas, elle anticipe chaque besoin. Si je ne l'ai pas apprécié jusque-là, je reconnais qu'aujourd'hui, je lui en suis profondément reconnaissant. Il n'y a qu'elle pour deviner mes envies et y répondre.

J'enroule mes bras autour d'elle, la serre contre mon torse et penche ma tête vers son oreille.

— T'es géniale.

— Et toi, tu as été parfait.

Elle relève la tête vers moi, son regard planté dans le mien. Ses lèvres se relèvent en un sourire, puis elle s'éloigne d'un pas et m'invite à m'installer sur le canapé face à la table basse. Je me penche pour attraper un sandwich et m'installe à mon tour.

— Bon, le passage sans équivoque sur le suicide, on aurait peut-être pu éviter, se moque-t-elle gentiment.

Je décèle toutefois dans son intonation une once d'inquiétude déguisée en simple remarque. Elle s'imagine que j'étais sérieux ?

— C'est pas le projet, tu le sais ?

Je croque dans le pain, il cache des morceaux de poulet assaisonnés et des crudités noyées sous une tonne de mayonnaise.

— Ça avait l'air très vrai pourtant.

Elle grimace un peu, plonge sa main dans son sac, en ressort son portable qu'elle consulte sans relever les yeux vers moi. Avec un naturel déconcertant, elle s'est installée contre moi, ses jambes repliées sous elle et sa tête repose presque sur mon épaule tandis qu'elle fait défiler quelque chose sur son écran.

— Nell ? Tu ne me crois pas capable d'une telle connerie j'espère ?

— L'es-tu ? me demande-t-elle avec le plus grand sérieux, son regard accroché au mien.

— Non. Jamais.

— Pourquoi ?

Sa question me désarçonne. Pourquoi je me tue pas ? Pourquoi je n'aurais jamais le courage de m'ôter la vie ? Pourquoi je veux continuer à fouler cette putain de terre à ses côtés ?

Est-ce précipité de dire que je ne veux pas m'en séparer ?

— Pourquoi je le ferais ?

Elle humecte ses lèvres, les pince, puis baisse les yeux, un brin gênée.

— Bon, j'imagine que de toute façon… j'aurais fini par t'en parler, bougonne-t-elle sans que je comprenne.

Je hausse un sourcil, repose mon sandwich à peine entamé et me redresse pour lui faire totalement face.

— J'ai trouvé ta lettre. Enfin, ta chanson. Et je craignais pour ta vie… avoue-t-elle d'une petite voix.

— Quoi ? Ma chanson ? Laquelle ?

— Dans ta poche, le soir du showcase… je n'aurais pas dû fouiller, je sais.

Elle est nerveuse, elle se touche les mains et finit même par se lever pour arpenter la pièce. En premier, je ressens une montée de colère m'envahir, parce que je déteste pardessus tout qu'on lise mes ébauches de paroles ou qu'on fouille dans mes affaires. Mais bien vite, les connexions se font et je capte tout.

— Attends, Nell. C'est pour ça tout le cirque du bus et la surveillance de merde à Londres ?

Gênée, elle hoche la tête, les yeux brillants.

Je me lève précipitamment et attrape son visage entre mes mains. Même si je lui en veux de m'imposer ce foutu bus et ce mois entier où j'ai eu la sensation d'être un gosse avec sa nounou sur le cul, je comprends mieux pourquoi elle s'est sentie obligée de le faire.

— Putain, Nell…

Je pose mon front contre le sien, ses mains remontent dans mon dos et me pressent comme pour me sentir plus proche d'elle.

— Je croyais vraiment que tu préparais quelque chose... les paroles, la façon dont elles étaient griffonnées, c'était sombre et... préoccupant.

Je remonte son visage vers moi sans la relâcher, pour m'accrocher à ses iris.

— Je suis un mec sombre et torturé, mes paroles reflètent ce que je traverse, mais je te promets que je tiens trop à la vie pour m'y soustraire.

— Tu me promets ? hoquette-t-elle.

— Je te promets.

Je scelle ça par un baiser qui reflète l'urgence et le besoin. Son inquiétude cogne contre mes côtes et sa voix me paraît plus faible que jamais.

— Pour que tu saches tout, j'ai eu peur pour mon job au début, admet-elle quand je lui rends sa bouche.

— Je me doute. Et maintenant ?

Elle relève les yeux vers moi, ses pupilles sont étrangement dilatées, mais reflètent un feu que je ne veux jamais voir s'éteindre.

— Maintenant, je te défends de m'abandonner.

Mon corps se tend, mais pire encore c'est mon cœur qui fait des siennes et accélère ses battements.

Je ne sais pas ce que c'est l'amour, je ne connais pas ces sentiments à la con qui vous rendent dociles et vous poussent à abandonner vos couilles entre une paire de mains manucurées. Par contre, je sais que si je devais me séparer d'elle, personne n'y survivrait. Elle m'a rendu totalement accro et je réalise que tout s'est passé si vite que j'ignore à quel moment j'ai flanché. Serait-ce quand je l'ai pénétrée pour la première fois ou bien lorsque je lui ai promis de m'associer à elle contre notre *ennemi* commun ?

Trois coups sont frappés contre la porte, interrompant le fil de mes pensées. Maxine entre avec l'objet que je lui ai demandé qu'elle dépose devant le miroir et la table de préparation.

— Voilà ce que tu m'as demandé.

— Merci, Max.

— Ouais, enfin, si j'avais mon mot à dire...

Elle se plante à l'entrée de la pièce, puis secoue la tête en battant l'air d'une main.

— Ben, c'est vraiment dommage quoi !

Elle repart, boudeuse, en refermant la porte derrière elle. Nell, intriguée, me relâche pour observer ce que la coiffeuse m'a amené.

— C'est pour quoi, ça ?

— Notre premier mouv' contre le label, répliqué-je avec amusement.

14

Nell Hart

— Une tondeuse ? Tu comptes faire quoi au juste ? demandé-je, perplexe.

— M'asseoir et te laisser me raser le crâne.

J'ouvre de grands yeux, surprise. Et en même temps, c'est tellement logique. Combien de fois ai-je entendu les recommandations du label à l'équipe beauté pour son image ? Les cheveux toujours comme ci, le maquillage comme ça. Le public peut imaginer que c'est du hasard, un choix personnel de la star, mais rien n'est une coïncidence dans ce milieu. Tout est millimétré, je suis bien placée pour le savoir.

— Tu réalises que Maxine va faire une syncope ?

— Elle survivra. Elle continuera d'être payée, mais n'aura plus à gérer coloration et coiffure, ça devrait lui convenir.

— Le label... commencé-je.

Je laisse ma phrase en suspens. Richard va devenir fou de rage. N'est-ce pas précisément ce que l'on recherche ? Dans le genre irrattrapable, se raser le crâne c'est assez radical.

— N'aura que ce qu'il mérite, termine Thomas pour moi.

— Ils ne t'ont jamais fait signer de contrat pour ton physique ?

— Nope. Première erreur de leur part.

J'esquisse un sourire, baisse les yeux vers la tondeuse.

Je ne l'imagine pas la tête rasée, mais je visualise très bien celle que fera Hale en le découvrant comme ça. Franchement ? Il n'en faut pas plus pour me convaincre.

— OK. Allons-y.

— Laisse-moi d'abord rouler un joint et boire une bière, tu veux. Et reviens par-là, qu'on profite encore de ces quelques heures qui n'appartiennent qu'à nous.

Je m'exécute et reviens me lover contre lui sur le sofa, avec un léger soupir de soulagement.

Je reconnais m'être sentie si mal lorsqu'il a parlé de suicide, je n'ai pas pu résister au besoin de m'assurer qu'il ne passera pas à l'acte. La dynamique a tellement changé, tout est différent depuis ce soir-là et, si j'ai reconnu avoir eu peur pour ma carrière, je dois aussi admettre qu'aujourd'hui ma seule crainte est de le voir disparaître. Je ne peux pas envisager qu'il disparaisse en un clin d'œil, ça me rend malade.

Tout va très vite. En deux jours, je ressens plus d'attachement envers lui que je n'en ai jamais ressenti à l'égard de n'importe quel mec ayant partagé mon lit. Je vis un paradoxe interne, entre interrogations et satisfaction. Comment puis-je ressentir des sentiments si intenses alors que notre rapprochement est aussi récent ? Si d'un côté, je frissonne à l'idée de me retrouver dans une situation incontrôlable, mon instinct me dicte que cette fois, l'imprévisibilité de cette alchimie pourrait bien être positive.

Peu importe où ça me mènera, rien ne peut être pire que ce que j'ai déjà vécu.

Et s'il me blesse, lui aussi ? Soit je me relève une fois de plus, soit je me noie. De toute façon, l'un ou l'autre me conviendra. J'imagine.

Toujours est-il que mon honnêteté ne l'a pas repoussé et qu'il a même trouvé les mots pour me rassurer.

Je l'observe rouler avec attention, je sais d'avance que ce n'est pas *bien*, pourtant je n'empêche rien. C'est comme foncer dans le mur sans tenter d'enfoncer la pédale de frein. Après tout, on n'a pas décidé de s'unir pour devenir les meilleures versions de nous-mêmes. On s'associe pour renverser le label et reprendre le pouvoir. Que ça passe ou que ça casse, je crois qu'on est au-delà de ça désormais.

Il termine de rouler avec une concentration presque artistique. Ses longs doigts manipulent le papier avec une aisance qui me fascine autant qu'elle m'agace. Je le regarde lécher le bord, refermer le cylindre, puis le tapoter contre la table basse avant de le porter à ses lèvres. Le briquet claque, la flamme danse une seconde. Thomas tire dessus lentement, les paupières à moitié closes, comme s'il savourait déjà l'effet avant qu'il n'arrive. La fumée s'échappe de sa bouche dans un soupir satisfait.

— Tu comptes continuer à me juger longtemps ou tu veux participer à la cérémonie ? demande-t-il en me tendant le joint.

Je lève les yeux au ciel, amusée, tout en attrapant le pétard.

— C'est une cérémonie maintenant ?

— Bien sûr, ça n'a jamais été autre chose d'autre.

Il attrape sa bière et en prend une gorgée, avant de se lever du canapé. Je tire la première taffe, elle me brûle un peu la gorge, mais je ne tousse pas. C'est même plutôt agréable, ce partage, cette proximité autour d'un même geste.

— On s'y met, *sweetheart*[12] ?

Je me mordille la lèvre, tire une nouvelle bouffée du mélange d'herbe et de tabac et me lève à mon tour. Thomas retire son tee-shirt, je lui rends le cône et ôte ma veste.

— T'es sûr de toi ? lui demandé-je en me plantant face à lui.

— Je n'ai jamais été aussi certain de quoi que ce soit.

Il tire sur le joint et s'installe sur la chaise face au miroir, sa bière dans l'autre main. J'enroule mes doigts autour de la tondeuse, un brin fébrile. Au-delà de l'identité imposée par le label, cette coupe de cheveux le suit depuis ses débuts, c'est son signe distinctif. Un peu comme un tatouage, un piercing

---

[12] *Chérie.*

ou un look très rock. Toute son image a été façonnée, effectivement, elle ne lui appartient déjà plus.

J'allume l'engin. Le bruit résonne dans la loge en se répercutant contre le silence.

— Je t'ai dit que j'adore ta tenue ? lance Ash en levant le cône vers mes lèvres.

Je tire dessus et secoue la tête.

— Non. Mais j'imagine que ça n'a rien à voir avec le fait que ton nom soit placardé sur ma poitrine.

Il ricane, fume à son tour, tandis que j'empoigne ses cheveux dans ma main libre.

— Prêt ?

— Et toi ?

— Bien sûr.

Je pose la tondeuse contre son crâne. Le premier passage résonne comme une déchirure et à la fois une libération. Le « *bzzzz* » grave de l'appareil vibre dans ma paume alors qu'une large bande de cuir chevelu apparaît au milieu de sa tête. Une mèche sombre glisse le long de son épaule avant de tomber sur le sol. Il ne bronche pas, son regard est rivé sur moi, il se fiche de ce à quoi il ressemble. Le joint va et vient de sa bouche à la mienne, puis termine dans un cendrier devant lui.

— Wow, tu gères ça bien, souffle-t-il.

Je retiens un sourire, fais une pause pour avaler quelques lampées de bière. Il en profite pour m'attirer contre lui, me vole un baiser que je lui offre avec plaisir. Mon corps vibre plus que la tondeuse dès qu'il pose les mains sur moi.

— Tu regrettes ? demandé-je en frottant mon nez contre le sien.

— Pas le moins du monde.

Je reste face à lui, m'installe à califourchon au-dessus de son corps, ses mains maintiennent mes cuisses, leur chaleur traversant le tissu de mon jean. Je remonte la tondeuse, les cheveux s'accumulent autour de nous, mélange de noir et de blond marquant la fin d'une ère. Ils étaient plus épais que je ne l'imaginais, plus doux aussi et je ne m'attendais pas à remarquer ça.

— Tu sais que c'est irréversible, murmuré-je contre son oreille.

— C'est précisément l'idée, miss Hart.

Je lui fais baisser la tête pour mieux m'y prendre sur le sommet de son crâne, son visage atterrissant tout près de mes seins.

— Je vais finir par exiger que tu deviennes ma coiffeuse officielle si tu dois m'offrir un spectacle comme celui-ci à chaque fois.

Il ponctue sa phrase d'une claque sur ma fesse qui me fait pousser un petit cri.

— Si tu veux que ce soit réussi, ne me fais pas bouger !

Je me relève à regret, termine ma bière d'une traite et repasse derrière lui en faisant courir mes doigts sur sa nuque. Un frisson nous parcourt simultanément et son visage trahit son excitation presque autant que le gonflement que je devine à travers son pantalon en cuir.

— Je me fiche que ce soit réussi. Je veux te toucher.

Il se tourne, tente de m'arracher la tondeuse des mains, mais je reste ferme.

— Laisse-moi finir et tu feras ce que tu veux de moi.

Il soupire, saisit sa bière qu'il avale tout rond, puis reprend sa place.

— C'est pas juste. Tu m'allumes et après je dois me tenir tranquille.

Je me penche en avant, ma bouche tout près de son oreille et chuchote :

— Je t'ai juste demandé de me laisser finir. Ça ne veut pas dire que je t'interdis quoi que ce soit.

Cette phrase ne le laisse pas indifférent. Il ferme les yeux, se mordille la lèvre et les humecte. Sa main glisse vers son pantalon qu'il déboutonne en me fixant à travers le miroir.

Mon cœur tambourine, mon sexe palpite et je sens déjà les ravages dans ma culotte. Il sort le sien, ses doigts enroulés autour, dur et appétissant.

— Voyons si tu arrives à te concentrer maintenant.

D'un geste lent et calculé, il monte et descend sa main le long de sa verge. Je reste incapable de tout mouvement, je reconnais que je me suis fait prendre à mon propre jeu. Comment suis-je supposée continuer maintenant, alors que mon corps entier n'attend que de se mêler au sien ?

— Je... On pourrait faire une pause, en effet, bégayé-je.

— Non. Termine, après je te donnerai ta récompense.

Il continue de se masturber lentement, il a renversé le plateau et a pris l'ascendant. Allez, on y est presque, c'est bientôt fini. Et après je pourrai profiter de son corps autant que je voudrai.

Je me racle la gorge et détourne le regard pour me concentrer sur son crâne, contre lequel je fais courir la tondeuse d'une main à peine tremblante. Quelques minutes à peine suffisent à terminer la coupe, mais elles me semblent durer des heures avec les gémissements provocateurs de Thomas.

Quand je relève les yeux, je croise son regard qui me dévore dans le reflet du miroir et aperçoit son sexe luisant qu'il continue de caresser. Il a l'air plus sombre soudain, plus intense. Sans ses mèches pour encadrer son visage, ses traits paraissent plus durs. Son regard plus pénétrant. Plus dangereux.

Je passe ma paume contre son crâne, une chaleur m'électrise tout entière. J'ai l'impression que ce geste et cette action viennent de nous rapprocher davantage. Ça a créé une intimité entre nous, un nouveau lien d'une puissance difficile à comprendre. Il y a quelques jours, c'est à peine si on se supportait...

Nous nous fixons quelques instants, le poids des conséquences suspendu entre nous, le bruit de la tondeuse qui continue de tourner dans ma main comme une mélodie.

— Pose-moi cette merde et viens par-là, maintenant, grince-t-il entre ses dents, sa voix vrillée par le désir.

Je ne me fais pas prier. Je balance presque la tondeuse que j'éteins en un mouvement et m'agenouille devant lui la seconde d'après. Ses yeux s'écarquillent à peine. Quoi, il a cru que je n'avais pas envie de jouer, moi aussi ? Grossière erreur, je ne me contenterai pas d'un coup vite fait alors que je peux faire encore grimper la température.

J'humidifie mes lèvres d'un coup de langue, mes yeux accrochés aux siens, puis attrape son sexe et approche ma bouche. Je commence par le lécher lentement, doucement, chaque coup de langue calculé pour le rendre dingue. Sa main attrape mes cheveux et tire juste ce qu'il faut dessus pour me plaire. De ma main libre, je déboutonne mon jean et la glisse dans ma culotte pour assouvir ce besoin qui palpite de plus en plus fort. Au même rythme, je le prends en bouche et me touche, allant petit à petit de plus en plus vite. Nos halètements et gémissements remplissent la pièce de même que le plaisir grimpe encore et encore.

N'en tenant plus, Thomas me pousse et me force à me lever. Il me penche en avant sur la chaise et baisse mon jean d'un geste sec avant de m'assener une fessée, ce qui m'excite encore plus. J'adore ce genre de violence, cette possessivité, cette domination partagée. C'est la seule chose que je connaisse. D'une poussée, il me pénètre entièrement, sa main accrochée à ma gorge.

— Putain, tu m'as rendu dingue, gronde-t-il.

— Montre-moi à quel point, le nargué-je en articulant difficilement.

Je lui tends mon cul, m'offrant totalement à lui et il me le rend bien en s'enfonçant en moi de plus en plus vite et fort. Sa main resserre sa prise, ma respiration se fait difficile, mais mon plaisir grimpe en flèche. En quelques minutes à ce rythme-là, je suis rouge et je jouis dans un cri impossible à contenir, tandis que Thomas se déverse en moi.

— Tu me rends ouf, susurre-t-il en reprenant son souffle.

Je me sens tout engourdie, dans le bon sens du terme, et je plane légèrement, la faute au pétard et au sexe. Il ne m'abandonne pas là pour autant. Il me prend dans ses bras et me soulève, pour me conduire dans la minuscule salle de bain attenante. Là, il m'enlève toutes mes fringues et allume l'eau dans la douche. Quelques baisers échangés, puis nous nous lavons sans jamais nous décoller l'un de l'autre.

— Ash ? Nell ? interpelle une voix depuis la loge. Ça commence dans vingt minutes, faut passer à la préparation, là !

Nous ricanons comme deux cons, forcément nous n'avons pas vu le temps passer et, déjà, l'heure du concert a sonné.

— Donne-nous 3 minutes ! s'époumone Thomas.

— Bougez-vous ! répondent Sara et Maxine en chœur.

L'un après l'autre, nous sortons de la douche et nous séchons, un instant ponctué par des baisers et des caresses. Je prends le temps de le regarder plus en détail, me plaçant face à lui pour vérifier que la coupe est parfaite. Je n'ai rien oublié, pas de mèche de cheveux abandonnée en plein milieu, rien ne traîne. Il se passe une main sur le crâne, l'air convaincu. Il s'observe dans le miroir durant une seconde, puis commente :

— Bordel… j'ai l'air d'un détenu.

— Un détenu très sexy, alors.

— Bon, alors je suis prêt pour le show, j'imagine. T'en penses quoi, toi ?

— T'es canon et le label va me haïr.

— Nous haïr, c'est ensemble ou rien, *sweetheart*.

Il sort de la salle de bain, serviette nouée bas sur les hanches, et choppe le premier tee-shirt noir qu'il repère sur le portant. Moi, je remets juste mes fringues en me promettant mentalement de foutre un change de côté pour la prochaine fois.

La loge sent la bière, la weed et le sexe. Un mélange qui me fait sourire malgré moi.

— Si Maxine fait vraiment une syncope, je décline toute responsabilité, précisé-je en avisant la tonne de cheveux sur le sol.

— Trop tard. T'es officiellement complice.

Thomas lace sa dernière chaussure et se lève, canon dans sa tenue de scène. Il ouvre la porte à l'équipe beauté qui, tout sourire au début, change vite de face.

— Nom de Dieu, c'est une plaisanterie ! s'exclame Ryan, le styliste.

— Quoi, la tenue ne va pas ? s'amuse Thomas en se décalant pour les laisser entrer.

Ils observent la loge, puis la star, peu certains de savoir qui condamner en premier.

— Quel con, bougonne Maxine en attrapant une bière.

— Te plains pas, tu vas être payée pour picoler sur une tournée maintenant, la taquine Thomas en prenant place sur la chaise.

Sara secoue la tête, pousse les mèches du bout du pied, puis pose sa mallette sur la table devant le miroir.

— Pour le maquillage, on change aussi ou quoi ? questionne-t-elle.

Instinctivement, Thomas relève les yeux vers moi, comme pour demander mon approbation.

— Vas-y au feeling, je suis sûre que ça ira, lancé-je avec un sourire.

— Putain de merde, le label va pas nous louper, s'inquiète Ryan qui jette quand même un œil aux tenues qu'il a sélectionnées en amont.

Dans sa voix, je perçois une inquiétude trop familière pour l'ignorer. Eux aussi ils dépendent de Sterling Records et si Hale nous utilise Thomas et moi, nul doute qu'ils sont aussi manipulés que nous. Ils risquent autant que nous.

— Pas de panique, je dirai la vérité, les rassuré-je.

— Quelle vérité, au juste ? Que la rockstar t'a foutu dans son lit et que tu ne gères plus ton poste ni ses excès ? me pique Max, visiblement remontée.

— Calme-toi, tout de suite ! me défend-il alors que Sara œuvre sur son visage.

Je n'ai pas besoin de lui pour ça. Je me décale et me place en face d'elle, bras croisés et regard appuyé.

— Que vous n'avez rien à voir avec cette décision et que je l'ai validée moi-même. Cette vérité. Ce qui se passe ailleurs ne les regarde pas, t'as bien compris ?

— Ouais, peu importe.

Ferme, je me penche et lui arrache la bouteille de bière des mains d'un geste vif.

— Je te préviens, je te laisse passer celle-ci, mais la prochaine ne sera pas gratuite. Comme il l'a souligné, t'es inutile sur la tournée désormais, mais on n'a pas prévu de te renvoyer chez toi. Pousse le bouchon et tu verras à quelle vitesse vont les avions.

Son regard vert s'écarquille, sa peau rougit sous les tâches de rousseurs et elle déglutit en hochant la tête.

— Je voulais pas te vexer, hein...

— Et je n'avais pas prévu de te menacer, répliqué-je en lui rendant sa bière.

L'ambiance s'est refroidie et même si Thomas semble valider mon intervention, je sens que les deux autres sont loin d'approuver. Depuis le début de la tournée, je n'aspire qu'à une seule chose : que tout se déroule pour le mieux au sein de l'équipe. Vivre sur la route, à un rythme comme celui-ci, dans un bus aussi étriqué, ça crée souvent des discordes. Ne serais-je pas allé trop loin ? Je secoue la tête, ignore le sentiment de culpabilité croissant qui m'anime et m'ouvre une seconde bière dans un silence tendu.

Par chance, notre rockstar est loin d'être facilement embarrassé et il prend vite la parole, ce qui détend tout le monde. Quelques blagues et coups de pinceau plus tard, le voilà fin prêt à monter sur scène.

— T'es sûr que tu ne veux pas essayer cette veste ? lui propose Ryan en désignant une pièce longue aux manches recouvertes de pics en métal.

— La prochaine fois, ce soir je veux plutôt mettre celle-ci.

Un brin déçu, le styliste repose la veste et quitte la loge, Sara et Max sur les talons. Cette dernière se tourne avant de passer le pas de la porte et nous regarde avec une émotion vive sur le visage.

— Je suis désolée, j'aurais pas dû réagir comme ça.

— C'est rien, t'en fais pas, la rassuré-je.

Elle pince les lèvres et disparaît dans le couloir, où nous nous engouffrons trois secondes plus tard.

Le couloir est déjà saturé de bruit, la rumeur du public traverse les murs comme une onde de choc. Les basses d'un morceau d'intro testées par les techniciens vibrent sous mes pieds tandis que nous avançons vers l'arrière-scène.

Thomas marche devant moi, une serviette encore humide passée sur sa nuque. Et ce crâne rasé.

Chaque membre du staff que nous croisons s'arrête une fraction de seconde de trop. Certains sourient, d'autres ouvrent de grands yeux. Plus on s'approche de la scène, plus l'énergie devient électrique et mon cœur s'emballe. Les lumières clignotent, les talkies grésillent et Julian accueille la star avec une bière fraîche, comme toujours.

— Merde, t'as fait quoi à tes cheveux, mec ?

— Envie de changement ! s'exclame-t-il en avalant une longue gorgée.

Ce tableau, aussi ordinaire qu'inédit, me donne une idée. Je dégaine mon téléphone, ouvre l'Instagram d'Ashwound et l'interpelle :

— Une petite pose ?

Il se prête au jeu sans râler pour la première fois depuis que je le connais et prend la pose, le verre de bière dans une main, son signe traditionnel brandi par l'autre. Je poste immédiatement, sans commentaire.

— Ça, ça va les rendre fous, commenté-je à son oreille lorsqu'il s'approche pour m'embrasser.

— Fais ce qu'il faut pour qu'ils pètent une durite, je te fais confiance.

Dans un hurlement retentissant de la foule, il s'éclipse et grimpe sur scène avec un dernier regard pour moi.

La première note fend l'air comme une lame. Les amplis crachent un grondement profond et la basse me percute en plein sternum. Je la sens vibrer dans mes côtes comme si quelqu'un tambourinait directement dans ma poitrine.

Je l'ai déjà entendu parler, rire, grogner, gémir... mais chanter, jamais. C'est absurde, non ? Je gère tous les aspects de sa carrière, mais je n'ai jamais pris le temps de l'écouter *vraiment*.

Quand la voix d'Ashwound jaillit dans le micro, quelque chose se fissure en moi. Ce n'est pas seulement puissant, ni même beau, c'est brut, sale, vibrant d'une colère et d'une émotion qui me traversent la poitrine comme une décharge. C'est plus vivant que ce que je ne serai jamais.

Sa voix râpe les mots et les déchire avant de les jeter à la foule qui hurle en retour. Je reste figée derrière les coulisses, incapable de détourner les yeux du peu que j'aperçois de lui au pied des marches. Sur scène, il n'est plus Thomas, il devient autre chose, une bête électrique qui domine la foule d'un simple regard, un dieu sombre capable de tenir des milliers de personnes dans le creux de sa paume.

Au milieu de cette tempête de lumières et de notes de guitare, je réalise avec un frisson que je viens peut-être de commettre la plus grosse erreur de ma vie. Parce que tomber amoureuse d'un homme est déjà dangereux. Mais tomber amoureuse d'un homme que tout un monde adore... c'est probablement la pire idée possible.

15

Nell Hart

La musique traverse les murs comme une décharge. Chaque coup de batterie résonne jusque dans mes côtes, chaque vibration remonte le long de ma colonne, comme si la scène voulait me happer, elle aussi.

Je reste en retrait, adossée contre un flight case, les bras croisés pour me raccrocher à quelque chose, pour ne pas m'abandonner totalement à sa voix et ses vers. De ma position, je ne distingue que le son, pas d'image, et je crois que c'est ce qui rend le truc encore plus intense et vibrant d'émotion.

Mark passe devant moi, je le distingue à peine, il doit s'y reprendre à plusieurs fois pour qu'enfin je daigne l'écouter.

— Oui ? Tu disais ?

— Je te vois rarement ici, en coulisses, tu as besoin de quelque chose ?

— Euh, non. Je... j'écoutais juste le concert.

— Oh, dans ce cas, viens. Je vais te montrer le meilleur spot pour ça.

Je papillonne des yeux deux secondes, un peu perdue, mais le suis toutefois sans rien dire. Mark est le tour manager, le gars qui gère tout ce dont je ne m'occupe pas, qui n'a pas vraiment besoin de penser, mais d'obéir aux attentes de la star, de la tournée et du label. Son rôle consiste à satisfaire tout le monde, des directeurs de salles aux fans qui payent le billet d'entrée en passant par... eh bien tout le reste !

Nous longeons un couloir sombre, drapé de noir, puis atterrissons de l'autre côté du « rideau », derrière des barrières qui nous séparent d'une foule de fans. Mon cœur loupe un battement, je croyais avoir déjà tout ressenti et entendu depuis que le show a débuté, mais j'étais loin de me douter de ce qui m'attendait en réalité. Ici, l'émotion de la foule nous percute sans filtre, elle accompagne chaque parole chantée, chaque rif, chaque micro-pause.

Je continue d'avancer de quelques pas, puis me retrouve avec le cercle très fermé des fans d'Ashwound : l'équipe beauté et Mark.

Ils sont tous là, installés par terre avec une bière ou debout en train de s'éclater sur la musique, tous obnubilés par la présence de l'artiste.

Et quelle présence...

Devant moi, le tableau se dresse et anéantit une autre de mes certitudes : c'est encore mieux avec l'image.

Les projecteurs balaient la scène en éclats blancs et rouges, découpant la silhouette de Thomas comme une lame dans la nuit.

Non. Ashwound.

Parce que là, devant moi, ce n'est pas tout à fait l'homme avec qui j'ai couché il y a moins d'une heure dans la loge. C'est le chanteur adulé, le performer, la rockstar presque vénérée. Ma gorge se comprime, je réalise soudain à quel point il est fait pour ça, à quel point se produire sur scène lui est indispensable. Hale ou le label ne peuvent pas lui enlever ça. Il n'y survivrait réellement pas.

Sans ses cheveux pour adoucir ses traits, j'ai l'impression que son visage paraît plus dur et tranchant, plus vrai aussi en un sens. Il n'a jamais été aussi beau. Quelque part, ça me fout la trouille.

— Tiens, Nell ! m'interpelle Mark en me filant une bière.

Je l'attrape et le remercie avant de redonner toute mon attention à Ash. Il est exceptionnel, chaque geste semble aussi contrôlé qu'improvisé, ce qui lui donne une prestance inouïe.

Les cris sont si puissants dans mon dos qu'ils font vibrer mes os presque autant que les instruments et sa voix. Je ne décroche pas mon regard de lui, le contemplant sans que lui ne se doute une seule seconde de ma présence, mais m'assieds sur le sol pour ne pas courir le risque de m'effondrer. Mes jambes flageolent, tout mon corps répond à son appel.

— Il est en train de les retourner ! s'exclame Ryan, assis pas loin de moi.

— C'est clair, c'est dingue l'ambiance ! confirme la maquilleuse.

Je décroche une seconde pour les observer, cette équipe que je côtoie depuis quelque temps et avec qui je vis depuis plusieurs jours maintenant.

Maxine, en véritable groupie, est debout et absorbée par la prestation, elle danse aux côtés de Mark qui, bien que moins démonstratif sur ses pas, ne reste pas immobile. Sara apprécie le concert en remuant simplement la tête, Ryan et elle sont totalement absorbés par le show. Leur admiration est évidente, elle va au-delà de la relation professionnelle et ça me fait quelque chose de ne le découvrir que maintenant.

Étais-je trop obnubilée par mes problèmes pour m'intéresser aux autres ?

Pour la énième fois depuis le début du concert, mon téléphone vibre dans ma paume. Je soupire en levant les yeux au ciel et le pose par terre, pour ne plus sentir d'autres vibrations que celles de la musique et de la foule.

Ce connard attendra que je décide de lui adresser un mot.

Il est évident que Richard a essayé de m'appeler à la seconde même où il a vu la photo. Je n'ai même pas besoin de regarder l'écran pour savoir que c'est encore lui. La vibration semble continuer dans ma paume, dur rappel de ce que je souhaite désespérément ignorer.

La vérité c'est que je ne sais pas encore quoi lui dire. Dois-je remettre la faute sur Thomas en partie ? Dois-je tout prendre sur moi ? Comment équilibrer ce fameux « *ensemble* » ?

Alors plutôt que de lui laisser la possibilité de me prendre de haut et de retourner notre coup de folie contre moi, je préfère ne pas répondre. J'appellerai quand je le déciderai, selon mes termes, mes conditions, avec mon explication en béton.

Alors qu'Ash enchaîne avec Holy Rockstar, unique titre que je connais de toute sa discographie (eh oui, j'en ai honte !), je laisse échapper un petit rire sans joie. Le timing est parfait, comme toujours.

La musique m'engloutit rapidement et relègue Richard en arrière-plan, de même que sa mauvaise énergie. Les basses frappent fort, semblent remonter le long de mes jambes, jusque dans ma poitrine. Devant moi, à quelques mètres seulement, mais déjà trop loin, Ashwound hurle dans le micro, sa voix déchire l'air et accroche chaque personne présente, y compris moi.

Il est ailleurs, intouchable et si près à la fois.

Moi je suis là, invisible, avec ce foutu téléphone qui continue de s'éclairer en vibrant comme une menace.

Sara se penche vers moi, sa main chaude sur mon avant-bras pour capter mon attention.

— J'crois qu'il y a ton téléphone qui sonne ! crie-t-elle pour couvrir le son de la musique.

Je hoche la tête, un pouce en l'air.

— Je sais !

Elle pouffe de rire, regarde mon écran posé entre nous, puis lève les yeux au ciel en secouant ses belles boucles brunes.

— OK, je vois ! Il t'emmerde pour la coupe ?

Perspicace, la demoiselle.

— Il m'emmerde pour tout un tas de trucs, mais ouais, là c'est pour ça, me confié-je.

Difficile d'avoir une discussion alors que mon corps entier est comme aspiré par Thomas sur scène, et que mon cœur tambourine à chaque rime qu'il chante. Oh sans compter que se hurler dans l'oreille pour se comprendre, ce n'est pas des plus agréable.

— Si ça peut te rassurer, il nous emmerde nous aussi !

Je lève un sourcil, l'invitant silencieusement à aller plus loin. Elle avale une gorgée de bière, j'en fais de même, puis elle se repenche vers moi et m'explique :

— On a une ligne de conduite à suivre, c'est terrifiant. D'ailleurs, il a sûrement dû appeler Max aussi pour la faire chier. Les cheveux, c'est sa responsabilité.

— Tu crois ?

— Oh oui ! Une chance qu'elle oublie son téléphone constamment, hein ! Au moins, elle peut profiter du concert avant de se faire défoncer par le big boss.

Je tourne la tête vers Maxine qui saute comme une dingue à quelques mètres de nous, totalement absorbée par la musique, une bière levée au-dessus de sa tête. Ses cheveux blonds au carré toujours parfaitement lisses voltigent dans tous les sens, elle s'éclate. Son téléphone doit être en train de crever dans un coin et elle n'en a absolument rien à foutre.

Une pointe d'envie me traverse. Je devrais lâcher prise moi aussi, ne pas garder ce foutu smartphone greffé à ma main et empêcher Richard Hale de me pourrir la vie par la seule idée de sa présence.

J'y jette un œil, il continue de sonner dans le vide. Je l'attrape et l'éteins carrément. C'est une façon différente d'apporter une réponse en soi, sera-t-il suffisamment malin pour le réaliser ? Je prends les commandes, je garde le contrôle.

— Elle a tellement raison, soufflé-je plus pour moi-même que pour Sara.

— Grave ! confirme-t-elle en hochant la tête, ses boucles rebondissant dans tous les sens. Profiter tant qu'on peut... parce qu'après...

Elle ne termine pas sa phrase. Inutile. On sait toutes les deux ce que ça veut dire. Après, c'est le retour à la réalité. Les mails à rallonge qui reprennent les termes du contrat, les reproches condescendants, les menaces qui ne riment plus à rien, le chantage pour nous forcer à rentrer dans le rang.

Je lève les yeux vers Thomas. Est-il au courant de ce que ce foutu label fait subir à toute son équipe ? Mon regard dévie vers Cassie, puis Miles et David. Comment ça se passe pour eux ?

En réalité, cet échange me fait prendre conscience que si Hale nous malmène et nous menace, il en va de même pour tous ses subordonnés. Qui peut savoir ce qu'il est prêt à faire à des femmes comme Sara et Maxine, si belles et jeunes, quand on considère la manière dont il me reluque et me parle ?

Cette idée me fait mal au bide, instantanément, et me fait grincer des dents.

— S'il l'appelle… qu'elle ne réponde pas, lancé-je à Sara en désignant la coiffeuse.

— Elle ne pourra pas l'ignorer longtemps. Et toi non plus, d'ailleurs.

— Je sais. Je m'en occupe, t'en fais pas.

La jolie métisse esquisse un sourire, puis acquiesce d'un mouvement de tête. Durant quelques minutes, nous restons silencieuses, savourant le spectacle et descendant nos bières rapidement. Puis, elle se penche vers moi, la question lui brûlant les lèvres :

— Il se passe quoi entre vous deux ?

La vérité, c'est que j'ignore quoi dire. Je sais ce qui se passe entre nous, j'ai bien compris que ça allait au-delà de l'attirance physique et sexuelle, cependant je ne sais pas quoi répondre. Quels mots poser sur un ressenti si intense que celui-ci ?

— J'veux pas faire ma curieuse, hein ! enchaîne rapidement Sara, face à mon silence. C'est juste que j'aimerais savoir si on ira au bout de cette tournée, ou si tu seras remplacée en cours de route.

Dans sa voix, aucune marque d'attaque, pas de reproche non plus. Juste une interrogation légitime compte tenu du passif entre Thomas et ses divers managers.

Je pince les lèvres, un peu prise de court. Elle n'a pas tort et c'est peut-être ça le plus dérangeant. La réalité qui pèse derrière sa question, je ne l'ai ni envisagée ni considérée. J'ai foncé tête la première dans ce... quelque chose entre nous, galvanisée par cette romance comme je ne l'ai jamais été avant. Je laisse passer quelques secondes de plus, le temps d'observer Ash sur scène, comme si la réponse pouvait se trouver là, quelque part entre deux riffs, entre deux regards lancés à la foule.

Comme un signe du destin ou de je ne sais quelle connerie ésotérique à la con, c'est à CE moment précis qu'il balaie la foule du regard et tombe sur moi.

Mon cœur se serre une seconde, mais celle d'après il repart de plus belle, plus fort et vivant que jamais. Son sourire n'est pas feint, discret ou secret. Sur cette scène, devant ces milliers de personnes, il vient de se dévoiler tel qu'il est pour la première fois de sa vie. Pas de filtre, juste une émotion pure et brute qu'on ne peut pas inventer.

— Je ne sais pas, finis-je par admettre alors qu'il reprend le show.

Évidemment, je ne le quitte pas du regard.

— Comment ça ?

Je le regarde quelques instants de plus, puis je tourne la tête vers elle, avec une certitude qui bat contre mes côtes.

— Je ne sais pas comment appeler ce qui se passe entre nous, je ne sais pas si ça durera toute la vie ou juste assez pour tout foutre en l'air. Ce que je sais en revanche, c'est qu'on ne laissera personne nous l'enlever, on se battra, car de toute façon, on ne pourra jamais lutter contre notre attraction.

— Ça place la tournée à quel niveau d'importance ?

— Le plus haut, ne t'en fais pas. Thomas en a réellement besoin et, moi, je suis là pour m'assurer qu'il obtienne ce qu'il souhaite.

Elle esquisse un sourire, j'en fais de même et reporte mon attention sur lui. Même si je le voulais, jamais je ne lui retirerais ça. La scène, c'est au-delà du vital pour lui. Et si on poursuit notre plan contre le label, on ne sait pas quand, il aura l'opportunité de se produire de nouveau. Il reste 11 dates, je compte tout faire pour qu'aucune ne lui soit retirée et pour que les fans l'adulent tellement que d'autres options s'ouvrent à lui.

D'ailleurs, la première étape sera de m'assurer qu'il obtienne bien ces nominations qui ne sont encore qu'à l'état de rumeurs. Nominations, victoire, jackpot.

Pas d'argent, mais bel et bien du pouvoir. C'est tout ce dont il aura besoin pour conserver toutes les opportunités que le label lui accorde aujourd'hui.

Ils ont cru faire de lui une option, une ligne dans un tableau fourni ? Faisons d'eux la seule option dont il se passera.

Le concert est terminé, le bus a retrouvé sa tranquillité et le silence qui suit cette soirée n'a plus du tout la même saveur. Il est lourd, pesant, étouffant. Je reste un instant debout dans l'allée, la main sur le dossier d'un siège pour garder l'équilibre. L'adrénaline redescend lentement, laissant derrière elle une fatigue sourde et une lucidité que je n'avais pas sur le moment. Pourtant, mes idées ne m'ont jamais paru aussi claires et réfléchies.

Il faut impérativement que je lui en parle, que je lui dise tout ce que mon esprit vif a planifié pendant qu'il relâchait tout sur scène en communiant avec ses fans.

Mais pour le moment, l'équipe est encore bien réveillée, éparpillée dans le bus entre rire et voix étouffées, canettes qu'on ouvre et tentatives de repos.

— Qu'est-ce qui se passe ? m'interroge Thomas, attendant que je vienne m'installer près de lui.

Je secoue la tête, abandonne mon sac à main sur le comptoir et le rejoins en rapides enjambées. Immédiatement, mon corps se moule au sien, devant tous ces regards qui ne semblent même pas nous voir.

— Il faut que je te parle d'un truc, j'ai eu des idées, lui chuchoté-je près de l'oreille.

— Je t'écoute, raconte-moi.

J'ouvre la bouche, regarde autour de moi et, avant d'avoir pu formuler une réponse, il reprend :

— Non ! D'abord, redis-moi ce que tu as pensé du show.

J'éclate de rire. Depuis qu'il est sorti de scène recouvert de sueur, qu'il m'a prise dans les bras en me soulevant pour me faire tourner autour de lui, il m'a demandé ça au moins vingt fois. Visiblement, mon avis importe énormément pour lui et je me fais donc une joie de répéter :

— Je t'ai trouvé exceptionnel, tu étais aussi phénoménal que toutes tes groupies le disent et ta voix était magique. J'ai vibré du début à la fin, j'ai même eu les larmes aux yeux.

Il se mordille la lèvre, avant de pincer la mienne entre ses dents et de ponctuer ce geste d'un baiser passionné. Je ne l'ai jamais vu aussi euphorique et enjoué, aussi heureux d'entendre un compliment sur son travail. Pourtant, ce n'est pas ce qui manque ! Que ce soit depuis le début de la tournée ou depuis la sortie du nouvel album, tout le monde le couvre d'éloges.

— Putain, ça, ça fait trop plaisir !

Il lève son verre de rhum orange en l'air, comme pour trinquer à ça, puis en avale une longue gorgée. Je me blottis davantage contre lui, dépendante de sa chaleur et de son odeur.

— Tu voulais me parler de quoi, *sweetheart* ?

— Hale.

Ce simple nom suffit à réduire son sourire. Il se redresse doucement et hoche la tête avant de terminer son verre d'une traite.

— Allons dans la chambre.

Je me lève la première, ouvre la voie en lui tenant la main et nous enferme dans la minuscule pièce en l'espace de trente secondes. Le bruit nous parvient encore, suffisamment étouffé pour ne pas trop nous déranger.

— Il t'a appelée, c'est ça ?

— Oh oui ! Harcelée serait même plus juste ! J'ai fini par éteindre mon téléphone, je ne voulais pas lui laisser la moindre porte ouverte.

— Tu as bien fait.

— Je ne suis pas la seule qu'il a appelée, il a aussi contacté Maxine. Par chance, elle avait oublié son téléphone en loge et elle n'a plus de batterie. J'ai conseillé qu'elle ne réponde pas, j'ai assuré à Sara que je m'en occupais.

— Tu crois que...

— Qu'il exerce la même pression sur toute l'équipe qui t'entoure ? Oui. J'en suis convaincue.

Thomas pince les lèvres, se passe les mains contre le crâne tout en soupirant bruyamment.

— Ça veut dire quoi ? Qu'on lâche l'affaire et qu'on le laisse se servir de tout le monde pour éviter le chômage technique à quinze personnes ?

— Non, hors de question. Je considère juste l'idée de les prévenir, de discuter avec eux et de les intégrer à notre plan.

Thomas se laisse tomber sur le lit et me tend la main, je m'y agrippe et me place devant lui, debout entre ses jambes.

— Quel plan ? On ne sait pas où on va ni comment. Je t'ai entraînée là-dedans, mais la vérité c'est que j'ignore comment renverser le pouvoir. Les emmerder, les provoquer, je sais faire. Pour le reste ? Je n'en sais putain de rien.

— Hey ? C'est pour ça que je suis là, non ? lui demandé-je en remontant son visage vers moi d'une main.

Il fronce un peu les sourcils, peu certain de comprendre, j'imagine.

— Mon job c'est d'analyser, de structurer, de proposer des plans fiables et des objectifs clairs. Autant utiliser mes compétences à bon escient, non ?

Il hoche doucement la tête.

— Tu proposes quoi ?

Je le pousse en arrière, il s'allonge sur le lit et je m'installe à califourchon au-dessus de lui, mes mains sur son torse.

— D'abord, on sécurise la tournée en continuant à livrer des shows aussi exceptionnels et en assurant ta nomination à toutes les récompenses musicales possibles. Je vais me charger de ça, utiliser tous les contacts pour t'assurer une place à chaque événement à venir courant avril et mai.

— Oh non ! Je déteste ces soirées à la con ! râle-t-il, comme un gosse.

— T'auras pas le choix. Tes prix et ta notoriété grandissante te rendront indispensable. Pas pour le label, mais pour le public. Après ça, Sterling Records te mangera dans la main et tous les producteurs de musique te dérouleront le tapis rouge, y compris aux USA.

Il grimace, visiblement peu emballé, mais ne proteste pas davantage. C'est déjà une victoire en soi, j'imagine.

— Et ensuite ? demande-t-il en posant ses mains sur mes hanches.

Je sens ses doigts se resserrer légèrement, comme une manière de m'ancrer à lui, ou peut-être de se raccrocher à quelque chose de concret dans ce que je suis en train de construire pour lui.

— Ensuite, on reprend le contrôle total de ton image.

Ses sourcils se froncent.

— Quoi, les cheveux, ça ne suffit pas ?

— Non, pas complètement.

Je me penche un peu vers lui, encadre sa tête avec mes coudes.

— Ce soir, tu as repris une partie de ton pouvoir, mais ils tiennent encore trop de ficelles derrière. Les visuels, les interviews, les sorties, tout est encore sous contrôle, validé et filtré.

— Que proposes-tu, déesse des plans machiavéliques ?

Ses mains remontent le long de mon dos, sous mon pull en laine, longeant lentement mes côtes, ma colonne.

— On crée notre propre narration, en groupe. On court-circuite dans tous les sens, avec l'aide de tes musiciens, de Mark, de l'équipe beauté, on devra tous aller dans le même sens.

— Qui est ?

— Un Ashwound qu'ils ne peuvent anticiper, brut, authentique, imprévisible, mais toujours cohérent. On va créer une image de marque addictive pour le public, effrayante pour le label. Un festival de musique accessible à tous, trois jours de rock dans le désert ou n'importe où, sponsorisé par Sterling Records, mais qui n'empochera rien dessus. Les tickets rémunèrent les artistes, payent les intervenants, l'équipement, point.

— Ouh là, attends, m'interrompt-il en posant son index sur ma bouche. Tout ce que tu dis me file la trique, mais comment tu comptes leur faire accepter tout ça ?

Effectivement, je sens son sexe durcir sous moi et je reconnais que je suis plutôt fière de l'effet que ça produit chez lui.

— Ce n'est pas le plan, soufflé-je contre ses lèvres avant de me redresser. On les mettra au pied du mur, ils n'auront aucune autre option. Si on annonce ça en public, qu'on dévoile le projet de façon spectaculaire, ils ne pourront pas reculer.

— On leur impose selon nos conditions.

Je hoche la tête, un sourire en coin sur le visage. Ça coulait de source depuis le début, je ne comprends pas que l'illumination ne se soit pas produite avant dans mon esprit pourtant si aiguisé. Il a fallu que je l'entende performer, que je constate par moi-même tout ce qu'il éveille chez les gens pour comprendre qu'il n'y a que comme ça qu'on pourra les avoir.

— On leur rend la monnaie de leur pièce, affirmé-je, déterminée.

— Maintenant que c'est au point, retire tes fringues avant que je les réduise en morceaux.

Je laisse échapper un rire, incapable de retenir la montée de chaleur qui envahit déjà tout mon corps. Il est là, à quelques centimètres, brûlant, vivant, encore électrisé par la scène... et moi, je suis en train de lui parler stratégie comme si mon cœur ne battait pas à tout rompre contre ses côtes.

Le reste attendra, pour le moment, je le veux en moi.

Les heures de route s'enchaînent aussi vite que les concerts, les interviews et les heures de sommeil en moins. Le rythme est intenable pour le commun des mortels, exaltant pour l'équipe et moi. Dormir n'est pas la chose la plus importante pour moi, je grappille quelques heures dans les bras de Nell de temps en temps, mais près d'elle je préfère mille autres activités.

Douze jours se sont écoulés depuis Lyon, douze jours que tout a changé. Pas seulement entre nous — même si ça, putain... ça a tout balayé sur son passage —, mais autour aussi. L'énergie commune, les regards, les rires, l'ambiance. Depuis Marseille et ce coup d'éclat contre le label, c'est comme si une révolution s'était enclenchée, un train lancé à grande vitesse qui fonce droit sur Richard Hale, avec Nell aux commandes.

Elle a déclenché un truc qui nous dépassera sûrement un jour, mais est-ce que j'ai vraiment envie de penser à ça ? Non.

Au lendemain du concert dans le sud de la France, ma brillante manager a téléphoné à Hale, sur haut-parleur, devant toute l'équipe. Elle a cru bon de devoir le faire pour étayer ses propos au sujet du label, de la pression imposée et du « *vous n'êtes que des lignes interchangeables !* ».

Elle n'a pas élevé la voix, pas une seule fois, et pourtant je crois n'avoir jamais entendu quelqu'un être aussi tranchant sans crier. Adossé contre le comptoir du bus, les bras croisés, j'ai assisté à toute la scène tel un spectateur muet, sans intervenir. Ce n'est pas parce que je m'en foutais, mais parce que je voulais voir jusqu'où elle comptait aller, je voulais lui laisser tenir les rênes et admirer le spectacle, tout simplement. Ce n'est pas le genre de femme qui a besoin d'un prince charmant pour voler à sa rescousse, c'est elle qui se sauve avec ses propres armes.

Son intonation calme et posée, froide par moments, a dénoté avec l'attitude colérique de Hale, qui hurlait à travers les haut-parleurs grésillants du téléphone. C'est précisément cela qui a rendu chacun de ses mots plus violents encore.

— Vous ne vous rendez pas compte de l'erreur que vous venez de commettre, Hart ! a-t-il hurlé, probablement rouge de colère. Je vous ferai tous virer !!! Vous n'êtes qu'une petite salope incapable de faire ce pour quoi on la paye !!! Votre vie entière dépend de moi, votre carrière, votre réputation !!! Je vais tous vous détruire !!!!

L'équipe entière, suspendue à cet échange, a levé les yeux, d'abord vers Nell, sérieuse et concentrée, puis vers moi, amusé. Je crois que même s'ils savaient déjà à quoi s'attendre avec ce type, ils n'imaginaient pas à quel point il pouvait aller loin.

— Richard, êtes-vous certain de vouloir en arriver là ? a-t-elle simplement demandé, son regard accroché à l'écran du téléphone.

— Quoi ? Vous pensez que je n'oserais pas ?! C'est bien mal me connaître !!!

— Ce n'est pas ce que j'ai dit. Je vous demande simplement si vous êtes sûr de vouloir en arriver à une telle extrémité ?

— OUI !!! Cent fois oui !!! Hors de question de continuer de bosser avec des incapables !!! Qu'est-ce que vous n'avez pas compris dans : il faut contenir notre produit ?! Vous êtes tous interchangeables ! Je me fiche de qui accompagne Ashwound sur la tournée, tant que ça me rapporte !

Maxine et Sara ont échangé un regard, outrées, tandis que Cassie a relevé la tête vers moi, sourcils froncés. Mark semblait prêt à exploser à la moindre mauvaise réponse, et même David et Miles, d'ordinaire incapables de rester calmes plus de trente secondes, s'étaient tus. Personne ne respirait vraiment. Nous, si.

Tout ce que nous venions d'expliquer avec nos mots et nos expériences était en train de se confirmer sous leurs yeux et leurs oreilles.

— C'est là que vous vous méprenez, Richard, a poursuivi Nell en se tournant vers moi. Si une seule personne de l'équipe est remplacée, Ashwound se retire.

— Oui, bien sûr !! Je vais y croire ! Il a trop à perdre pour faire ça !

Avec un sourire aussi excitant qu'effrayant, elle s'est avancée vers moi et m'a tendu le téléphone. C'était le dernier coup à jouer.

— Salut, Richard, ai-je simplement dit.

Silence au bout de la ligne. Froissement indistinct, respiration hachurée, puis raclement de gorge.

— Bonjour, Thomas, comment vas-tu ? a-t-il demandé, l'air de rien.

— Si vous m'enlevez un seul membre de mon équipe, de mes musiciens à mes techniciens en passant par l'équipe beauté et les managers, j'arrête tout.

Ma voix froide et implacable n'a laissé aucune place au doute. Il a soupiré longuement, sans doute s'est-il massé les tempes ou quelque chose du genre.

— Je suis sur haut-parleur, c'est ça ?

— Oui, et nous sommes tout ouïe, a confirmé Nell.

— Putain de... a grogné Hale.

— Oui ? Putain de ?

Elle a légèrement incliné la tête, ce sourire discret, presque insolent que je connais maintenant par cœur s'est dessiné sur son visage. Elle savait à ce moment-là que la première bataille était gagnée.

— Je vous laisse jusqu'à la fin de la tournée. Après, tout s'arrête, a tranché le grand manitou avant de raccrocher.

Entre euphorie et choc, l'équipe ne savait plus comment réagir ou se positionner. Les questions se sont enchaînées, que faire après la fin du *Holy Rockstar Tour* ? Qu'allaient-ils devenir ?

C'est là qu'on a exposé notre plan, ou plutôt celui de ma fabuleuse joueuse d'échecs qui est prête à tout pour le mettre hors-jeu.

Depuis ce moment-là, tout s'est accéléré. Chaque date dépasse la précédente, chaque salle réagit plus fort, plus vite, me prouvant que quelque chose circule entre nous et eux. Les fans me donnent quelque chose de vivant, je leur offre quelque chose de difficile à contenir. Ce n'est plus juste une tournée où le label encaisse, c'est une montée en puissance. Ils ne viennent plus seulement écouter, ils viennent ressentir, vivre, se perdre avec nous dans quelque chose qu'aucun de nous ne maîtrise. Les réseaux s'emballent face aux lives « *coulisses* » que l'on diffuse, les extraits tournent partout, les journalistes s'éclatent lors des interviews et les commentaires s'accumulent là où personne ne sait expliquer l'engouement soudain. Certes, ce lien existait déjà, sinon je n'aurais jamais eu cette tournée européenne. Mais là ? C'est plus fort que tout ce que j'ai vécu jusqu'ici.

Et il n'a pas fallu grand-chose pour en arriver là. Des séances de dédicaces improvisées dans la foule, une balade par ici, une balade par-là, des échanges, des photos, des interactions avec les fans sur les réseaux sociaux, une présence plus appuyée et le clou du spectacle : une mystérieuse amoureuse.

Je vous jure, quand Nell m'a soumis cette idée, j'ai tout rejeté en bloc ! La cacher ? Et puis quoi encore ! Je voulais la montrer au monde entier ! Hurler à qui voudrait l'entendre qu'elle était exceptionnelle et que, pour la première fois de mon existence, je comprenais la vie. Mais ses arguments étaient si solides et convaincants que j'ai fini par accepter.

Entretenir le mystère à travers quelques images contrôlées, quelques mots à la volée et une main inconnue qui tient la mienne, c'est ce qui a créé un engouement presque mondial pour ma relation, ma musique, moi. Certains fans se sont mis à décortiquer les paroles de mes chansons, notamment, *Stay Until the Last Song* et *Under Your Voices*, qu'ils ont interprétées comme des chansons d'amour.

Ils n'ont pas compris que ces déclarations-là étaient pour eux.

Stay until the last song
Don't disappear too soon
When the lights fall from the ceiling
And the night begins to move
Stay until the last song
When the noise is almost gone
Don't leave me in the echo
Stay until the last song

Reste jusqu'à la dernière chanson
Ne disparais pas trop vite
Quand les lumières tombent du plafond
Et que la nuit commence à bouger
Reste jusqu'à la dernière chanson
Quand le bruit s'efface presque
Ne me laisse pas dans l'écho
Reste jusqu'à la dernière chanson

Toujours est-il qu'il existe désormais une multitude de comptes fans et de théories sur l'identité de mon amoureuse mystère et que ça génère tellement de vues que ma cote de popularité dépasse des sommets.

Bizarrement, Hale nous fout la paix, trop heureux qu'il est d'encaisser sur notre dos.

Je pourrais presque en rire, si ce n'était pas aussi révélateur de la manière dont ce type fonctionne. Tant que ça rapporte, tant que les chiffres montent, tant que les articles s'enchaînent et que les salles se remplissent, il ferme les yeux sur tout le reste. Sur la coupe de cheveux, sur les écarts, sur cette liberté que je prends désormais sur scène comme en dehors. Il nous a donné un sursis en pensant nous tenir encore un peu, mais en réalité, il s'est lui-même retiré de l'équation sans même s'en rendre compte. Et ça, c'est exactement ce que Nell avait anticipé.

Elle ne s'est pas contentée de reprendre la main, elle a redessiné le terrain de jeu.

Chaque jour, je l'observe travailler, observer, noter, ajuster. Là où moi je vis dans l'instant, porté par la musique, par l'énergie de la foule et notre dépendance mutuelle, elle construit sur le long terme. Elle voit des coups d'avance, toujours. Et même si ça me rend dingue, tout ce contrôle, je dois reconnaître une chose : ça fonctionne. Putain, ça fonctionne même trop bien.

Je passe une main sur mon crâne, encore surpris parfois par la sensation, par ce geste devenu presque réflexe depuis Marseille. Ce n'était qu'un acte de rébellion sur le moment, un doigt d'honneur lancé au label, et c'est devenu une signature. Les fans en parlent, les médias aussi, certains y voient un renouveau artistique, d'autres une annonce à décrypter pour deviner mes prochains projets. La vérité, c'est que je m'en fous de tout ça. Tant que je peux monter sur scène et ressentir ce que je ressens en ce moment, tout le reste devient secondaire.

Au milieu de tout ça, il y a elle. Celle qui dort contre moi, ses cheveux éparpillés sur mon épaule, son souffle régulier qui caresse doucement ma peau, le silence qu'elle m'apporte et que j'apprends à aimer. Je la regarde dormir, profiter des quelques heures avant le concert de ce soir et le tourbillon des interviews, de la difficulté de ce cache-cache qu'on ne tiendra plus longtemps. Je ne supporte plus la moindre seconde loin d'elle, même si nous sommes dans la même pièce. J'ai un besoin viscéral de la toucher, de la regarder, de… l'aimer. Ça cogne contre mes côtes, ça me rend accro, peut-être plus qu'une drogue, plus que tous les joints du monde, plus que tous les rails de coke, les médocs, l'alcool.

Elle est mon amphétamine, ma cocaïne, mon héroïne.

Elle a bouleversé mes certitudes, écrasé mes réticences, explosé mes barrières. Elle s'est frayé un chemin jusqu'à un cœur que je pensais incapable de ressentir.

Je ne veux plus la cacher, je veux l'annoncer au monde entier, hurler combien je suis addict à elle, sans être capable de dire *je t'aime*.

Son téléphone vibre, abandonné dans son sac à main balancé sur le lit. J'étire doucement mon bras pour l'attraper, le plus délicatement possible pour ne pas la réveiller. Elle soupire dans son sommeil, je garde mon geste suspendu, sans oser respirer. Quand je suis sûr qu'elle dort encore, je pose le sac de mon côté, l'ouvre et fouille pour éteindre le portable, hors de question qu'elle se fasse tirer du sommeil par ses responsabilités.

Ma main tombe vite sur des plaquettes de médocs que je sors, intrigué. Oh, ma jolie colombe aurait-elle un vice que j'ignore ? Lorazépam, un anxiolytique pas mal, mais qui ne fait pas planer longtemps. Propranolol, je connais pas, mais j'imagine que c'est un complément. Est-elle à ce point anxieuse ? Elle n'en donne pas l'impression pourtant.

Forcément, je fouille encore et tombe cette fois sur une poche en plastique, de comprimés moins réglementaires et légaux, j'imagine. Ils sont petits, ronds et blanc, aucun logo, aucun nom de molécule estampillé dessus. Qu'est-ce que c'est ?

— Oh, merde ! grogne Nell en remuant.

Elle se redresse d'un bond, récupère la poche entre ses mains tremblantes et commence le cirque de ceux qui en ont trop à se reprocher.

— Ce n'est pas du tout ce que tu crois.

Je m'appuie sur mes coudes, restant détendu et patient pour écouter sa justification. Dont je me tape complètement, hein.

— C'est juste pour m'aider à me reconcentrer, je gère mieux avec un petit coup de pouce, surtout avec la pression, le manque de sommeil, enfin… tu vois quoi. Et ça, explique-t-elle en désignant le sachet, c'est parce que j'ai abîmé la plaquette, il me fallait un truc pour les ranger. J'ai pris la première chose qui m'est venue en tête.

— Arrête ça, lâché-je d'une voix un peu ferme.

Elle tremble, ses yeux s'emplissent de larmes qu'elle retient désespérément.

— Je me fiche de ce que tu consommes, ajouté-je. Juste, ne te cache pas derrière de fausses excuses, OK ?

Étonnée, elle écarquille les yeux, entrouvre la bouche, incapable de répondre. Je lui tends la main, l'attire contre moi.

— Enfile-toi tous les médocs de la terre, mais ne me mens pas. Pire encore, ne te mens pas à toi-même.

— Je…

Je sens qu'elle lutte. Autant contre mes paroles que contre sa propre vérité. Elle reste figée quelques secondes, suspendue entre deux réactions possibles. Le réflexe de se protéger et l'envie — ou le besoin — de lâcher enfin ce qu'elle tient serré depuis trop longtemps. Ses muscles sont tendus, elle est crispée, mais peu à peu, elle se détend, se relâche. Je la regarde sans détourner les yeux, sans chercher à adoucir ce que j'ai dit ou à la presser de me répondre. Nell est une femme complexe, mais j'ai compris que la douceur ne fait ni partie de son vocabulaire, ni de sa vie. Elle a besoin de s'appuyer à ce qu'elle connaît et maîtrise, la réalité dure, abrupte, parfois violente, mais jamais tendre.

— Je gère, finit-elle par souffler, plus bas.

Je laisse échapper un souffle, presque un rire sans joie, et je secoue la tête en me redressant davantage sur le matelas. Bien sûr qu'elle gère, elle gère tout, tout le temps et tout le monde. Je crois que dans le fond, c'est bien ça le problème.

— Ouais, t'es une putain de machine, Hart, répliqué-je sans agressivité, mais sans détour non plus. Tu gères Hale, tu gères la tournée, tu gères l'équipe, tu me gères moi… alors forcément, faut bien que ça sorte quelque part.

Elle baisse les yeux, incapable de soutenir mon regard cette fois, et c'est là que je vois vraiment la fatigue. Pas celle du corps, non. Celle qui s'accumule derrière les tempes, dans les épaules, dans cette tension constante qu'elle ne relâche jamais complètement.

— Ce n'est pas ça, ce n'est pas de la drogue, ajoute-t-elle, comme pour se convaincre elle-même. Juste une aide invisible qui me sert à me stabiliser, rien de plus.

J'accorde sa place au silence, volontairement fixé sur elle, pour ce qu'elle entende ce qu'elle vient de dire. Qu'elle comprenne d'elle-même que le simple fait de dissimuler et de trouver des excuses démontre déjà son addiction. Je me fiche qu'elle ait besoin de ça, je veux juste qu'elle l'admette.

— Ça te fait quoi ? Quand tu les prends ? demandé-je ensuite.

— Je ne sais pas, tout est plus clair, plus... facile.

— C'est bénéfique alors ?

— Oui, bien sûr.

— Alors pourquoi tu te caches ? Pourquoi tu tentes de me convaincre que ce n'est *rien* ?

Elle hausse les épaules, lèvres pincées, elle ferme les paupières une seconde et je peux lire dans son attitude combien cela lui coûte d'affronter la réalité. Enfin, elle relève la tête vers moi, plus fragile, moins armée.

— J'ai pas le droit de flancher, murmure-t-elle.

Ça, ça me percute plus violemment que tout le reste. Je m'agenouille face à elle, encadre son visage de mes mains, mes pouces caressant sa peau lentement.

— Qui a décidé ça ? demandé-je en plongeant mon regard dans le sien.

— Si je te raconte ce qui m'a menée ici maintenant... tu ne monteras jamais sur scène ce soir.

— Mon cœur, rien ne pourrait m'empêcher d'y aller, tu sais.

— Si, ça, ça le fera.

Je fronce à peine les sourcils, le cœur tambourinant à me briser la cage thoracique. Parce que dans son regard et sa manière de relever le menton, je distingue toute la souffrance d'une femme qui n'a jamais eu la moindre option. Tout lui a été imposé et ce qu'elle m'a balancé à Lyon me revient en tête : « *je veux juste pouvoir choisir* ».

En mon for intérieur, j'ai toujours su qu'elle cachait plus de fêlures qu'elle ne voulait bien l'admettre, mais je reconnais que j'étais loin de me douter de toutes les épreuves qu'elle a pu traverser. Elle sait combien la scène compte pour moi, elle sait aussi que peu de choses me ferait lui tourner le dos. Si elle dit ça, ce n'est pas pour rien.

Je serre les dents, m'explosant les gencives.

— OK. On en parlera… après, soufflé-je en posant mon front contre le sien.

Ses mains s'accrochent à mes coudes, elles me pressent, s'accrochent à moi comme si j'étais sa putain de rédemption.

— T'as le droit de lâcher, d'être fatiguée, de t'abandonner. Je suis là maintenant. Je suis là…

Je marque une pause, laisse mes mots descendre, s'installer dans nos souffles contenus et nos soupirs tremblants.

— Mais si t'as besoin de ça pour tenir, alors OK. Je te ferai jamais la morale, je suis mal placé pour juger.

Un léger frisson traverse mon visage, le sien, comme si nous réalisions soudain la force de notre lien. J'ai besoin qu'elle soit l'air que je respire, qu'elle vive dans chaque battement de mon foutu cœur, qu'elle existe au-delà de sa propre présence. J'ai besoin d'elle comme elle a besoin de moi. C'est vital, viscéral, animal, instinctif.

Je relève sa tête, ancre mes yeux aux siens, grave cet instant dans nos chairs.

— Je te promets que plus rien ne te poussera jamais à croire que tu ne peux pas flancher. Plus personne ne t'atteindra jamais, plus personne.

— Tu es sûr ? murmure-t-elle d'une voix brisée.

— Je t'en fais le serment, mon amour. Je te protégerai comme tu me protèges, je te ferai rayonner autant que tu me permets de briller, je serai ton ombre, ta lumière, ta chute et ta renaissance.

— Embrasse-moi, Thomas... m'implore-t-elle.

— Je ferai bien plus que ça.

Sans retenue, je prends possession de ses lèvres, de son corps, mais cette fois, il n'y a rien de précipité, rien de brutal comme ça l'est souvent entre nous. Ce n'est pas une urgence, ni une fuite ou un moyen d'oublier. C'est autre chose. Quelque chose de plus ancré, de plus profond, qui se construit dans ce qu'on vient de partager. Je la sens encore trembler contre moi, à peine, comme si son corps n'avait pas encore compris qu'il pouvait relâcher la pression, qu'il pouvait se laisser porter sans avoir à anticiper le prochain coup.

Mes mains glissent dans son dos, lentement, épousent chaque ligne, chaque tension que je devine sous ses muscles encore crispés. Je prends le temps, pour elle, pour nous, pour ce moment qui n'a rien à voir avec tout ce qu'on vit d'habitude. Ici, à cet instant précis, il n'y a plus que nos respirations qui s'entremêlent, nos souffles qui se répondent, et cette putain de sensation d'être exactement là où je dois être.

Elle s'accroche à moi comme si j'étais la seule chose stable dans un monde qui lui échappe et ça me retourne plus que je ne veux l'admettre. Parce que la vérité, c'est que je suis tout sauf stable. Je suis un chaos permanent, une décharge à ciel ouvert, incapable de tenir en place plus de quelques heures sans chercher le prochain shoot d'adrénaline. Et pourtant, avec elle... tout ralentit. Tout s'apaise sans perdre en intensité.

Je quitte ses lèvres pour glisser le long de sa mâchoire, de son cou, marquant chaque centimètre de peau comme pour m'assurer qu'elle est bien là, qu'elle ne va pas disparaître si je relâche la pression une seconde. Elle bascule légèrement en arrière, m'offre plus d'espace, plus d'elle et je comprends que ce qu'on est en train de faire n'a rien à voir avec le sexe. C'est une manière de se retrouver, de se dire sans mots qu'on tient encore debout malgré tout ce qui nous dépasse. De s'aimer sans avoir à verbaliser des mots qui ont détruit par le passé.

— Reste, murmuré-je contre sa peau, sans même réfléchir à ce que je dis.

Ça m'échappe, c'est brut, sincère, presque dangereux. Mais c'est instinctif, nécessaire.

Reste. Pas pour cette nuit, pour le reste. Reste dans ce chaos, dans cette montée, dans cette guerre qu'on a déclenchée sans savoir jusqu'où elle nous mènera. Reste toujours auprès de moi. *Ne m'abandonne pas.*

Ses doigts remontent jusqu'à ma nuque, s'y agrippent avec une force qui ne trompe pas et quand elle m'attire à elle, je comprends qu'elle a entendu et saisi ce que je n'ai même pas formulé correctement.

— Je suis là, je ne partirai pas, souffle-t-elle.

C'est simple, direct et suffisant. Je ferme les yeux une fraction de seconde, juste assez pour l'enregistrer et m'en imprégner avant que tout reparte trop vite, trop fort.

— Jamais, ajoute-t-elle entre deux baisers.

C'est tout ce qu'il me fallait. Tout ce dont j'avais besoin sans comprendre pourquoi.

Maintenant je le sais, quoi qu'il arrive, quoi qu'on lui ait fait subir, elle ne sera plus jamais seule. Et moi non plus. Liés, à tout jamais.

Dix jours que l'on jongle entre les concerts, les interviews et toutes les apparitions publiques en parvenant à ne pas se faire surprendre et il suffit d'une seule sortie à Berlin pour que tout se pète la gueule de façon magistrale.

Ce n'est pas une question de honte ou du mal à assumer notre relation, c'était jusqu'à présent une question de narratif. Nous devions parvenir à intéresser suffisamment sans tout dévoiler, attiser la curiosité pour accroître la notoriété. Thomas rêvait évidemment de le crier sur tous les toits, mais j'ai réussi à lui faire comprendre ce que j'avais en tête et le résultat s'est révélé à la hauteur de mes espérances.

En laissant planer le mystère sur l'identité de la petite amie de la star, de multiples théories ont fait surface et ont alimenté d'elles-mêmes sa notoriété exponentielle. Si, au fond de moi, j'étais un brin jalouse de voir la liste de noms s'agrandir au fur et à mesure des indices disséminés çà et là, je dois reconnaître qu'observer le résultat outre-Atlantique fut bien au-delà de mes espérances.

Le nom d'Ashwound n'évoquait pas grand-chose aux US, sauf aux oreilles des connaisseurs de rock, évidemment. Aujourd'hui, les réels, les vidéos Tik-Tok et les story tournent autour d'un seul sujet : le jeune Britannique qui enflamme l'Europe.

Certains pensent que l'inconnue aux ongles parfaits serait un top model fortuné, d'autres jurent avoir reconnu la grande reine de la pop en vogue, tandis qu'une autre catégorie de personnes spécule autour du fait que ce soit une jeune influenceuse italienne au corps de rêve. Toujours est-il que d'ici quelques heures, voire quelques minutes, leurs questions trouveront une réponse. Contre notre volonté.

En sortant du bus stationné derrière la salle de concert, et normalement à l'abri des regards et intrusions, nous nous sommes... laissés aller. Baisers enfiévrés contre la carrosserie, mains baladeuses et rires de gamins... Le tout sous l'objectif d'un paparazzi peu scrupuleux qui s'était faufilé par-dessus l'immense portail.

Et donc ? Que faire maintenant ?

Comme ni Thomas ni moi n'avions envie de lui courir après pour lui péter la gueule et accessoirement lui retirer son matériel, nous voilà en train de réfléchir à comment lui couper l'herbe sous le pied.

— Si on le laisse sortir la photo, par n'importe quel intermédiaire, on perd la main dans le narratif, expliqué-je en tentant de rester calme.

— Ben c'est simple dans ce cas : on en poste une avant lui, conclut Thomas, pour son plus grand plaisir, je le devine.

— Oui, évidemment, c'est ce qu'on va faire. Mais pas n'importe comment ou l'avoir caché ne servira plus à rien. Il ne faut pas que les gens pensent qu'on le fait, car on n'a plus le choix. Il faut laisser sous-entendre que c'est notre volonté d'enfin nous dévoiler.

Je fais les cent pas devant le bus, l'air frais chatouille mon visage et me fait frissonner, je resserre mon manteau contre ma poitrine. Les idées ne viennent pas, j'ai beau me creuser la tête, j'ignore comment agir. La seule certitude qui m'anime, c'est qu'il faut que nous le fassions vite et que ce soit mémorable.

— Il faut que ce soit explosif et marquant. Pas une story à l'arrache d'une photo prise « *comme ça* ». Il faut que ça ait l'air d'avoir été préparé depuis un moment. Autant pour les fans que pour le label.

— Tu veux qu'on fasse une sextape ? propose-t-il, sourire lubrique sur les lèvres.

Je m'arrête de marcher pour le regarder, puis lève les yeux au ciel en soupirant.

— Aussi tentant que ce soit, je préfère réserver notre intimité à... notre intimité.

Il éclate de rire, puis porte le joint qu'il vient de rouler à sa bouche, l'allumant la seconde d'après.

Avec son crâne rasé, ses yeux légèrement soulignés de khôl noir et sa veste en cuir cloutée, il est dangereusement canon. À chaque fois que je le regarde, de près, de loin, d'en dessous, d'au-dessus, j'ai l'impression de me liquéfier de l'intérieur, de ne savoir plus formuler la moindre pensée cohérente.

Et pourtant, tout semble s'éclairer aussi.

— On doit faire un post. Un condensé de toutes les photos qu'on a prises depuis 10 jours, un truc qui dirait « *j'ai trouvé chaussure à mon pied* » quelque chose du genre.

Il hausse un sourcil, perplexe, tire sur le joint avant de me le tendre.

— Chaussure ? Je dirais plus : j'ai trouvé la meilleure came qui existe.

Je tire sur le pétard avec un demi-sourire, amusée et séduite, une nouvelle fois. C'est vrai que l'idée de la chaussure, ça ne lui ressemble pas vraiment.

— Ça fera hérisser le poil de Hale, commenté-je en soufflant la fumée en l'air.

Je m'approche d'un pas, m'adosse au bus à côté de lui.

— C'est parfait, ajouté-je.

Il glisse son bras autour de mes épaules. À cet instant, le temps semble se suspendre, c'est un des rares moments de calme où l'équipe au complet vaque à ses occupations, entre l'installation et les balances. Ils se font rares, tout le monde est toujours là, présent, envahissant et si ces derniers jours nous nous sommes volontairement isolés pour savourer chaque instant à deux, il n'empêche que nous ne le sommes jamais vraiment. La faute à qui ? À moi bien sûr ! La moi d'il y a quelques semaines qui imaginait survivre à une telle proximité, juste pour pouvoir retenir l'artiste de se foutre en l'air dès que j'aurais eu le dos tourné. Je n'ai jamais éprouvé autant de regrets que lorsque je pense au confort d'une chambre d'hôtel 4 étoiles qu'on aurait pu partager.

— On ne balance pas une paire de photos à l'arrache, on raconte ces dix derniers jours, l'histoire derrière une étreinte, un baiser, expliqué-je. Les regards, les mains qui se frôlent, les moments volés... Tout ce qu'ils ont essayé de deviner sans jamais réussir à mettre un visage dessus. On leur donne l'impression qu'ils étaient là sans vraiment l'être.

— Ça me va.

— On commence avec des détails, ceux qu'on a déjà distribués, ta main dans la mienne, un reflet dans une vitre, deux verres de bière ou encore une silhouette floue. Des images qui pourraient encore appartenir à n'importe qui, mais qui, mises bout à bout, deviennent évidentes.

— Ça va les rendre complètement fous, commente-t-il.

— C'est exactement le but. Tes fans tomberont amoureux de nous, de notre histoire, de notre fusion. Le label s'arrachera les cheveux, Richard m'enverra sûrement une lettre de licenciement ou je ne sais quoi, mais je m'en tape.

Je me redresse, me plante face à lui et lui rends le joint.

— C'est le tournant, Thomas. Le point de non-retour, celui qui passe ou qui casse. Les clauses de mon contrat sont assez claires, elles m'interdisent formellement toute relation intime avec un artiste que je supervise.

— S'il te virent, je lâche tout, grince-t-il, mâchoires serrées.

— Non. Qu'ils me virent ou pas, cela n'aura pas la moindre importance. Mark est de notre côté, ainsi que tout le reste de l'équipe et je ne compte pas partir. Que je sois payée à être là ou pas, je resterai.

Je m'approche de lui, prends son visage entre mes mains fraîches.

— Je ne vais nulle part, personne ne pourra m'y obliger. Surtout pas lui.

— T'es vraiment prête à courir ce risque ? me questionne-t-il, comme si ce n'était pas évident.

— Pour toi ? Bien sûr.

Il humecte ses lèvres, puis m'embrasse à en perdre haleine, me transmettant toute la passion qui anime nos cœurs.

— Alors, allons-y. Préparons ce post officiel, murmure-t-il contre ma bouche. Dévoilons au monde entier combien je suis accro à ma manager sexy.

Je ricane, puis nous terminons le joint avant de remonter dans le bus. Au chaud, installés sur l'un des canapés, nous sélectionnons les clichés parfaits en nous remémorant certains instants. Dix minutes plus tard, le post est prêt, Thomas choisit la légende et nous sommes prêts à cliquer sur « *publier* ».

Au fond de moi un minuscule doute s'installe. Et si mon identité se révélait décevante ? Et si les fans trouvaient que je n'étais pas « *à la hauteur* » de la star ? Ou pas à la hauteur de leurs espérances ? Certes, ça ne me fera pas changer d'avis à notre sujet, je ne me détournerai pas de lui pour l'opinion publique ou quiconque d'autre, mais... est-ce que ça aura le bon impact ? Est-ce que ça enverra le bon message ?

Le pouce suspendu au-dessus de l'écran, je retiens mon souffle.

— Qu'est-ce qu'il y a ? me questionne Thomas, en déposant quelques baisers sur mon épaule.

— Et si ce n'était pas ce qu'ils attendaient ?

— De quoi ? Toi ?

— Oui… Ils ont élaboré tellement de théories, ils seront forcément déçus que ça ne soit que moi, qu'une manager sans importance.

Thomas secoue la tête, puis il appuie sur le bouton à ma place, me prenant de court. L'instant d'après, il balance le téléphone sur la table face à nous, puis attrape mon visage entre ses doigts pour me forcer à le regarder en face.

— Tu te fous de ma gueule ? Sans importance pour quoi ? Pour qui ?

Je hausse les épaules et me pince les lèvres.

— La seule chose qui compte c'est l'importance que tu as pour moi, t'as compris ? On se fout de ce qu'ils diront, de leur déception ou de toutes ces conneries. Ton plan est génial, ton post est parfait et personne, en dehors du label, ne trouvera à y redire. Et puis, t'as vu comme mes fans t'adorent ?!

— Tu crois ?

— Sans déconner ! Ils crient presque autant ton nom que le mien, j'ai jamais vu ça avec mes précédents managers.

Un léger rire m'échappe, nerveux plus qu'amusé, alors que je détourne le regard une fraction de seconde, incapable de soutenir l'intensité du sien trop longtemps sans vaciller.

— Peut-être qu'ils aiment juste le mystère… soufflé-je, à mi-voix, comme pour minimiser ce qu'il vient de dire.

— Non.

Sa réponse est immédiate, tranchante, sans la moindre hésitation. Il ne me laisse même pas le temps de me réfugier derrière mes doutes.

— Ils t'aiment toi, Nell. Sans savoir qui tu es vraiment, en imaginant que t'es juste celle qui organise mes journées et leur accorde davantage de proximité avec moi. Alors imagine quand ils vont comprendre.

Je fronce légèrement les sourcils, sceptique malgré moi, mais avant que je puisse répondre, le téléphone vibre contre la table basse avec une brutalité qui nous fait tous les deux sursauter.

Une vibration, puis deux, trois et ça ne s'arrête plus.

Je baisse les yeux vers l'écran qui s'illumine sans discontinuer, notification après notification, comme une pluie soudaine et incontrôlable.

— Ça a commencé, murmuré-je, le souffle court.

Thomas se penche en avant, attrape le portable sans précipitation apparente, mais je vois bien dans la tension de ses épaules qu'il est aussi tendu que moi. Il déverrouille l'écran, ses yeux parcourent les premières réactions, puis son sourire revient.

Lent, satisfait, presque carnassier.

— Oh putain...

Mon cœur accélère, je n'ose même pas jeter un œil à l'écran. En tout cas, pour le moment, Richard n'appelle pas.

— Quoi ?

Il relève les yeux vers moi, incapable de masquer l'excitation qui le traverse.

— Regarde.

Je me penche à mon tour, me rapprochant de lui, nos épaules se frôlant alors que je découvre le raz-de-marée que nous venons de déclencher.

Les likes explosent à une vitesse indécente, les commentaires s'empilent si vite qu'ils deviennent presque illisibles, en dehors des tonnes d'émojis en forme de cœur. Les partages, les mentions, les captures d'écran déjà relayées ailleurs, c'est trop. Beaucoup trop d'un coup.

Et pourtant... exactement ce que j'avais anticipé.

— Ils deviennent fous, soufflé-je, plus pour moi que pour lui.

Entre deux messages hystériques qui comportent bien plus d'émojis que de mots, je distingue quelques phrases percutantes.

« OMG ! Ils sont ADORABLES ! »

« La façon dont il la regarde ??? PLEASE ! »

« Elle est tellement belle ! »

« Assortis ? Mais c'est un puzzle complet, pas de doute ! »

Je me prends au jeu et scrolle avec Thomas, aussi amusée que surprise par le flot d'amour que je reçois en pleine tête.

— Putain... murmuré-je finalement.

Il tourne la tête vers moi.

— Tu peux le dire : j'avais raison, fanfaronne-t-il, amusé.

Je relève les yeux, encore légèrement sonnée.

— Ça fonctionne, bégayé-je dans un murmure.

Il laisse échapper un rire, bref, presque incrédule.

— Bien sûr que ça fonctionne. Tu doutais de ta propre stratégie ?

Je secoue légèrement la tête, comme pour remettre de l'ordre dans mes pensées qui partent dans tous les sens.

— Non, je veux dire... vraiment. Pas juste bien. Pas juste « *correct* ». C'est... énorme. Regarde les stats ! Ça ne fait que quelques secondes et c'est déjà le bordel.

Je repose le téléphone sur la table, comme s'il brûlait presque entre mes doigts, puis passe une main dans mes cheveux tandis que les notifications continuent de défiler sur l'écran allumé.

— À ce rythme-là, les US vont s'en emparer dans l'heure... Les médias vont relayer... Hale va...

— Péter un câble, termine-t-il pour moi, avec une satisfaction à peine dissimulée.

Je laisse échapper un souffle, entre rire et tension.

— Oui. Complètement. Mais si la branche US de Sterling Records s'empare du truc avant lui, il sera forcé d'accéder à toutes nos requêtes et exigences, avant d'être mis hors-jeu en un claquement de doigts.

Un silence s'installe, plus calme cette fois, mais chargé de tout ce que ça implique. Je sens le poids de ce qu'on vient de faire retomber lentement sur mes épaules. Finalement, en l'espace de dix petits jours, nous sommes peut-être parvenus à le coincer. Sans même avoir terminé la tournée, sans même avoir fait durer le plaisir plus longtemps. C'est incroyable.

Je reste un instant immobile, les yeux fixés sur l'écran sans vraiment le regarder, le cœur encore pris dans cette accélération étrange, mélange d'adrénaline pure et de vertige contrôlé. C'est exactement ce que j'ai cherché à provoquer, exactement le type de réaction que j'espérais, que j'ai imaginé, anticipé, construit... et pourtant, le vivre en temps réel n'a rien à voir avec les projections froides que je peux faire dans ma tête ou sur ma tablette.

Je passe une main sur mon visage, comme pour m'ancrer, pour m'obliger à revenir ici, maintenant, à ne pas me laisser happer entièrement par la tempête qu'on vient de déclencher.

— On vient de foutre un sacré bordel, murmuré-je finalement, plus lucide que paniquée.

Thomas laisse échapper un souffle amusé, presque satisfait, comme si ce chaos-là était précisément celui qu'il attendait depuis le début.

— Un sacré bordel, répète-t-il, un sourire étirant ses lèvres. T'es mignonne quand tu minimises.

Je tourne légèrement la tête vers lui, un sourire en coin venant répondre au sien, malgré la tension qui ne redescend pas complètement.

— J'aurais plutôt dit : on vient de déclarer la guerre au label, s'amuse-t-il.

Il n'y a pas de peur dans sa voix, pas la moindre hésitation. Juste une forme d'excitation brute, presque animale, qui contraste violemment avec le calcul permanent qui guide chacune de mes décisions. Pourtant, les risques pour lui sont énormes en cas d'échec. Si Sterling Records décide de se séparer de lui, fatigué de ses frasques et de ses lubies, il a bien plus à perdre que moi. Je me remettrai de perdre ce job et je pourrai toujours postuler dans d'autres maisons de disques, mais lui ? Que ferait-il sans la scène ? Que deviendrait-il sans ce moteur qui le maintient en vie ?

Mon plan est solide, mais comme tous ceux qu'on élabore un jour, il comporte une part d'incertitude, un doute qui pourrait modifier complètement l'issue finale.

Je me redresse légèrement, attrape à nouveau le téléphone, cette fois avec une intention plus claire. Mon pouce glisse sur l'écran, non plus pour lire les réactions des fans, mais pour observer autre chose, histoire de calmer cette angoisse fourbe qui me remonte le long de la trachée.

Les relais, les comptes influents qui reprennent déjà le post, les pages américaines qui s'emballent, les premiers articles en ligne qui commencent à sortir en temps réel, comme si tout le monde attendait ce moment sans le savoir.

Sans le vouloir, toutes ces personnes à travers le monde sont en train d'aller dans mon sens, ils alimentent la machine, nous rapprochent de ce que nous espérons le plus : mettre Richard Hale à genoux.

— Lâche ce téléphone, mon amour. Il est temps d'abandonner le virtuel pour s'ancrer au réel.

Thomas me retire l'objet des mains, attirant toute mon attention en l'espace d'un baiser profond, intense.

— Profitons du peu de temps qu'il nous reste ensemble avant la folie du concert.

— Tu as raison.

Je balance tout ça dans un coin de ma tête et m'assieds à califourchon au-dessus de lui, mes bras autour de son cou. Nous ne jouons pas, cette relation n'est pas qu'un moyen de parvenir à nos fins, c'est avant tout quelque chose de puissant qui nous unit et nous rapproche, qu'on le comprenne ou non. Qu'on mette des mots dessus ou non.

Le temps semble se dilater autour de nous, comme suspendu dans une bulle de solitude fragile que le monde extérieur s'acharnera bien vite à faire exploser. Je refuse encore de la céder, je m'y agrippe aussi fermement que mes doigts s'enroulent autour à sa nuque, le pressant contre moi avec force. Je m'ancre à lui avec une intensité presque instinctive, comme si mon corps tout entier souhaitait graver cet instant similaire à beaucoup d'autres et pourtant si différent de chacun d'entre eux.

Je sais que dès que nous ressortirons de ce bus tout reprendra, nous nous laisserons aspirer par le bruit, les machines, les plannings.

Et les cérémonies dont l'enchaînement débutera d'ici quelques semaines pour lesquelles j'attends encore des confirmations. Je ne doute pas de ses capacités à se faire nommer, il a du talent, il a une fan base phénoménale et une notoriété qui ne cesse de grimper en flèche. Tous les signaux sont au vert, il n'y a plus qu'à attendre les coups de fil et les annonces.

Une pensée me traverse l'esprit : serai-je à son bras sur les différents tapis rouges ?

À ses côtés en tant que manager ? Petite amie ? Drogue addictive dont il ne peut plus se passer ?

Intérieurement, je souris en y pensant. Maintenant que ce n'est plus un secret, je suis convaincue que Thomas ne me cachera plus. Jamais.

Une chaleur diffuse s'installe dans ma poitrine à cette pensée, douce et dangereuse à la fois, comme toutes celles qui le concernent. L'idée d'être à ses côtés, exposée, assumée, regardée — non plus comme une ombre dans les coulisses, mais comme une évidence — a quelque chose de vertigineux. Pas parce que j'en doute, mais parce que je mesure parfaitement ce que cela implique. Ce que cela coûte. Ce que cela déclenche.

Je me réveille avant elle. Le constat s'impose à moi avec une clarté étrange, presque dérangeante tant c'est inhabituel. Nell est toujours la première à émerger, même lorsqu'elle a dormi à peine quelques heures entrecoupées, comme si son corps refusait obstinément de lâcher prise et que son esprit ne s'autorisait jamais vraiment à s'éteindre. Elle se réveille, observe, analyse, anticipe avant même que le monde ait décidé de redémarrer. Mais pas aujourd'hui.

Aujourd'hui, c'est le silence qui m'arrache au sommeil. Un silence lourd, presque irréel après la tempête de la veille à Berlin. Les vibrations de la scène, les hurlements des fans et les notifications qui se sont enchaînées à un rythme aussi indécent que fascinant ont disparu. Tout s'est éteint, étouffé par les parois du bus et le voile de la nuit. Il ne reste plus que cette accalmie fragile et superficielle, suspendue dans les airs comme lorsqu'on retient son souffle avant de plonger.

Et son corps contre le mien. Nu, chaud, détendu... addictif.

Ma main repose sur sa taille, mes doigts accrochés au tissu de son tee-shirt avec une force insoupçonnable. C'est comme si je craignais déjà qu'elle m'échappe, qu'elle disparaisse dans la nuit et que je perde tout ce que m'offre sa simple présence. Je tourne légèrement la tête, mon regard glisse sur ses courbes parfaites, s'arrête sur son doux visage.

Mon regard s'attarde sur chaque détail, une manière de les graver quelque part, profondément, là où rien ni personne ne pourrait venir les altérer. Ses cils reposent sur ses joues, sa respiration est lente, régulière, presque trop calme pour un tempérament comme le sien. Nell ne s'arrête jamais, elle ne ralentit pas et pourtant elle est là, contre moi, semblant enfin s'autoriser une pause. Je remonte doucement mes doigts le long de son flanc, effleurant sa peau avec une lenteur calculée, prenant le risque de la réveiller sans réellement le vouloir. Elle frissonne à peine, sans ouvrir les yeux, son corps réagissant avant même que son esprit ne suive. Instinct pur, réflexe ancré, une réponse quasiment conditionnée à ma présence.

Accro.

Le mot s'impose à moi avec une brutalité dérangeante. Je reste immobile un instant, à observer la façon dont nous sommes imbriqués, comme si la distance n'était plus une option envisageable, même dans l'inconscience de quelques heures de sommeil. Sa jambe s'est glissée entre les miennes, ses doigts sont repliés contre mon torse, mes bras enroulés autour de son corps avec fermeté.

Nous sommes accros.

Un sourire étire lentement mes lèvres, sombre, presque dangereux. Onze jours ont suffi pour tout foutre en l'air, pour balayer ce que je pensais maîtriser, pour transformer une attirance évidente en quelque chose de bien plus profond, de largement plus incontrôlable. Je baisse à peine la tête, laisse mes lèvres effleurer sa peau, juste sous son oreille. Elle bouge légèrement, soupire doucement comme si mon contact faisait simplement partie de son sommeil.

Putain. Je pourrais rester là des heures, faire attendre le monde entier, reporter les concerts, abandonner micro et guitare juste pour profiter de chaque seconde auprès d'elle.

Les médias, les fans, les obligations, les chansons... tout peut cramer pour ce que j'en ai à foutre, tant qu'elle reste là, contre moi, tant que je peux encore prétendre que cette bulle ne va pas éclater. Il n'y a que de ça dont j'ai besoin désormais.

Du bruit se fait entendre derrière la porte, la réalité revient, violente et inévitable. Je ferme les yeux une fraction de seconde, agacé, carrément frustré par cette intrusion brutale dans un moment que je refuse de lâcher. Tout s'intensifie, le bus reprend vie, le son est étouffé par la porte, mais suffisamment présent pour fissurer ce semblant de tranquillité. Des pas, des voix basses, un éclat de rire qui n'a rien à faire là, le monde se remet en marche sans nous demander notre avis.

Je serre légèrement les doigts autour de sa taille, un geste simple pour m'accrocher à l'idée que si je le souhaite très fort, le temps finira par ralentir. Je voudrais retenir cet instant quelques secondes de plus, c'est ridicule...

Tout revient toujours ; les obligations, les frustrations, les faux semblants, la réalité.

Nell remue contre moi, un peu plus cette fois, tirée de son sommeil par ce qui se passe de l'autre côté de la porte. Sa respiration change, son corps se tend à peine, juste assez pour me faire comprendre qu'elle est en train de revenir. Elle s'agrippe à moi en retour, je souris. Je n'ai aucune envie de la lâcher.

Je presse mes lèvres contre sa peau, plus franchement cette fois. Elle réagit immédiatement, un souffle lui échappe, sa main droite agrippe mon biceps avec davantage de force et de détermination.

— Mmh...

Un son à peine formé, coincé entre rêve et réalité.

— Rendors-toi, murmuré-je contre sa peau, sans réelle conviction.

Je sais que c'est utopique de croire qu'on pourrait rester là toute la journée, pressés l'un contre l'autre, dans un calme relatif et une bulle de sérénité instable. Et puis, je n'ai pas envie qu'elle se rendorme, je veux qu'elle reste là, avec moi, consciente, présente... *à moi*. Le bruit derrière la porte reprend, plus proche cette fois. Quelqu'un s'engouffre dans la salle de bain, l'eau coule, le son de la télévision nous parvient, les voix se rapprochent, s'éloignent, comme si le monde se mettait à tourner autour de nous sans vraiment oser rentrer.

D'un côté, c'est logique. Plus personne ne prend le risque de nous solliciter, de nous réveiller ou simplement de nous déranger. On s'est isolés, on les a laissés de côté, pas par méchanceté, mais pas nécessité. J'abandonne déjà suffisamment de temps avec Nell pour cette tournée, pour cette équipe et pour mes fans, il est absolument hors de question que je le fasse une fois de retour dans ce bus.

Elle ouvre enfin les yeux, lentement, comme si chaque millimètre de réalité demandait un effort supplémentaire. Son regard accroche le mien, encore voilé par le sommeil, mais déjà habité par cette lucidité froide qui ne la quitte jamais bien longtemps. Elle est là, encore à moitié dans notre bulle, mais déjà en train d'en sortir. Je le vois, je le sens.

Et ça me fait vraiment chier.

— On va être en retard, souffle-t-elle, la voix basse, encore râpeuse.

Je ne remue pas, je reste là, à l'observer, fasciné par sa beauté et tout ce qu'elle me fait éprouver.

— Et alors ?

Elle me fixe une seconde de trop, cherchant sûrement à déterminer si je plaisante ou non. Ou à quel point je suis sérieux plutôt. Elle me connaît assez pour savoir que je ne rigole pas, je me fiche de nos obligations, la seule chose que je souhaite, c'est rester dans ce putain de lit toute la journée, contre elle. Je n'ai ni besoin de manger ni de quoi que ce soit d'autre tant que je suis avec elle.

— On a de la route à faire.

Sa phrase tombe, simple et factuelle, mais chargée de tout ce que je refuse d'entendre à cet instant précis. La route, les horaires, les obligations... tout ce qui existe en dehors de nous revient s'imposer avec une violence sourde, c'est un rappel constant que cette parenthèse n'a rien de réel, rien de durable. Je laisse échapper un souffle à peine audible, mes doigts se resserrent un peu plus contre sa peau, comme si ce simple geste pouvait suffire à la retenir ici, à m'éviter d'avoir à me confronter à ce qu'elle sous-entend sans même avoir besoin de le formuler.

— On a surtout le temps, rétorqué-je, ma voix plus grave que je ne l'aurais voulu, alourdie par quelque chose que je ne cherche même pas à masquer.

Elle ne me répond pas immédiatement. Je la vois réfléchir, peser chaque mot, chaque possibilité, elle fait ça quand elle recalcule l'ensemble de la journée dans sa tête, intégrant chaque variable, chaque contrainte, chaque imprévu potentiel. C'est ce qu'elle fait, toujours. Elle anticipe là où moi je vis. Elle structure là où je brûle. Et bordel... ça devrait m'agacer plus que ça.

Sa main glisse lentement sur mon torse, remonte jusqu'à ma clavicule, s'y arrête un instant, suspendue entre deux décisions. Elle pourrait s'éloigner, se lever, remettre cette distance nécessaire entre nous et le reste du monde. Elle le sait. Moi aussi. Pourtant, elle ne bouge pas.

— Thomas...

Mon prénom glisse hors de ses lèvres avec une douceur trompeuse, une manière bien à elle de ramener les choses à leur place sans jamais me brusquer frontalement. Je baisse légèrement la tête, mon regard s'ancre dans le sien et, pendant une fraction de seconde, tout le reste disparaît à nouveau.

— Reste encore un peu, murmuré-je, incapable de prétendre que je veux autre chose.

Ce n'est pas une demande raisonnable. Ce n'est même pas une demande tout court. C'est un besoin. Brut. Irrationnel. Presque dérangeant dans sa simplicité.

Elle inspire lentement, ses lèvres s'entrouvrent comme si elle allait répondre, comme si elle allait me rappeler à l'ordre, remettre les choses dans leur cadre… mais elle renonce. Je le vois dans son regard. Je le sens dans la façon dont son corps se détend à nouveau contre le mien, dans la manière dont ses doigts s'accrochent un peu plus à moi, comme si elle aussi choisissait, l'espace de quelques secondes supplémentaires, d'ignorer le reste.

— Juste cinq minutes, finit-elle par céder, sa voix plus basse, presque résignée.

Un sourire étire mes lèvres, lent, satisfait, ça me donne l'impression d'avoir gagné quelque chose alors qu'au fond, je sais très bien que ce genre de victoire ne tient qu'à un fil. Je rapproche légèrement mon visage du sien, mes lèvres effleurent les siennes sans réellement les capturer, juste assez pour faire monter cette tension qui ne nous quitte plus depuis des jours.

— Cinq minutes, répété-je, sans la moindre intention de m'y tenir.

Elle souffle doucement contre ma bouche, un semblant de rire se mêlant à son souffle, mais il n'y a rien de vraiment léger dans ce moment. Tout est trop chargé, trop intense, trop… nécessaire. Mes doigts glissent dans son dos, la ramènent complètement contre moi, annulant la moindre distance restante, je refuse catégoriquement de lui laisser l'opportunité de se détacher.

Le bruit derrière la porte devient plus net, plus présent. Des voix qui s'élèvent, des déplacements plus rapides, une agitation qui trahit le retard accumulé et l'impatience qui commence à monter.

— Ils vont finir par venir frapper, lâche-t-elle finalement, les yeux toujours ancrés dans les miens.

— Je m'en fous.

Ma réponse est immédiate, presque trop rapide, une façon de défier tout ce qui se passe au-delà de cette chambre. Elle le remarque. Bien sûr qu'elle le remarque. Ses sourcils se froncent à peine, une ombre passe dans son regard, furtive, mais bien réelle.

— On a des obligations, Thomas. Un planning...

— Je sais, la coupé-je précipitamment.

Le silence retombe, plus dense, plus lourd, chargé de tout ce que ça implique et de mon niveau d'irritation. Elle sait déjà que j'en ai assez de toutes ces règles, de ce planning à rallonge et de tous ces moments que je ne peux pas passer avec elle, contre elle.

Je passe une main dans ses cheveux, les écarte légèrement de son visage, mes doigts s'attardent sur sa joue avec une lenteur qui n'a rien d'innocent. Elle ferme brièvement les yeux sous le contact, s'y abandonnant totalement, sans retenue ni filtre.

Est-ce qu'elle considère l'idée de retarder le départ pour rester avec moi ? Est-elle aussi accro que je le suis ?

Je n'ai même pas besoin qu'elle réponde pour le savoir. Je le vois dans la façon de rester là, dans mes bras, au lieu de s'extirper de ce lit comme elle le ferait habituellement, dans cette fraction de seconde où elle suspend tout, où elle s'autorise à ne pas être celle qui gère, celle qui décide, celle qui tient la barre pendant que tout le monde s'agite autour d'elle. Elle n'est plus qu'une femme contre moi, et bordel... c'est probablement ça le plus dangereux dans toute cette histoire. Qu'on ne se retienne plus, qu'on s'accroche à l'autre sans se montrer raisonnable.

Son regard revient au mien, plus clair cette fois, plus conscient, mais pas moins chargé et, pendant un instant, j'ai l'impression qu'elle va céder complètement, qu'elle va envoyer chier le planning, l'équipe, le label, tout le reste, juste pour rester là avec moi, comme si le monde pouvait réellement attendre. Mon pouce glisse sur sa joue, descend le long de sa mâchoire, et je sens son souffle se modifier, se caler sur le mien, et soudain on entre dans une bulle encore plus étroite, encore plus hermétique.

— C'est une très mauvaise idée... murmure-t-elle finalement, sans pour autant bouger.

Je souris. Pas parce qu'elle a tort, parce que je sais qu'elle a raison. Et que ça ne change absolument rien.

— Les meilleures le sont toujours, lâché-je, ma voix basse, presque traînante, volontairement provocatrice.

Elle ferme les yeux une seconde, tente de reprendre le dessus, de retrouver ce contrôle qui lui glisse entre les doigts dès qu'elle est trop proche de moi. Je sens la lutte, infime, mais réelle, entre ce qu'elle est censée faire et ce dont elle a envie et c'est précisément cette tension-là qui m'accroche encore plus.

— Thomas...

Cette fois, mon prénom sonne différemment. Plus ancré, plus ferme. Une putain de tentative de me ramener à quelque chose de rationnel.

Je n'ai aucune envie d'y aller, bordel.

Je me penche légèrement, mes lèvres frôlent les siennes, puis dévient vers sa joue, son cou, lentement, délibérément, et chaque contact devient une réponse silencieuse à ce qu'elle essaye de maintenir en place. Sa main remonte dans mon dos, ses doigts s'y accrochent avec plus de force, les miens s'insinuent entre ses replis humides et pendant une seconde, je sais que j'ai gagné.

Qu'elle est en train de lâcher.

Le bruit derrière la porte se rapproche encore, plus net, plus intrusif, et cette fois, on entend clairement quelqu'un s'arrêter juste de l'autre côté. Un silence, un murmure, puis des voix étouffées. Ils hésitent, ils savent qu'on est là, mais ils savent aussi qu'ils dérangent.

Tant mieux.

— Ash ? Nell ? Patrick dit qu'on doit partir dans dix minutes, lance une voix à travers la porte.

Je ferme les yeux une fraction de seconde, agacé, la mâchoire se crispant malgré moi.

— Dix minutes, répète Nell à voix basse, une manière de s'ancrer à nouveau dans la réalité.

Je ne réponds pas tout de suite. Mon regard ne quitte pas le sien, et dans ce silence suspendu, tout devient clair d'un coup. Ce n'est pas juste une question de timing, de retard ou de planning. C'est un choix permanent et constant, entre eux… et nous.

Et là-dessus je n'ai plus aucune hésitation.

— On s'en fout de leurs dix minutes, lâché-je finalement, plus dur que je ne l'avais prévu. On se tape de cette putain de tournée, merde !

Elle tressaille à peine. Pas de surprise, juste… une prise de conscience.

— Moi, non.

Ses mots tombent doucement, mais ils frappent plus fort que si elle avait haussé le ton. Parce qu'ils ne sont pas dirigés contre moi, parce qu'ils sont ancrés dans quelque chose de plus grand, de plus structuré, de plus solide que cette bulle qu'on est en train de s'acharner à préserver. Je retire mes doigts lentement, puis reste immobile une seconde.

Deux.

Ensuite je recule légèrement, juste assez pour briser ce contact constant qui me rend complètement accro, juste assez pour respirer autrement que par elle.

Le manque est immédiat.

Violent.

Putain.

Je passe une main sur mon visage, laisse échapper un souffle nerveux, incapable de faire semblant plus longtemps. Elle se redresse à son tour, attrape ses vêtements sans me regarder immédiatement, comme si elle avait besoin de remettre une distance, même infime, pour retrouver son rôle.

Je la fixe sans détour.

— T'as vraiment envie d'y aller ?

La question est simple, brute. Et pourtant, elle contient tout.

Elle marque un arrêt, son tee-shirt suspendu entre ses mains, puis elle relève les yeux vers moi. Cette fois, il n'y a plus de flou, plus de lutte visible. Juste cette lucidité tranchante qui fait d'elle ce qu'elle est.

— Non.

Un battement.

— Mais on n'a pas le choix.

Je ricane sans joie, un son bref, sec, qui trahit exactement ce que je pense de ce genre de réponse.

— On a toujours le choix.

— Pas quand ça implique plus que nous deux.

Un silence lourd et évident s'installe. Je détourne légèrement le regard, serre la mâchoire, parce que je sais qu'elle vise juste et que ça m'emmerde encore plus.

Derrière la porte, quelqu'un bouge à nouveau, l'impatience devient palpable, presque physique, et je sais que tout le bus attend qu'on décide enfin de revenir dans leur réalité.

Je me lève finalement, lentement, sans la quitter des yeux, réduis la distance entre nous en deux pas, attrape sa taille pour la ramener contre moi une dernière fois, sans douceur cette fois, sans retenue.

— Ça me fait chier, lâché-je contre ses lèvres.

— Je sais.

Sa réponse est immédiate et lucide, un peu trop calme pour le feu qui couve en moi.

Je l'embrasse fort, brutal, essayant de retenir quelque chose qui est déjà en train de m'échapper, puis je la relâche brusquement.

— Dépêche-toi de me revenir, ajouté-je, plus sec que je ne le voudrais.

— Je ne te quitte jamais vraiment. Je suis toujours avec toi, que l'on soit dans ce lit ou non, m'assure-t-elle en plongeant son regard dans le mien.

— Alors pourquoi j'ai toujours l'impression que tu m'échappes dès que tu t'éloignes ?

Elle esquisse un sourire, attrape ma main et l'embrasse délicatement. Un geste aussi rassurant que profond, il me retourne totalement.

— Parce que j'ai toujours l'impression de ne pas en avoir assez de toi, chuchote-t-elle contre ma peau. C'est jamais assez de baisers, de sexe, de câlins, de toi, de moi, de nous. Je voudrais foutre le feu à ce bus, disparaître de la surface de la Terre juste pour pouvoir passer chaque seconde de mon existence avec toi.

Mon cœur bat si fort qu'il me fait mal.

— Pourquoi on ne fait pas ça ? Pourquoi ? l'imploré-je presque.

— Parce que tu ne tiendras pas longtemps sans la scène et qu'il est hors de question que je te perde si tu ne chantes pas. Tu as besoin de ça, je ferai tout pour que tu l'aies.

Ses mots résonnent en moi avec une violence sourde, presque injuste, parce que je sais qu'elle a raison et que ça ne m'empêche pas de vouloir tout envoyer valser malgré tout, de foutre en l'air chaque contrat, chaque engagement, chaque promesse signée de mon propre nom pour ne garder qu'elle, uniquement elle, sans filtre, sans interruption, sans ces putains de moments où on doit se séparer comme si c'était normal, comme si c'était supportable.

Je la fixe sans ciller, mon regard accroché au sien comme à une bouée au milieu d'un courant que je ne contrôle plus depuis longtemps, et plus elle parle de scène, de musique, de ce qui me fait vivre, plus je ressens ce tiraillement absurde entre ce que je suis et ce que je ressens pour elle, comme si les deux devenaient incompatibles alors qu'ils ne devraient jamais l'être.

Putain de merde, j'ai même plus envie de revenir en arrière.

Les vingt derniers jours se sont dissous les uns dans les autres au point de ne plus former qu'un bloc compact, indistinct, avalé par la vitesse, la fatigue et cette tension constante qui ne redescend jamais. Les villes ont défilé sans que je prenne le temps de les voir, les nuits entrecoupées se sont succédé avec les loges trop propres qui ont toutes fini par se ressembler avec leurs odeurs mêlées d'herbe, de sueur et d'électricité contenue. Tout s'est enchaîné à un rythme qui n'a laissé aucune place à l'hésitation, ni même à la simple possibilité de s'arrêter pour réfléchir à ce que nous étions en train de faire.

À ce que je suis en train de devenir.

Les journées ne sont plus découpées en heures, mais en obligations. Une interview, un voyage, un concert, une apparition, une nuée de bras prête à l'avaler tout rond. Les notifications ne cessent jamais, les appels tombent à n'importe quelle heure et mon cerveau s'est adapté, refusant désormais de ralentir même lorsque mon corps, lui, commence à lâcher. Alors je compense, je dose, je régule.

Je tiens.

Je tiens grâce à des équilibres précaires que je maîtrise suffisamment pour ne pas sombrer, mais pas assez pour prétendre être intacte. Les comprimés glissent sur ma langue avec une facilité presque inquiétante, accompagnés d'une gorgée de bière ou de café froid, peu importe. Ils ne sont pas là pour me faire planer, encore moins pour me fuir. Ils sont là pour maintenir, pour lisser, pour me permettre de rester droite quand tout autour de moi tangue dangereusement. Une béquille chimique, parfaitement intégrée dans une mécanique que je refuse de voir s'effondrer.

Parce que je n'ai pas le droit de tomber, pas maintenant, pas alors que tout s'accélère. Pas alors que lui...

Je ferme brièvement les yeux, une seconde tout au plus, comme si ce simple geste pouvait suffire à contenir la vague qui menace de monter.

Erreur. Elle est déjà là.

Thomas ne s'est jamais autant imposé à moi qu'au cours de ces vingt derniers jours. Pas uniquement dans ses gestes, dans ses regards ou dans cette manière qu'il a de toujours réduire la distance entre nous jusqu'à la rendre insignifiante, mais dans quelque chose de plus diffus, de plus insidieux. Une présence constante, même lorsqu'il n'est pas là. Une empreinte qui s'est glissée partout, dans mes réflexions, dans mes décisions, dans ces instants où, malgré moi, je cherche sa silhouette dans une pièce avant même d'en analyser les enjeux.

C'est ridicule et pourtant, c'est là.

Je connais l'addiction. Je l'ai observée, disséquée, contournée chez des dizaines d'artistes incapables de tenir la pression sans y céder totalement. Je sais reconnaître les signes, anticiper les dérives, limiter la casse avant que tout ne devienne incontrôlable. J'ai fait de cette lucidité une arme, un outil de travail indispensable pour survivre dans un milieu où l'excès est non seulement toléré, mais encouragé tant qu'il reste rentable.

Je n'avais simplement pas prévu de me retrouver de l'autre côté.

Parce que si lui plonge sans retenue, avec cette forme d'abandon presque fascinante qui le rend à la fois dangereux et terriblement vivant, moi... je m'accroche. Je calcule, je cloisonne, je me refuse à franchir certaines limites que je sais pourtant déjà floues. Mais ça ne change rien, ce que je dis n'impacte pas ce que je fais, car le manque est là, il n'attend pas mon approbation.

Dans ces instants où il monte sur scène et où je reste en retrait, parfaitement droite, parfaitement professionnelle, alors que mon corps, lui, réagit à chaque vibration qui traverse mes os. À chaque cri, à chaque note.

Comme si une partie de moi était irrémédiablement liée à lui, tendue vers cette scène que je ne foule pas, mais que je ressens malgré tout avec une intensité presque dérangeante.

Alors je respire, je me concentre et je tiens. Je tiens.

Pour la première fois depuis que je l'ai rencontré, je le laisse être, sans rappel à l'ordre inutile, sans tentative de contrôle déguisée, sans correction de dernière minute sur un détail qui n'en est pas vraiment un. Nous n'en avons plus vraiment besoin, plus depuis que nous avons décidé de reprendre la main sur Sterling Records.

Ce soir, c'est l'avant-dernière date de la tournée européenne. Nous sommes à Madrid, sous le soleil brûlant d'Espagne depuis deux jours.

La salle est pleine à craquer, je le sais sans avoir besoin de jeter un coup d'œil aux chiffres qui s'accumulent sur ma tablette depuis des heures. L'énergie est déjà palpable, même enfermée entre ces murs trop étroits pour contenir ce qui se prépare de l'autre côté. Les voix montent, sourdes, puissantes, traversant les cloisons comme une vague prête à tout emporter sur son passage.

L'équipe s'active autour de moi, chacun à son poste, chacun parfaitement conscient de ce qu'il a à faire. Les gestes sont précis, rapides et rodés. Mais le cœur ne semble plus vraiment y être. Les discussions amicales se sont fait la malle, l'équipe est plus déchirée que jamais et une distance semblant insurmontable s'est installée entre nous.

Mon regard se pose sur Thomas.

Il est là, à quelques mètres, en train d'enfiler sa veste en cuir, les mouvements fluides, assurés, comme s'il avait toujours appartenu à cet instant précis, face à ce téléphone qui capture chacun de ses mouvements pour le recracher en direct à ses fans. Son crâne rasé accroche la lumière, accentuant encore davantage la dureté de ses traits, cette impression de contrôle brut qui contraste violemment avec le chaos que je sais tapi juste en dessous.

Il répond à quelques messages qu'il chope à la volée entre des milliers d'autres, joue le jeu sans se départir de sa personnalité pour autant.

Mon téléphone se met à vibrer contre ma hanche, avec une insistance m'indiquant qu'il s'agit d'un appel entrant.

L'écran s'allume entre mes doigts, affichant un numéro inconnu, précédé d'un indicatif que je reconnais immédiatement. Je fronce légèrement les sourcils et m'éloigne de quelques pas pour m'isoler du tumulte ambiant.

États-Unis.

Mon estomac se noue sans que je comprenne immédiatement pourquoi. Je décroche sans tarder.

— Nell Hart, j'écoute.

Un court silence, à peine une respiration, puis une voix féminine, posée, parfaitement maîtrisée à l'accent différent du mien.

— Bonjour, miss Hart, ici Lara Mitchell, branche américaine de Sterling Records.

Je me fige imperceptiblement. Branche américaine ? Pourquoi est-ce elle qui m'appelle ? OK, Richard est aux abonnés absents depuis quelque temps (ce qui n'est pas pour me déplaire), mais comment se fait-il qu'elle me contacte directement ? Au fond de moi, je suis persuadée que ça ne peut être qu'un bon signe, celui que nous avançons sur la bonne voie et que la branche UK est devenue trop petite pour contenir la star.

— Nous vous appelons pour vous informer que votre artiste, Ashwound, vient d'être officiellement nommé aux *MTV Europe Music Awards*.

Le temps se suspend, puis accélère brutalement l'instant d'après. Mon cœur se comprime, accélère à m'en donner le tournis.

— Dans plusieurs catégories, poursuit-elle sans me laisser le temps de répondre. Meilleur artiste rock de l'année, révélation internationale et meilleur album.

Une montée d'adrénaline pure me traverse, nette, précise, presque violente dans sa soudaineté. C'est énorme ! Non, putain. C'est bien plus que ça. C'est un levier. Le putain de levier qu'on espérait.

— Je vois, articulé-je avec un calme qui ne reflète en rien ce qui se joue à l'intérieur.

Un silence s'étire durant une seconde, puis j'ajoute :

— Pourquoi c'est vous que j'ai en ligne ?

Légère pause. Au fond de moi je connais la réponse, j'ai juste besoin de l'entendre à voix haute pour la graver dans mon esprit.

— Parce que cette nomination dépasse le cadre de la branche UK. Et, entre nous... elle n'a plus vraiment son mot à dire sur sa carrière désormais.

— Entendu. Eh bien, je vais annoncer la bonne nouvelle à Ashwound, cela lui fera plaisir juste avant le concert.

— Transmettez-lui nos félicitations. Et, d'ailleurs, je serai à Londres le 15 mars, nous nous rencontrerons dans les locaux habituels pour discuter de la suite.

J'acquiesce, puis raccroche, les mains légèrement tremblantes.

Je relève lentement la tête, l'écran encore allumé entre mes doigts, comme si le simple fait de cligner des yeux risquait de dissoudre cette information dans le néant. Mais non. Elle est bien là, ancrée dans une réalité qui s'annonce explosive.

On la tient notre vengeance, on la tient entre nos mains et cet enfoiré de Richard doit autant se lamenter sur son sort que je jubile de mon côté.

Mon regard retrouve immédiatement Thomas. Il est toujours face à son téléphone, concentré, légèrement penché en avant, absorbé par ce flux incessant de messages qui défile sous ses yeux. Son sourire est là, presque insolent, parfaitement à sa place dans ce chaos qu'il alimente lui-même sans jamais sembler en subir les conséquences.

Je m'approche de lui sans me presser, chaque pas parfaitement maîtrisé malgré l'adrénaline qui pulse encore dans mes veines. Il capte ma présence avant même que je ne parle, son regard glissant vers moi avec cette intensité devenue familière et naturelle.

— Tu tombes bien, lance-t-il en me prenant dans ses bras. Ils veulent savoir si je vais foutre le feu ce soir.

Un sourire étire mes lèvres alors que les siennes se plaquent contre ma joue. Il me serre contre lui avec envie et désir, le cocktail habituel lorsque nous sommes tous les deux. Nos langues s'entremêlent, sous l'œil de la caméra et les milliers d'autres derrière leurs écrans.

Quand nous reprenons notre souffle, le sourire ne quitte pas mon visage. Indécent, instinctif, impossible à réprimer.

— Je viens de recevoir une nouvelle incroyable, susurré-je uniquement pour lui.

— Hmm, laquelle ?

Je fais pivoter sa tête vers la caméra en lui tenant le menton du bout des doigts, je veux capturer sa réaction et conserver ce moment à tout jamais.

La seconde d'après, je détourne mon regard, moi aussi, pour le river vers l'écran.

— Ashwound vient d'être officiellement nominé aux *MTV Europe Music Awards*.

Sa bouche s'entrouvre, ses yeux s'écarquillent, même s'il s'y attendait, la surprise est là.

— Dans trois catégories différentes, ajouté-je avant même de lui laisser le temps de répondre.

Là, il est scié. Le choc se lit sur son visage, il alterne entre regarder l'écran et moi, mais finit par faire exploser sa joie auprès de moi.

Il lâche un rire, franc, brut, incontrôlé, comme si tout ce qu'il retenait jusque-là venait de céder d'un seul coup sous le poids de l'information. Ses mains se referment sur mon corps avec une force nouvelle, presque fébrile, et je le sens vibrer contre mon cœur, traversé par cette montée d'adrénaline que je reconnais sans difficulté. Il me soulève dans les airs, puis me repose, fébrile.

— Tu te fous de moi ?

— J'ai l'air de me foutre de toi ? rétorqué-je avec un sourire qui n'a plus rien de maîtrisé.

Ses yeux plongent dans les miens, cherchent encore une faille, une hésitation, quelque chose qui pourrait trahir une mise en scène. Il n'y en a pas. Alors il explose, pas comme d'habitude, pas dans la provocation ni dans le chaos, mais dans quelque chose de plus pur, de plus rare. De la fierté.

— Putain...

Il secoue la tête, passe une main sur son crâne, fait quelques pas en arrière comme pour encaisser l'impact, puis revient immédiatement à moi, incapable de mettre la moindre distance entre nous. Aimantés comme rien d'autre au monde, indissociables, inséparables.

— Trois catégories...

Il répète, une manière évidente de réaliser.

— Trois putain de catégories...

Le live est devenu incontrôlable. Les commentaires défilent à une vitesse telle qu'ils ne forment plus qu'un bloc illisible, une masse compacte de réactions, d'émojis, de majuscules et d'émotions brutes qui s'entrechoquent sans filtre.

Mais il ne regarde toujours pas l'écran, il ne regarde que moi. Toujours moi.

— T'as fait ça, murmure-t-il, la voix plus basse, plus dense.

Je pourrais nier. Je devrais nier. Mais je n'en ai aucune envie.

— ON a fait ça.

Ses lèvres s'étirent de manière lente, dissimulant mal un danger délectable. Sa main remonte à nouveau, glisse sur mon flanc, s'accroche à ma poitrine sans la moindre retenue, comme s'il revendiquait ce moment autant que cette victoire. Mon souffle se coupe une fraction de seconde, mais je ne bouge pas, mes doigts désormais fermement ancrés de sa nuque.

Le téléphone est toujours là, comme les spectateurs, les fans et sûrement quelques *haters* au passage, pourtant je m'en cogne. La seule chose importante à cet instant présent, c'est sa fierté, c'est lui. C'est nous.

— On dirait bien qu'on va leur donner ce qu'ils veulent, lâche-t-il en jetant enfin un regard à la caméra.

Son bras se referme autour de ma taille, me plaque contre lui avec une assurance presque provocante, et il se tourne légèrement pour mieux cadrer l'écran, pour mieux capter ce qu'il est en train de créer.

— Oh, vous êtes là depuis le début ? balance-t-il, un sourire carnassier accroché aux lèvres. Alors restez bien accrochés.

Sa bouche revient sur la mienne, plus lente cette fois, plus appuyée, comme s'il prenait le temps de savourer chaque seconde, chaque réaction, chaque regard invisible posé sur nous. Je réponds sans réfléchir, sans calculer, sans même essayer de reprendre le contrôle, parce que je n'en ai plus envie.

Quand il se recule enfin, son front reste appuyé contre le mien, son souffle encore court, ses yeux brûlants d'une intensité que je ne parviens plus à ignorer.

— On les baise, me murmure-t-il.

Je souris, pas à la caméra, à lui.

— On les écrase.

— Deux minutes avant l'entrée !

La voix claque derrière nous et la bulle se fissure, pas totalement, pas encore, mais suffisamment pour que la réalité reprenne sa place. Thomas ne bouge pas tout de suite. Ses doigts s'attardent sur ma taille, il refuse de relâcher la pression, car il sait déjà que dès qu'il montera sur scène, quelque chose changera à nouveau. Le manque reviendra, la distance même éphémère nous dévorera de l'intérieur.

— Tu viens avec moi ? demande-t-il à voix basse.

La question est simple, mais la réponse ne l'est pas. Pas avec tout ce qui vient de se passer, pas avec ce que ça implique, pas avec ces milliers de regards encore braqués sur nous. Mon regard glisse brièvement vers le téléphone, vers ce live toujours actif, vers ces témoins silencieux d'un moment que je ne pourrai plus jamais totalement contrôler, puis je reviens à lui.

Je sais que quoi que je fasse, on vient de franchir un cap dont on ne revient pas, aucun retour en arrière n'est possible.

On a déjà franchi l'une des limites, on est proches de la victoire, si proches que j'entends déjà fulminer les uns et jubiler les autres.

Finalement, je me décale juste ce qu'il faut et coupe le live après avoir balancé un « *à très vite pour de nouvelles infos croustillantes !* ». Cette fenêtre ouverte sur nous ne peut pas durer éternellement, dans un premier temps parce que je refuse qu'ils pénètrent trop loin dans notre intimité et dans un second temps parce que les obligations se rappellent à nous comme une cloche stridente qui résonne dans nos tympans.

Le silence qui suit n'est pas réel — la loge bruisse toujours, la foule gronde de l'autre côté, l'équipe s'agite — mais il me percute comme tel. Comme si, en coupant cette caméra, je venais de refermer une parenthèse que je ne pourrai jamais rouvrir à l'identique.

Thomas ne me laisse pas le temps d'y penser davantage.

— Tu viens avec moi l'annoncer aux fans.

Ce n'est pas vraiment une question. Son regard est accroché au mien, intense, déterminé, chargé de cette énergie bestiale qui le rend capable de tout, y compris de me faire vaciller. Il ne parle pas du couloir ni des quelques mètres qui nous séparent du spectacle.

Il parle de là-bas. De la scène, de la foule, de tout ce que je refuse de franchir.

— Thomas…

Je n'ai pas besoin de finir ma phrase. Il sait exactement ce que ça implique, ce que ça représente, ce que ça pourrait déclencher pour moi. Seulement, il s'en fout.

— Viens avec moi, répète-t-il, plus bas, ses doigts resserrant leur prise sur ma taille.

Je devrais lui rappeler que ce n'est pas mon rôle, que ma place est ici, en coulisses, à orchestrer, à contrôler, à anticiper. Je devrais, mais aucun de ces arguments ne franchit mes lèvres parce que la vérité est beaucoup plus simple. Je n'en ai pas envie. Je crois que pour la première fois de ma vie, je n'ai pas envie de rester en retrait. Après tout, j'ai déjà mis plus qu'un pied sur son terrain de jeu, je suis plus qu'impliquée, je ne peux plus reculer.

Alors que je me tiens encore en suspens entre deux décisions, penchant évidemment pour l'une plus que l'autre, Mark entre dans la loge, l'air stressé.

— Il faut venir, vous attendez quoi ?

Thomas comprime les mâchoires, saoulé d'avoir été interrompu je le sais, ses dents crissent et je passe ma main sur sa joue pour le détendre à peine un peu. Son attention se reporte pleinement sur moi, nos regards arrimés avec une force indiscutable.

— Trente secondes, lâché-je finalement en me dégageant à peine de lui, juste assez pour attraper ma tablette abandonnée sur le comptoir et la tendre à Mark. Gère-moi ça.

Il me lance un regard incrédule, mélange de surprise et d'incompréhension, mais n'a pas le temps de protester. Ces derniers temps, je me suis beaucoup reposée sur lui. À vrai dire, je lui laisse gérer quasiment tout. Mon job n'a plus la moindre importance, la voilà la vérité. La seule chose qui compte c'est lui, Thomas.

Il attrape ma main et je ne résiste pas. Je le suis hors de la loge dans le couloir étroit, saturé d'une énergie électrique qui me remonte le long de la colonne vertébrale à chaque pas. Le bruit de la foule devient plus fort, plus dense, jusqu'à en devenir presque physique, une pression constante contre ma cage thoracique. Je l'ai déjà entendu de nombreuses fois, mais je ne l'ai jamais ressenti de cette façon.

Mon cœur accélère. Ce n'est pas vraiment du stress, c'est plutôt une montée. La putain de montée dont il m'a déjà longuement parlé.

Il s'arrête juste avant l'entrée, se tourne vers moi, ses doigts glissant brièvement sous mon menton pour relever mon visage vers le sien.

— Tu me fais confiance ?

Question absurde. Réponse évidente.

Je hoche la tête une seule fois et ça lui suffit. Le régisseur fait un signe, la seconde d'après il entre sur la scène son micro en main et je le suis sans me poser de questions. La vague est violente, immédiate et assourdissante.

Un hurlement massif qui engloutit tout sur son passage, qui efface toute pensée, toute hésitation, toute tentative de recul. Les lumières explosent, les basses frappent, la scène s'ouvre comme un champ de bataille et lui s'y engouffre comme s'il y avait toujours appartenu. C'est ici chez lui.

Je reste une fraction de seconde en retrait, à observer ce qui se joue devant moi, ce quelque chose dont je fais partie pour la première fois.

Puis il se retourne et me cherche, même s'il tient toujours ma main dans la sienne.

Sans me laisser le temps de réfléchir, il hurle dans le micro :

— Madrid !

Sa voix claque, amplifiée, portée par des milliers de cris qui lui répondent instantanément.

— J'ai une putain de nouvelle pour vous !

La foule s'enflamme déjà. Il me désigne avec un sourire aussi désarmant qu'excitant.

Tout s'arrête à l'intérieur. Autour, c'est le chaos, mais en moi, tout se suspend. Le feu des projecteurs brûle ma peau, mais pas autant que les palpitations de mon corps contre le sien quand il me plaque contre lui avec fierté. L'énergie de la salle se répercute non seulement contre nous, mais aussi en nous. Dans chaque battement de cœur, dans chaque respiration, dans chaque mot qu'il prononce ensuite.

— On l'a fait ! On a trois nominations aux *MTV Europe Music Awards* !!!

La liesse se saisit de la foule, elle l'englobe et nous transporte avec elle jusqu'au point de non-retour, celui qui ne prévient plus, celui qui nous marquera pour toujours.

Il ne s'agit plus d'une manager et d'un artiste. Ça ne l'est plus depuis un moment déjà.

C'est bien au-delà de ça, bien plus fort que tout ce que nous avons vécu jusque-là. Bien plus transcendant, bien plus excitant.

Et ce soir, tout le monde vient de le comprendre.

20

Le trajet de retour n'a rien à voir avec l'aller. L'excitation a disparu quelque part entre deux villes, laissée derrière nous comme une traînée de fumée dissipée trop vite après l'explosion. Le bus roule depuis des heures, avalant les kilomètres sans que personne ne cherche réellement à les compter, et, pour la première fois depuis le début de la tournée, le silence s'est installé sans effort, sans tension, presque naturellement. Comme une redescente.

Ce n'est pas vraiment une chute, c'est un moment étrange où tout ralentit sans qu'on puisse vraiment le saisir. L'adrénaline s'épuise, tout ce qui vibrait encore quelques heures plus tôt devient plus diffus, plus lointain et la réalité reprend doucement ses droits sans prévenir.

Le concert de Valence était exceptionnel, une clôture de tournée comme on en voit peu avec des fans survoltés et une ambiance digne des plus grands festivals de rock. J'ai tout donné, j'ai sué ma rage et mon énergie par tous mes pores, j'ai épuisé ma voix jusqu'à la fin. C'était si intense que j'aurais voulu que ça s'étire pour toujours. Que cette soirée ne s'arrête que pour laisser davantage de place à Nell.

Je suis installé en retrait, le regard perdu à travers la vitre teintée qui ne reflète plus grand-chose d'autre que mon propre visage. Londres approche, je le sais sans avoir besoin de vérifier, à cette manière qu'a la ville de s'annoncer avant même d'apparaître vraiment, dans la densité de la circulation, dans les lumières qui se multiplient, dans cette sensation familière d'être sur le point de revenir là où tout a commencé.

Ou là où tout va vraiment commencer.

Mon crâne repose contre la vitre teintée, mes yeux glissent un instant sur le reflet de mon propre visage, puis se ferment à moitié, incapables de tenir complètement ouverts après ces dernières semaines à enchaîner sans pause. Mon corps accuse le coup, mais pas mon esprit.

Lui, il est ailleurs. Avec elle. Je n'ai pas besoin de la regarder pour la sentir. Sa présence s'est ancrée quelque part sous ma peau, dans un endroit où même le manque ne ressemble plus vraiment à une absence, mais à une tension constante, une sorte de fil invisible tendu entre nous, peu importe la distance, peu importe le moment.

Elle est contre moi, lovée dans mes bras, sa respiration tranquille m'indiquant qu'elle dort et je laisse échapper un souffle, un sourire à peine perceptible venant étirer mes lèvres alors que mes doigts se resserrent instinctivement sur les siens.

On l'a fait. On a tout niqué. Et bordel… j'en veux encore.

Je pourrais fermer les yeux et m'endormir à mon tour, laisser mon corps récupérer ce qu'il réclame depuis des jours, peut-être des semaines, mais je n'en fais rien. Le sommeil me paraît inutile à côté de ça, à côté d'elle, à côté de cette sensation presque irréelle qui continue de vibrer sous ma peau comme si la scène ne m'avait jamais vraiment quitté.

Mon pouce glisse lentement sur le dos de sa main, suit les contours de ses doigts avec une attention que je ne me connaissais pas avant elle et ce simple contact suffit à m'ancrer, à me rappeler que tout ça est réel. Tout ce qui me reste si Ashwound disparaît c'est elle. Pas les tournées ni les fans, pas le bruit ni les récompenses musicales. Elle.

Je baisse légèrement la tête, mon front venant se poser contre le sommet de son crâne, respirant son odeur mêlée à celle du bus, du cuir et de la fatigue. Un mélange étrange, imparfait, mais qui, à cet instant précis, me paraît plus nécessaire que n'importe quoi d'autre.

Je pourrais rester comme ça des heures, des jours. M'enfermer là-dedans et laisser le reste brûler pour toujours.

Parce que le reste… je le sens déjà glisser.

Que se passera-t-il une fois qu'on aura mis les pieds à Londres ? Où irons-nous ? Le boucan dans le bus et le manque d'intimité nous font chier, mais supporterons-nous le silence affligeant de la normalité ?

Le bus ralentit. L'échéance se rapproche. Nous n'avons pas parlé de nos options, nous n'avons pas décidé de ce que nous comptions faire une fois que la tournée serait finie. Nous avons profité de chaque instant et, comme un amour de vacances, je crains que tout s'arrête une fois de retour. Comment serait-ce possible ? Avec tout l'amour qui nous lie, cette passion, cette addiction réciproque, comment puis-je seulement croire que ça s'arrêtera ? Ce que nous avons ne ressemble ni de près ou de loin à une amourette à la con qui se termine une fois l'été envolé. C'est bien plus puissant que tout ce que nous avons connu.

L'équipe commence à s'agiter, je les remarque à peine, ils rassemblent leurs affaires en alimentant vaguement quelques conversations sans substance alors que le bus ralentit davantage avant de s'immobiliser dans un léger à-coup qui traverse toute la structure comme un rappel brutal à la réalité. Le moteur se coupe dans un grondement sourd et, pendant une seconde, j'envisage la possibilité de rester là, de payer le chauffeur pour qu'il nous laisse le bus.

Nell remue légèrement, je maintiens mon bras autour d'elle, un geste simple qui me permet de suspendre le moment un peu plus longtemps et de le maintenir intact malgré tout ce qui s'apprête à revenir nous percuter de plein fouet. Sa respiration reprend un rythme normal, elle sort du sommeil en l'espace de quelques secondes et, quand finalement tout le monde se met en branle, elle se redresse entièrement.

Fait chier.

Sans un mot, j'abandonne cette étreinte rassurante pour emboîter le pas au reste de l'équipe qui se dirige déjà vers la sortie. Nell récupère son sac à main, sa tablette, son portable. Je ne fais qu'enfiler ma veste en cuir et fourrer mon paquet de clopes dans ma poche. J'ai la gorge nouée, je peine à déglutir et à respirer.

Je ne veux pas que ça s'arrête.

Pourtant mes pieds me guident dehors d'eux-mêmes et, soudain, je ne pense plus à rien d'autre qu'à l'après-tournée. À tout ce dont on n'a pas discuté.

L'équipe récupère ses valises dans le coffre énorme, j'aperçois déjà des taxis sur l'immense parking vide duquel nous étions partis il y a quelques semaines. Tout était si différent à ce moment-là, ma vision des choses, mon a priori sur Nell, mes intentions, mes dépendances.

Adossé à la carrosserie, je sors une cigarette et l'allume sous le ciel noir de ma ville de cœur. Je ne suis pas né ici officiellement, mais c'est bien à Londres que j'ai connu ma deuxième naissance à travers Ashwound.

— Ash, t'as une minute ? m'interpelle David, un air énigmatique sur le visage.

Je tire lentement sur ma clope, laissant la fumée remplir mes poumons avant de la relâcher dans l'air froid, comme si ça pouvait calmer ce qui s'agite à l'intérieur. Ça ne marche jamais vraiment, mais le geste reste, automatique et nécessaire.

Mon regard glisse vers le guitariste sans que je me redresse complètement.

— Ouais.

Le ton est neutre, mais il y a quelque chose en dessous, une tension que je ne prends même pas la peine de masquer.

J'imagine d'ici la discussion qui se dessine et je suis gonflé d'avance.

Miles s'approche à son tour, suivi de Cassie qui reste légèrement en retrait, comme si elle hésitait encore à franchir cette distance invisible qui s'est installée entre nous. Je les observe un instant, sans rien dire, la clope coincée entre mes doigts, le regard trop fixe pour être vraiment détendu.

— On voulait te dire un truc, reprend David en passant une main dans sa barbe.

Je hoche vaguement la tête, sans l'encourager davantage. Qu'ils parlent ou qu'ils se cassent, bordel. Un silence s'étire, aussi court qu'inutile. Je serre les dents, pince les lèvres, agacé.

— Déjà… on est fiers de toi, lâche David.

Je laisse échapper un léger rire, sans joie, sans chaleur, juste un souffle sec qui disparaît aussitôt dans la nuit.

— J'espère ouais.

Je ne suis pas d'humeur à jouer ou à feindre la modestie, pas besoin de me parer d'une fausse retenue à la con.

Miles esquisse un sourire, mais il s'efface presque aussitôt, remplacé par quelque chose de plus sérieux.

— Non, vraiment. Ce que t'as fait sur cette tournée et cet album… c'est pas juste énorme. C'est mémorable.

Je tire à nouveau sur ma clope, plus fort cette fois, comme si j'avais besoin de ça pour encaisser la suite. Parce qu'il y a forcément une suite qui ne va pas me plaire.

— Mais ? lâché-je sans détour.

Cassie relève légèrement le menton, ses yeux accrochés aux miens avec une intensité calme, presque dérangeante.

— Mais on regrette de t'avoir un peu perdu en route.

Le mot tombe. Il est net et sans détour, ce qui me fait l'effet qu'un uppercut, mais pas suffisamment violent pour me faire vaciller. C'est juste ce qu'il faut pour me toucher là où je n'ai pas envie. Je redresse légèrement la tête, mon regard se durcissant malgré moi.

— Perdu ?

Le mot traîne entre nous, chargé d'une ironie qui ne masque rien et je relève un sourcil d'incompréhension.

— Je capte pas, on n'était pas ensemble sur scène ?

— Tu sais très bien que c'est pas de ça qu'on parle, répond David, plus posé.

Je serre la mâchoire, encore. Oui, je vois très bien de quoi il parle et ça me gonfle encore plus. C'est quoi, de la jalousie ?

— Vous vouliez quoi ? Que je vous invite dans notre pieu ?

Le ton monte à peine, mais il tranche, car il est plus sec et brut que ce que j'espérais. Miles secoue légèrement la tête, se passe une main nerveuse sur la nuque.

— Non, bien sûr que non. On voulait juste… faire encore partie du truc.

Je ricane, cette fois avec un peu plus de mordant.

— C'était le cas.

— Pas comme avant, ose Cassie d'une voix basse.

Bordel, ça me fait chier ! Ne peuvent-ils pas simplement se réjouir de ma relation avec Nell ? Sont-ils sérieusement obligés de jouer les potes jaloux comme des gamins immatures ? J'ai besoin d'elle, j'ai besoin d'être contre elle en permanence ! Eux ? Ils sont là c'est bien, ils ne le sont pas, tant pis !

Je détourne brièvement le regard, écrase ma clope contre la carrosserie avant de la laisser tomber au sol, puis je relève les yeux vers eux. Je sens la colère monter et me submerger, je ne suis pas certain de pouvoir — et vouloir — la contenir.

— Ouais, ça a changé parce que ma vie aussi a changé. J'ai découvert l'amour, en quoi ça pose problème ?!

Un silence tombe, peu banal, différent de celui des conversations qui s'essoufflent. Il est suivi par un échange de regards entre mes musiciens et d'un autre silence, plus lourd et chargé de reproches qui ne sortent pas.

— Ça pose pas problème, répond David au bout de quelques secondes, la voix plus calme que la mienne, mais pas moins ferme. C'est juste que t'as pas seulement découvert l'amour, Ash, t'as tout foutu dedans.

Je fronce les sourcils.

— Et alors ?

— Alors on est passés après. Pourtant, je croyais qu'on était une vraie équipe, qu'on était soudés.

— Si c'était le cas, vous ne me reprocheriez pas mon bonheur.

— Ce n'est pas ce qu'on fait, tente de se défendre Cassie.

— Ton bonheur compte, mais cette équipe aussi compte pour nous, reprend Miles en s'avançant légèrement, comme s'il essayait de réduire cette distance que je viens d'installer moi-même. Et là... t'es ailleurs tout le temps. Même quand t'es là.

— Normal que je sois ailleurs, vous avez vu ce qu'on vit Nell et moi ou pas ?

— Justement, répond Miles, on le voit parce qu'on est encore là, nous.

Je passe une main dans ma nuque, fais quelques pas sur le côté, incapable de rester planté face à eux sans que ça m'énerve encore plus.

— Vous êtes sérieux là ? reprends-je en revenant vers eux, le ton plus bas, mais plus tendu. On vient de tout niquer, de retourner la scène, de foutre le feu à toute l'Europe et vous êtes là à me faire une crise parce que j'ai... quoi ? Parce que je vis un truc en dehors du groupe ?

— Parce que tu n'existes plus qu'à travers ça, lâche David.

— Et alors ? insisté-je, presque en défi. C'est un crime ?

— Alors, fais gaffe, menace-t-il sans détourner le regard.

Le guitariste soupire légèrement, comme s'il cherchait ses mots sans vouloir en dire trop.

— On ne te demande pas de choisir, ajoute-t-il. On ne te demande pas de ralentir ou de la mettre de côté. On te demande juste de ne pas disparaître complètement.

Je serre la mâchoire et les regarde un par un, le souffle encore chargé de cette montée de rage qui pulse dans mes tempes, les poings légèrement serrés, quand Nell descend enfin du bus.

— C'est bon, tout est réglé ! J'ai tout ce qu'il faut, on y va ? questionne-t-elle d'une voix innocente.

Sa voix coupe court à l'échange, mais pas à ce qui reste suspendu entre nous. Peut-être que c'est mieux ainsi. Je tourne la tête vers elle presque instantanément, mon corps répond avant même que mon cerveau suive. Pendant une fraction de seconde, je ne vois plus que ça : sa posture droite malgré la fatigue, la maîtrise qui ne la quitte jamais vraiment, cette façon qu'elle a d'être immédiatement opérationnelle alors que moi, je suis encore en train de bouillir intérieurement.

— Ouais, réponds-je sans hésiter, le ton encore chargé, mais différent. On se disait au revoir.

Les autres acquiescent, ne cherchant même pas à développer quoi que ce soit devant elle, et la saluent avec entrain.

Elle s'approche, réduisant la distance entre nous sans hésiter, et je n'attends pas davantage pour venir me coller à elle, ma main trouvant naturellement sa place dans le creux de ses reins. Le contact est immédiat, nécessaire, comme si mon corps cherchait à compenser ce que je viens de prendre en pleine gueule quelques secondes plus tôt.

Elle relève légèrement les yeux vers moi.

— Tout va bien ?

La question est simple, posée à mi-voix, mais elle n'a rien d'anodin. Elle a compris. Évidemment qu'elle a compris. Elle n'a pas besoin d'avoir entendu pour saisir qu'il s'est passé quelque chose.

Je pourrais répondre honnêtement, lui dire que ça m'a fait chier ce qu'ils ont dit, que ça m'a touché plus que je ne veux l'admettre ou que j'ai eu envie de leur rentrer dedans juste pour ne pas avoir à réfléchir à ce qu'ils venaient de mettre en lumière. Mais ce n'est ni le moment ni l'endroit.

— Ouais.

Le mensonge est simple, presque propre.

Ses yeux restent accrochés aux miens une seconde de plus, comme si elle pesait la réponse ou hésitait à creuser, puis elle se contente d'un léger signe de tête. Elle n'insiste pas et quelque part, ça m'arrange.

Je resserre légèrement ma prise sur elle, un geste instinctif, presque possessif, avant de me détourner pour attraper une valise dans le coffre sans vraiment vérifier si c'est la mienne. Ses doigts se referment autour des miens, sans hésitation, sans retenue, et ce simple contact suffit à faire redescendre un peu la pression qui pulse encore dans mes tempes.

Autour de nous, ça s'agite encore. Des portières claquent, des voix s'élèvent en lançant des « *à bientôt !* », des valises roulent sur le bitume humide, mais tout me paraît plus lointain, presque étouffé.

— On bouge ? demande-t-elle simplement.

Je hoche la tête, sans lâcher sa main.

— Ouais.

Noah et Finn apparaissent presque aussitôt dans mon sillage, comme toujours, discrets mais présents, leurs silhouettes se positionnant naturellement autour de nous sans jamais vraiment s'imposer. Ils n'ont pas besoin de parler pour comprendre que la suite se joue maintenant, que la tournée est finie et que la logistique habituelle ne s'applique plus de la même manière.

— Vous avez une destination ? demande Noah, déjà prêt à ouvrir la marche.

La question est simple, évidente même, mais pourtant elle me percute.

Je m'arrête à peine, juste assez pour que ça se sente, mon regard glissant brièvement vers Nell avant de revenir devant moi. Mes incertitudes refont surface, juste assez présentes pour me faire grincer des dents, pas assez pour que je doute de la marche à suivre.

— On va où ? lâché-je finalement, plus pour elle que pour eux.

Le ton est bas, sans tension, mais chargé de quelque chose de profond et indispensable. Le besoin de rester ensemble, peu importe où.

Son regard ne dévie pas, il ne cherche pas ailleurs, et dans cette fixité tranquille, il y a quelque chose qui coupe net le reste, qui atténue le bruit, les mouvements, les silhouettes qui ont disparu petit à petit autour de nous.

— Tu veux aller où ?

Sa voix est calme, posée, presque douce, mais pas fragile. Elle ne me pousse pas et ne me presse pas. Elle pose simplement la question, comme on poserait une évidence qu'on n'a plus vraiment envie de contourner.

Je laisse échapper un souffle sans m'en rendre compte, passe brièvement une main sur ma nuque comme pour me donner une contenance, puis je reviens à elle. Mon regard s'accroche au sien, incapable de s'en détacher complètement, j'ai vraiment besoin de m'y ancrer pour ne pas me disperser.

— Tant que t'es avec moi... j'm'en fous.

Les mots sortent tels quels, sans détour ni précaution. Ils me surprennent à peine, en réalité. Ils étaient là depuis un moment déjà, quelque part sous la surface, prêts à remonter dès que j'arrêterais de les contenir.

Je ne cherche pas à corriger ni à atténuer. Je la laisse prendre ça comme ça vient.

Son visage ne bouge presque pas, son regard change légèrement. Il se fixe autrement, plus profondément, comme si elle prenait le temps de laisser les mots descendre, de mesurer ce qu'ils impliquent au-delà de leur simplicité. Et puis elle sourit, transmettant une affirmation aussi lucide qu'instinctive.

— C'est exactement ce à quoi je pensais.

— T'as un endroit à me suggérer ?

Elle hoche la tête, sans prendre le temps de réfléchir, puis s'accroche à mon cou alors que mes bras l'enlacent naturellement.

— Oui, ce sera pas aussi grand que ton appartement, mais déjà plus spacieux que le bus. Promis, on pourra quand même rester l'un sur l'autre.

Sa voix est basse, teintée d'un amusement léger qui contraste avec tout ce qui s'est joué quelques minutes plus tôt, et ça me percute plus que ça ne devrait. Parce que derrière la simplicité de la phrase, il y a une promesse bien plus large. Ce n'est ni un lieu ni une solution pratique, c'est un choix. Un engagement.

Mes lèvres trouvent les siennes presque dans le même mouvement, sans transition, portées par quelque chose de plus brut, de plus instinctif. Il n'y a pas de retenue dans ce baiser, pas de lenteur calculée. Juste ce besoin immédiat de la retrouver, de m'ancrer à elle, de faire taire tout le reste.

Le froid de l'air, le bruit du parking, les silhouettes de mes gardes du corps autour de nous... tout s'efface.

Il ne reste que ça, sa bouche, sa chaleur et ses doigts qui se resserrent légèrement derrière ma nuque comme si elle aussi refusait que ça s'interrompe trop vite. Mais nous avons une option désormais, un projet, alors je me détache donc légèrement, mon front venant se poser contre le sien, mon souffle encore court.

— On va chez toi, alors, murmuré-je, plus pour ancrer la décision que pour réellement la formuler.

Ça sonne simple, mais ça ne l'est pas tout à fait. Parce que ce n'est pas juste un endroit où dormir ou faire l'amour. C'est là où ça commence pour de vrai, sans le tourbillon de la tournée, sans les regards indiscrets, sans la retenue.

Je glisse mes doigts le long de sa mâchoire, lentement, une façon d'imprimer ce moment quelque part, puis je me redresse légèrement sans la lâcher complètement, ma main retrouvant la sienne machinalement.

Derrière nous, Noah referme le coffre du taxi pendant que Finn échange quelques mots rapides avec le chauffeur. Tout est déjà en place, le monde continue de tourner pendant qu'on reste suspendus ailleurs.

— On vous suit, annonce simplement Noah en se rapprochant.

Je hoche la tête sans vraiment le regarder, mon attention encore accrochée à elle, puis je l'entraîne doucement avec moi vers le véhicule. La portière s'ouvre, je la laisse monter en premier, ma main restant posée dans le creux de son dos une fraction de seconde de plus que nécessaire avant de la rejoindre à l'intérieur.

Quand la porte se referme, le monde extérieur se coupe net et le silence revient. Seulement, il a quelque chose de différent des autres, de ceux qui me terrorisent et me paralysent, il est moins vide et plus... cohérent.

Je tourne légèrement la tête vers elle, mon regard glissant sur son visage, sur les traces de fatigue, sur cette maîtrise qui tient encore, mais qui s'effrite juste assez pour laisser passer quelque chose de plus vrai.

— Tu te rends compte de ce qu'on est en train de faire ? lâché-je à demi amusé.

Elle tourne la tête vers moi à son tour, ses yeux s'accrochant aux miens sans détour.

— Oui.

Une réponse simple, mais assumée qui veut tout dire à mon sens. Je laisse échapper un souffle, un semblant de sourire venant étirer mes lèvres malgré moi, puis je viens entrelacer nos doigts à nouveau, plus fermement cette fois.

— Parfait.

Le moteur démarre et cette fois, même si je fonce vers l'inconnu, j'ai la certitude que tout ira pour le mieux.

21

Nell Hart

Les locaux de Sterling Records n'ont jamais paru aussi froids. Tout est pourtant identique, des parois vitrées impeccables aux lignes nettes en passant par l'ordre presque clinique qui règne dans chaque espace, comme si rien ne devait jamais dépasser. Le silence feutré absorbe les bruits de pas, les voix trop hautes ainsi que les tensions mal contenues. Ici, c'est l'empire de la maîtrise des émotions et du verrouillage de la pensée. Pourtant, dès que nous passons les portes, quelque chose accroche. Ça ne ressemble pas à une menace franche, plutôt à un décalage, une sensation diffuse que cet endroit que je connais par cœur ne réagit plus tout à fait de la même manière à ma présence. À notre présence.

Sa main est dans la mienne, solide et chaude, elle me permet de m'ancrer à un équilibre instable. Je lutte de toutes mes forces pour empêcher la moindre faille de se dessiner alors que quelque chose, en moi, se met déjà en alerte. Nous avançons sans parler dans le couloir principal, mais tout, dans notre manière de nous tenir, dit que rien ne se joue plus séparément. Les regards se tournent, et pas seulement vers lui, mais vers nous. Je les capte sans m'y attarder : les murmures qui s'interrompent, les échanges rapides ou encore les hésitations. Certains observent avec curiosité, d'autres avec une forme de fascination à peine contenue. L'artiste, la manager et cette ligne effacée entre les deux, cette relation interdite que nous affichons au grand jour sans se poser la moindre question.

Je ne ralentis pas, je n'en ai aucune raison, mes talons marquent un rythme régulier auquel je m'accroche désespérément pour tenter de retrouver ma place dans ce tailleur à la pointe de la mode, mon éternelle tablette contre ma hanche. Les pilules me narguent dans le sac, celles que j'ai gobées juste avant et celles que je rêve de m'enfiler dès que l'occasion se présentera.

Callie, l'assistante de tournée qu'on m'a collée dans les pattes avant le départ, se lève d'un bureau à proximité de la salle de réunion dès notre arrivée.

— Oh, Nell ! Thomas ! s'exclame-t-elle, des trémolos dans la voix. Comment allez-vous ?

Nous échangeons un regard avant de le reporter sur elle, pauvre petite groupie sans maîtrise. Dans ce temple du lisse et archi lisse, je ne comprends pas qu'une femme comme elle soit encore en poste.

— Salut, Callie. Tout va bien ? On vient voir Lara Mitchell, tu dois être au courant ?

— Oui, j'ai préparé la salle de réunion pour vous justement. Que voulez-vous boire ? Thomas ?

Sa manière d'insister auprès de lui, de le dévorer des yeux et d'entrouvrir la bouche me dérange profondément. Autant j'ai l'habitude avec les fans, autant venant d'une nana comme elle, ça ne fait pas le même effet.

Thomas ne relève même pas vraiment son insistance, ou du moins il n'y répond pas comme elle l'attendrait. Il garde ce calme presque distant qu'il adopte désormais avec tout ce qui ne me concerne pas directement, ce mélange de retenue et d'assurance qui le rend encore plus inaccessible, tout en passant un bras possessif autour de mes épaules.

— Un café suffira.

Sa voix est posée, sans chaleur particulière, et ça suffit à faire retomber légèrement l'enthousiasme mal contenu de

Callie. Elle hoche la tête un peu trop vite, déjà prête à s'exécuter, avant de tourner les talons avec une précipitation presque maladroite.

Je la regarde s'éloigner sans rien dire, mais quelque chose se resserre dans ma poitrine. Une tension inutile, déplacée, que je reconnais immédiatement et que je refuse d'analyser davantage. Ce n'est ni le moment ni l'endroit. Pourtant, elle est là, tapie juste sous la surface, prête à s'infiltrer là où je perds déjà un peu trop de contrôle.

Je secoue la tête et reporte mon attention devant moi. La porte de la salle de réunion est encore fermée, elle se dresse comme une frontière nette entre ce que nous sommes en train de vivre et ce qui nous attend derrière. Une partie de moi a envie de ralentir, de suspendre ce moment, de rester encore quelques secondes dans cet entre-deux où rien n'est encore acté.

Pourquoi ? Je l'ignore, tout ce qui nous attend derrière cette porte c'est un bond en avant dans la carrière d'Ashwound, un pied de nez énorme à Richard ou plutôt un énorme fuck en pleine gueule. Alors pourquoi tant d'appréhension soudain ?

Je m'avance pour attraper la poignée de la porte et Thomas retire son bras, le contact disparaît. Immédiatement, le manque se fait sentir, plus brutal que je ne voudrais l'admettre.

J'ouvre la porte sans attendre. Qu'on en finisse et qu'on retourne au lit ! Dans notre intimité, sans rien d'autre entre nous que des draps !

L'air est différent à l'intérieur, plus lourd, presque immobile, comme si la pièce elle-même retenait son souffle. Richard est déjà là, fidèle à lui-même, adossé à la table avec cette posture trop droite pour être naturelle. Son regard se pose sur moi, puis glisse vers Thomas, et je perçois, sans la moindre difficulté, la crispation qui traverse ses traits.

Le dégoût est évident, il déforme ses traits gras en accentuant sa laideur. Je relève le menton, assurée et fière de moi quoi qu'il en pense.

— Richard, lancé-je en guise de bonjour.

Je m'avance sans me presser, traverse la pièce avec cette assurance que j'ai appris à construire pierre après pierre, malgré les doutes et les fissures. Je me plante à l'autre bout de la table, ajuste à peine ma posture, puis relève les yeux vers lui avec une insistance maîtrisée.

— Miss Hart.

Thomas ne dit rien, mais sa présence à mes côtés suffit à modifier l'équilibre de la pièce. Il n'est plus en retrait, il n'est plus sous contrôle, il est là parce qu'il a choisi de l'être, et ça change tout. Surtout considérant que je ne briderai ni ses mots ni son attitude ; porte ouverte, champ libre.

Il s'installe sur un siège à côté du mien, relève une jambe sur son genou et commence à tapoter en rythme sur la table en verre, un truc qu'il fait très souvent. Je déverrouille ma tablette, un réflexe trop ancré pour disparaître totalement, et consulte le planning déjà bien chargé des prochains mois.

Un bref silence s'installe, dense, chargé de tout ce qui n'est pas dit. Qu'aurais-je de plus à dire à cet enfoiré de toute façon ? Je sais que la star lui a été retirée, je sais qu'il a les boules et je sais aussi qu'il tentera par tous les moyens de me faire virer en utilisant la clause enfreinte de mon contrat.

Je m'y attends, je m'y prépare.

Et puis la porte s'ouvre à nouveau. Lara Mitchell entre sans précipitation, avec cette maîtrise tranquille qui ne cherche pas à impressionner, mais qui, malgré tout, s'impose immédiatement. Elle est suivie de près par Callie qui tient maladroitement un plateau de tasses de thé et café. L'assistante nous sert, tandis que Lara s'installe à la droite de Richard devant tout un tas de documents que je ne remarque que maintenant.

Des contrats...

Le regard de l'Américaine passe sur moi, puis se pose sur Thomas avec une précision qui ne laisse aucune place au hasard.

— Ravie de vous voir, Ashwound. Et enchantée, Miss Hart.

Elle marque une légère pause, presque imperceptible, avant de reprendre :

— Merci d'être présents.

Je m'installe enfin, Thomas attrape sa tasse de café et pendant une fraction de seconde, j'ai la sensation étrange que tout est de nouveau sous contrôle.

Lara joint les mains devant elle, parfaitement immobile, et commence sans détour, déroulant les chiffres, les faits, les succès avec une précision clinique qui ne laisse aucune place à l'interprétation. Chaque mot vient renforcer ce que je sais déjà, ce que nous avons construit, ce que j'ai aidé à tenir à bout de bras sans jamais lâcher.

La tournée, le sold out, les ventes, les chiffres qui explosent, le narratif qui fait grimper la notoriété et enfin les nominations.

Nous l'écoutons sans ciller, sans réagir, mais chaque phrase s'ancre comme une validation, une sorte de reconnaissance ou peut-être une victoire. Notre victoire.

Pourtant, à mesure qu'elle énonce les faits avec son sourire parfait et ses ongles manucurés, je capte qu'on approche de la sentence. Le sourire de Richard s'étire en coin, son regard devient de plus en plus insistant sur moi et l'atmosphère change subtilement.

Lara referme doucement le dossier qu'elle tenait ouvert devant elle, comme si ce simple geste suffisait à marquer une transition invisible entre ce qui relève du constat... et ce qui va suivre. Ses doigts restent posés dessus une seconde de plus, parfaitement immobiles, avant qu'elle ne relève les yeux vers nous avec la même maîtrise tranquille.

— Vous avez fait un travail remarquable, Eleanor.

Le compliment est posé avec justesse, sans emphase inutile, sans surjeu. Il ne me fait pourtant pas l'effet attendu, il ne réchauffe rien, il ne me rassure pas. Et puis, personne ne m'appelle Eleanor...

— La structuration du narratif, le positionnement progressif, la gestion de l'exposition... tout a été extrêmement bien calibré.

Elle incline légèrement la tête, comme pour appuyer la reconnaissance.

— Ce type de montée en puissance est rare, surtout en un si court laps de temps et après de nombreuses... frasques, termine-t-elle avec un sourire faux pour Thomas.

Il soupire, agacé, ses mains reprenant le rythme sur la table. Quant à moi, je hoche à peine la tête mécaniquement, sans la remercier. Je ne suis pas là pour recevoir des fleurs, je suis là pour la suite et elle le sait.

Son regard glisse brièvement vers Thomas, puis revient à moi avant de dériver sur ses feuilles imprimées.

— Ashwound de votre côté... votre engagement sur cette tournée a été déterminant. L'énergie, la constance, la capacité à fédérer... Vous avez dépassé ce que le label avait anticipé.

Thomas ne répond pas, il ne joue pas le jeu, il se contente de l'observer, son silence plus éloquent que n'importe quelle réaction. Lara ne s'en offusque pas, elle continue sans se soucier de nos réactions, cela ne l'importe pas vraiment.

Pour la première fois depuis que je fais ce job, je me retrouve dans cette position désagréable où les dés sont jetés pour moi, je ne contrôle absolument rien, je me contente de subir.

— Aujourd'hui, nous ne parlons plus d'un développement de carrière, poursuit-elle. Nous parlons d'un changement d'échelle.

Elle marque une courte pause, maîtrisée, juste assez pour que les mots s'ancrent.

— Le marché américain ne se travaille pas comme le marché européen. Les enjeux ne sont pas les mêmes, les leviers non plus et les décisions doivent être prises à un autre niveau.

Je sens mon dos se raidir légèrement, sans bouger davantage. Tout ce qu'elle dit est vrai, c'est même exactement ce que je voulais entendre. La carrière de Thomas s'apprête à prendre un tournant déterminant, sa vie (et par extension, j'imagine la nôtre) va changer radicalement. Un pincement au cœur me surprend : ferai-je toujours partie du tableau ?

Depuis le début de cet échange à sens unique, je n'ai acquiescé que par des « *hmm* » ou « *ah oui* » peu éloquents, mais là, je garde carrément le silence, mes mains moites se resserrant sur ma tablette. J'observe, j'attends, j'essaye de ne pas me ruer sur les pilules au fond de mon sac à main pour reprendre le contrôle d'un truc qui m'échappe.

— Cela implique une restructuration des équipes, continue-t-elle en croisant légèrement les mains devant elle. Une coordination plus étroite avec nos pôles internationaux, et surtout une clarification des rôles.

Le mot reste suspendu quelques secondes de trop dans l'air, refusant presque de retomber, cherchant à s'ancrer plus profondément que les autres. *Clarification.*

Derrière sa neutralité apparente, il y a quelque chose de chirurgical, une précision froide, une manière élégante de découper sans jamais salir.

Je pourrais parler, intervenir pour défendre mon poste, reprendre la main, rediriger la conversation, reformuler, anticiper ou même poser mes conditions, que sais-je ! C'est ce que j'ai toujours su faire, ce qui m'a permis de tenir, de grimper et de m'imposer dans un milieu qui ne pardonne aucune hésitation. Seulement, cette fois, je reste immobile, mon corps lui-même refusant de jouer ce rôle que j'ai pourtant construit avec tant d'acharnement.

Parce que je comprends avant même qu'elle n'aille au bout, avant que tout soit posé de façon irréversible, je sais exactement où elle va. Je déteste ça, mais je sais que Thomas le haïra encore plus.

— Votre travail ici a été fondamental, reprend Lara avec cette voix posée qui ne tremble jamais. Et il continuera de l'être, d'une certaine manière. Les bases que vous avez posées sont solides, elles nous permettront d'aller beaucoup plus loin, plus vite.

Je fixe un point sur la table, juste devant moi, pour ne pas laisser mon regard trahir quoi que ce soit.

— Mais à ce niveau d'exposition, poursuit-elle sans ralentir, nous ne pouvons pas nous permettre la moindre zone grise.

Mes doigts se crispent légèrement contre la tablette, mes phalanges blanchissent à peine. Tout est dit sans jamais l'être frontalement et c'est précisément ce qui rend la chose insupportable. Cette manière propre et maîtrisée, de me retirer du tableau tout en me remerciant pour l'avoir peint.

— La relation que vous entretenez avec l'artiste, Miss Hart, ne permet plus de garantir l'objectivité attendue dans la gestion de ses intérêts.

Cette fois, elle ne contourne plus, elle pose les mots. Forcément, le sourire de Richard s'élargit et il se permet même un petit gloussement ridicule. C'est dingue, on peut s'attendre à des tonnes de choses, se préparer comme on veut, quand la merde tombe, elle nous éclabousse pareil.

Je relève enfin les yeux vers elle, lentement, sans précipitation, chaque mouvement pesé pour ne rien laisser filtrer. Je pourrais argumenter, défendre la pertinence de ce que nous avons construit ensemble, rappeler que c'est précisément cette proximité qui a permis d'atteindre ces résultats. Mais ce serait inutile, car ce n'est pas une discussion, c'est une décision.

— Vous vous foutez de ma gueule ? lâche Thomas d'un ton rêche.

On en a parlé avant de venir, je l'ai préparé à cette éventualité en plus de lui demander de ne pas surréagir. Visiblement, il se fait éclabousser lui aussi.

Le silence qui suit sa phrase est plus brutal que n'importe quelle annonce. Il ne claque pas, il ne s'impose pas avec fracas, il s'installe lentement, s'infiltre dans chaque recoin de la pièce jusqu'à rendre l'air plus dense, presque difficile à respirer.

Je ferme brièvement les yeux une fraction de seconde, pas pour fuir, simplement pour encaisser. Bien sûr qu'il allait réagir. Bien sûr que ça ne resterait pas propre ou acceptable. Thomas n'a jamais été fait pour ce genre de situation, pour ces décisions prises sans lui, enrobées de termes élégants pour masquer ce qu'elles impliquent réellement.

Quand je rouvre les yeux, il est déjà tendu, le regard dur, le corps légèrement penché en avant, prêt à en découdre sans même savoir contre quoi exactement.

Lara, elle, ne bouge pas. Elle a probablement entendu ce ton des centaines de fois, peut-être plus. Elle ne s'y attarde pas, ne s'y oppose pas frontalement, elle absorbe avec une simplicité désarmante.

— Je comprends que la décision puisse surprendre, répond-elle avec un calme qui frôle l'indifférence. Mais elle n'a rien de personnel.

Rien de personnel.

Je pourrais presque rire si la situation ne me donnait pas envie de m'arracher quelque chose à l'intérieur. Tout est personnel, justement. Tout repose sur des choix, sur des liens, sur ce qui a été construit au fil des mois. Et c'est précisément ça qu'elle est en train de découper.

Comment survivre si je ne peux plus m'occuper de lui ? Comment accepter de passer ne serait-ce qu'une journée éloignée ? Si la branche US se déplace, il y a fort à parier que les prochains déplacements seront outre-Atlantique… je refuse de mettre un océan entre nous. Je ne pourrai pas le supporter.

— Rien de personnel ? répète Thomas, la voix plus basse, plus dangereuse encore. Vous virez la personne qui a tout monté et vous appelez ça rien de personnel ?

Je sens la tension glisser vers moi, comme si j'étais devenue le point central de l'équation, ce qu'il faut déplacer pour que tout le reste fonctionne correctement. Et c'est peut-être ça, le plus insupportable. Ne plus être actrice, être spectatrice de sa propre chute sans pouvoir tendre le bras pour se rattraper en route.

Lara incline légèrement la tête, sans jamais quitter Thomas des yeux.

— Personne ne remet en question ce qu'elle a fait, au contraire. C'est précisément parce que son travail a été efficace que nous sommes aujourd'hui dans cette configuration.

Elle marque une pause, juste assez pour poser la suite avec encore plus de netteté.

— Mais nous parlons désormais d'un déploiement à grande échelle et ce type de développement nécessite une structure qui ne laisse aucune place au conflit d'intérêts.

Je soupire, pose ma main sur l'avant-bras de Thomas en plaquant un sourire de façade sur mon visage. Je dois désamorcer la bombe où tout ce que nous avons fait jusque-là n'aura servi à rien. Je tourne légèrement la tête vers lui, juste assez pour capter son profil, la tension dans sa mâchoire, cette façon qu'il a de ne plus filtrer quand quelque chose le dépasse. Il ne joue pas, lui, il ne compose jamais et une part de moi sait que ça pourrait tout faire exploser si je ne reprends pas la main tout de suite.

— C'est tout à fait compréhensible, énoncé-je d'une voix claire et professionnelle.

Le regard de Thomas se tourne vers moi, surpris, presque heurté par ma réponse. Je le sens sans même avoir besoin de croiser ses yeux. La tension ne disparaît pas, elle change de forme, se resserre, devient plus contenue, plus dangereuse encore parce qu'elle cherche une autre issue.

Je maintiens la pression de ma main sur son bras, une seconde de plus, juste assez pour lui faire passer le message sans avoir à le formuler. Ensuite, je relève les yeux vers Lara, reprenant cette posture que je maîtrise mieux que personne, celle qui ne laisse rien passer, celle qui transforme chaque coup en variable à intégrer plutôt qu'en impact à subir.

— Si l'objectif est d'assurer une cohérence à ce niveau de développement, alors oui, il faut ajuster les paramètres, ajouté-je sans trembler.

Les mots sortent propres, alignés, parfaitement adaptés à ce qu'elle attend. Une partie de moi les écoute avec un détachement presque irréel, consciente que je suis en train de collaborer à mon propre effacement. Mais une autre, plus lucide, sait que c'est la seule manière de rester dans la pièce.

Lara m'observe avec une attention nouvelle, plus précise, presque évaluative. Elle ne s'attendait pas à ça, j'imagine, pas à une acceptation aussi rapide ni à ce repositionnement sans résistance apparente. Richard non plus, à en croire l'expression sur son visage. Il se décompose, serre les dents et se tend sur son siège. D'ailleurs, je relève qu'il n'a pas prononcé le moindre mot durant tout l'entretien, ce qui signifie qu'il n'est là que pour faire office de décor, faire croire qu'il a encore de l'importance dans ces bureaux.

— Exactement, répond-elle en inclinant légèrement la tête. Cela ne remet en rien en cause votre place au sein de la structure. Au contraire, nous souhaitons capitaliser sur votre expertise... mais différemment.

Différemment. Le mot est plus insidieux que le précédent, il n'annonce pas une perte, il la redessine.

— Nous envisageons de vous positionner sur une supervision stratégique élargie, continue-t-elle. Une fonction transversale, moins opérationnelle, mais avec une portée plus large sur plusieurs projets à venir.

Je l'écoute sans broncher, mais chaque terme s'emboîte avec une logique implacable. On me retire du cœur pour me placer en périphérie, on m'éloigne du point central tout en me donnant une vue d'ensemble.

C'est brillant et terriblement efficace.

Thomas bouge légèrement à côté de moi, je sens son agacement remonter, plus diffus, moins explosif, mais toujours là.

— Donc vous la mettez sur la touche, résume-t-il avec une brutalité qui tranche avec mon ton.

Je serre imperceptiblement les doigts sur son bras. Lara ne relève pas l'attaque, elle la laisse glisser.

— Nous la repositionnons, corrige-t-elle simplement.

Je pourrais m'arrêter là. Accepter le repositionnement, peu importe ce qu'il implique vraiment, et laisser la décision s'installer pour envisager de la contourner ensuite. C'est ce que j'aurais fait avant. Mais quelque chose a changé.

Parce que cette fois, ce n'est pas seulement une question de stratégie ou de ma propre personne. Ce qui compte le plus, ce sont ses intérêts à lui. Pas les miens.

— Et Ashwound ? demandé-je en ancrant mon regard dans le sien. Qui en prendra la gestion directe ?

La question est nette, sans détour, mais elle porte autre chose. C'est bien plus qu'une inquiétude professionnelle, ça l'a dépassé depuis des semaines.

Lara joint à nouveau les mains, parfaitement calme.

— Une équipe dédiée sera mise en place depuis la branche américaine, avec un point de relais ici à Londres. Vous resterez informée des grandes orientations, bien entendu.

Je hoche lentement la tête, intégrant chaque élément, chaque nuance, chaque sous-entendu. Tout est déjà en place, les décisions ont été prises, elles sont validées par la branche UK — d'où la présence de Hale — et nous ne sommes là qu'à titre informatif.

Je ne suis plus au centre, je suis dirigée autour, là où ça ne compte pas vraiment pour l'artiste. Pour la première fois depuis longtemps, cette simple idée ne provoque pas immédiatement une réaction stratégique. Elle fait mal. C'est une douleur plus sourde et profonde qui s'installe sans prévenir et qui refuse de se laisser ignorer.

Je retire doucement ma main du bras de Thomas, non pas pour m'éloigner, mais pour retrouver une posture plus neutre, plus lisible dans ce contexte précis.

— Très bien, dis-je finalement.

Ma voix est calme, trop calme pour refléter uniquement l'acceptation. D'ailleurs, je n'accepte pas. Je refuse d'être déplacée sans décider de la manière dont je vais me tenir dans ce nouvel espace. Je refuse qu'on décide à ma place, qu'on m'impose le tableau sans que je choisisse les couleurs. Personne n'a le droit de me faire ça.

Alors que Lara prend tout pour acquis et nous présente les contrats, j'échange un regard lourd de sens avec Thomas, un de ceux dans lesquels on puise la force de prendre les décisions qui s'imposent.

— Lara, ajoutez un document à la liste, je vous prie, demandé-je poliment.

— Oui, lequel ?

— Ma démission.

Je n'ajoute pas un mot, verrouille ma tablette et la fourre dans mon sac en me redressant sur le siège, les prenant tous de court. Oh, à voir l'expression sur son visage, elle n'exagérait pas en vantant mes mérites : elle vient de perdre une pépite.

J'ai beau feindre l'assurance et la confiance en moi, je reconnais qu'au fond, je suis bouleversée. J'ai pris le contrôle, j'ai décidé pour moi-même, mais... où cela me mènera-t-il ?

22

Le claquement de la porte derrière nous résonne encore dans ma tête alors que l'on traverse le couloir sans ralentir. Je ne sais même pas qui marche le plus vite entre elle et moi, ni si on essaie de fuir ou d'éviter d'exploser trop tôt, mais le silence qui s'est abattu entre nous n'a rien de calme. Il est chargé et dangereusement compact, prêt à céder à la moindre pression. Les regards se tournent encore sur notre passage, mais je n'y prête plus aucune attention. Tout ce qui compte pour moi, c'est ce qu'elle a fait dans cette salle de réunion à la con.

Putain.

Les portes de l'ascenseur s'ouvrent dans un souffle discret et on s'y engouffre sans un mot, Noah et Finn de retour sur nos talons. Les miroirs sur les côtés renvoient nos reflets déformés par la lumière froide, et, pendant une seconde, j'ai l'impression de ne plus reconnaître ce que je vois. Elle est droite et impeccable, comme si tout ce qui s'était passé n'avait pas eu lieu. Moi, je suis encore dans cette salle à tenter d'encaisser son abandon et sa signature pressée sur ces foutus documents.

La porte se referme et le silence devient soudain étouffant.

— Sérieusement ?

Ma voix sort plus basse que prévu, mais elle tranche quand même. Elle ne me regarde pas. Évidemment qu'elle ne me regarde pas, elle fixe droit devant elle avec ce détachement profond qu'elle maîtrise parfaitement.

— C'était la seule chose à faire, réplique-t-elle froidement.

Je ricane, un son sec, sans humour, qui rebondit contre les parois de l'ascenseur et les deux armoires à glace silencieuses. Je me fiche bien de leur présence à dire vrai.

— Tu te fous de moi, là ?

Cette fois, elle tourne légèrement la tête vers moi, juste assez pour capter mon regard sans vraiment s'y ancrer.

— Non. Que voulais-tu que je fasse d'autre ?

Ma mâchoire se serre toute seule, je passe une main sur ma nuque, fais un pas vers elle sans même m'en rendre compte, réduis l'espace jusqu'à ce qu'il ne reste presque plus rien entre nous.

— Tu viens de démissionner, Nell.

— Oui.

— Tu n'as même pas essayé de discuter, de t'accrocher à ce qu'ils te proposaient, de rester !

Ses yeux s'accrochent enfin aux miens et, pendant une fraction de seconde, quelque chose passe. Je n'arrive pas à l'analyser ou à le comprendre, elle a l'air déconnectée de ses propres émotions. C'est étrange, ce sentiment, cette impression d'être si proche et si loin d'elle à la fois.

— Ce n'était pas une négociation, Lara avait déjà tranché.

— Arrête, lâché-je plus sèchement. T'aurais pu accepter l'offre !

— Et pour quoi ?

La question tombe, nette, sans détour, ce qui me bloque une seconde.

— Pour rester près de moi, bordel !

— À quel prix, Thomas ?

Les portes s'ouvrent, nous sortons machinalement de la cabine et le parking souterrain nous avale dans une lumière blafarde, froide, presque agressive après l'atmosphère aseptisée des bureaux. L'air y est plus lourd, chargé d'essence et d'humidité, et le bruit de nos pas résonne trop fort entre les murs de béton.

Je n'arrive plus à m'arrêter, la colère grignote chaque parcelle de moi-même sans aucune retenue.

— À quel prix ?! répété-je en la suivant. Celui de ton job ! De notre quotidien ! De ta carrière et aussi de la mienne ! Bordel !

Dans mon dos, la présence de Noah et Finn se fait plus pressante et même si je me fous de leur avis, j'ai besoin qu'ils dégagent. Je dois être seul avec elle.

— Laissez-nous.

Le ton est sec, sans appel et sans douceur.

Noah hésite à peine une fraction de seconde, son regard passe de moi à Nell, évalue la tension autant que le risque. Finn reste en retrait, prêt à bouger au moindre signe.

— On n'a pas sécurisé le parking, tente-t-il.

Je secoue la tête, mâchoires comprimées, peu décidé à accepter leur présence. Il tente de s'exprimer de nouveau, mais il est coupé par son acolyte qui prend les choses en main.

— On reste près de l'ascenseur, annonce Noah. S'il y a le moindre problème, appelez.

J'acquiesce et ils reculent de quelques mètres alors que je m'élance déjà vers Nell qui a pris de l'avance. Ses talons claquent sur le sol et me foutent en rogne autant que tout le reste.

Je l'attrape par le poignet et l'entraîne de l'autre côté du van noir, pour qu'on soit invisibles aux yeux de Tic et Tac.

— Réponds-moi !

— Thomas… j'ai fait ce que je devais faire. Je ne pouvais décemment pas accepter d'être traitée comme ça !

— Mais comme quoi ?! Putain ! Tu t'es éjectée toute seule du tableau et maintenant je vais me retrouver avec une équipe entière sur le cul, à modeler chacun de mes gestes et à filtrer toutes mes paroles !

De rage, je frappe le van du plat de la main, le bruit résonne partout autour de nous, de même que ma voix. Nell ne bronche pas, elle me défie du regard comme si elle attendait simplement la suite.

— J'ai protégé mon intégrité, rétorque-t-elle en redressant le menton.

— Ton intégrité ?!

Le mot me vrille les nerfs. Je fais un pas vers elle, puis un autre, jusqu'à ce que son dos rencontre la tôle froide du van. Elle ne se défile pas, elle ne cherche même pas à le faire, elle encaisse ma présence de plein fouet, le regard accroché au mien avec cette foutue assurance qui me rend dingue.

— Tu crois que ça vaut plus que nous ?

— Ce n'est pas une question de valeur.

— Bien sûr que si, grondé-je. Tu viens de choisir.

— Oui.

Le calme avec lequel elle répond me percute plus violemment qu'un refus. Il n'y a aucune hésitation, aucune tentative d'arrondir. Juste une ligne claire et si droite qu'elle ne bougera pas.

— J'ai choisi de ne pas laisser quelqu'un décider à ma place, poursuit-elle, la voix basse, mais parfaitement tenue.

— Et moi, j'en fais partie ?

Un battement infime, un soupir. Mon cœur se comprime.

— Non.

Elle ment. Je le vois, je le sens et ça me fait vriller encore plus.

Ma main remonte sans réfléchir, attrape sa mâchoire, la force à lever légèrement le visage vers moi. Elle inspire à peine et je ne distingue rien dans son regard, pas de peur ou de recul. Juste cette tension brute qui circule entre nous et qui ne trouve plus d'issue propre.

— T'es en train de me dire que tu préfères tout foutre en l'air plutôt que de rester avec moi ?

— Je préfère ne pas être tenue en laisse.

— Par moi ?

— Par personne.

— Et moi, je deviens quoi dans ton plan parfait, Nell ?

Cette fois, quelque chose bouge dans ses yeux. Ce n'est pas assez pour la faire céder, mais suffisant pour confirmer que j'ai touché un point que même elle ne contrôle pas totalement.

— Tu continues, dit-elle.

Je lâche un rire bref, sans joie.

— Sans toi ?

Elle pince les lèvres, sans prendre la peine de répondre, trop fière pour ça, j'imagine.

Ma main glisse de sa mâchoire à sa gorge, s'y pose, ferme sans serrer vraiment, mais assez pour marquer la limite. Pour lui faire comprendre que je suis encore là et que je ne suis pas un paramètre ajustable dans son putain de schéma.

— Tu me laisses seul dans ce système que tu refuses, et tu me demandes de continuer ?

Ses doigts se referment sur mon poignet, pas pour m'arrêter, mais pour m'inciter à serrer davantage. Le geste me coupe le souffle une demi-seconde.

— Vas-y, murmure-t-elle, revêche.

Sa voix est basse, stable, plus provocatrice que je ne l'ai jamais été.

— Si c'est ça que tu cherches, grogné-je en réponse.

Je serre, pas pour lui faire mal, juste pour sentir sa peau sous mes doigts, sa respiration qui change, plus courte, sans jamais basculer dans la panique. Elle ne détourne pas le regard, elle m'affronte et bordel... ça me rend complètement dingue.

— Tu crois que je vais te laisser décider pour nous deux ?

— Je ne décide pas pour nous, répond-elle dans un souffle contrôlé. Je choisis pour moi.

— C'est la même chose ! Tu as décidé de m'abandonner !

— Non.

Ma prise se resserre d'un cran. Son dos s'écrase un peu plus contre le métal du van. Mon sexe se dresse dans mon fut.

— Tu m'abandonnes, Nell.

— Jamais, grince-t-elle, le regard sombre.

Cette fois, c'est elle qui avance son corps vers moi, s'enfonçant elle-même contre ma paume. Elle choppe mon menton entre ses doigts et presse, assez pour me forcer à baisser légèrement la tête vers elle. Elle reprend la main.

— Je ne t'abandonne pas, je refuse de laisser les autres décider pour moi. Je l'ai subi toute ma vie, j'ai décidé que c'était terminé depuis un bail.

J'ai un pincement au cœur, comme à chaque fois que je distingue ce voile dans son regard, sa lèvre inférieure qui tremble légèrement et toute l'énergie qu'elle déploie à tenter de contrôler les réactions de son corps.

Je rapproche mon visage du sien, effleure ses lèvres et dévie vers sa joue, puis son oreille.

— Raconte-moi.

Elle se tend, recule et je suis tellement pris de court que je la laisse me glisser entre les doigts. Comme si ma phrase l'avait brûlée au troisième degré et que je lui devenais soudain insupportable.

— Non.

Forcément, son refus me tend davantage et je m'interpose pour lui bloquer le passage alors qu'elle dévie vers la porte latérale. Elle ne sursaute pas, elle ne cligne pas des yeux, elle relève encore le menton vers moi en guise de défiance.

— Je veux comprendre !

— Et moi je veux pas en parler ! Tout ce que tu as besoin de savoir, c'est qu'on a toujours choisi pour moi, on m'a imposé trop de choix pour que je laisse n'importe qui le faire à nouveau.

Elle se rapproche de moi, déglutit péniblement et me regarde avec une telle intensité que je pourrais prendre feu dans ce foutu parking.

— Je ne t'abandonne pas, je te le jure. Je serai là à chaque étape, pas en tant que manager ou n'importe quel poste de merde auquel elle a pensé, mais là. Avec toi.

Que dire de plus ? Je veux comprendre ce qui l'a conduite jusqu'ici, mais je refuse d'insister davantage alors qu'elle ne semble pas du tout ouverte à la discussion. Enfin, pour le moment.

Et juste parce que, malgré ses belles paroles, je ne suis pas totalement rassuré pour autant, je la replaque contre le van, encadre son visage de mes mains et l'embrasse à pleine bouche avec fougue.

— Ne m'abandonne pas, lui ordonné-je.

— Jamais, halète-t-elle.

Je lui fais relever la tête, parsème une lignée de baisers sur son cou, mordille, serre sa mâchoire entre mes doigts.

Ma bouche s'écrase contre la sienne avec toute la frustration, toute la colère, tout ce que je n'arrive plus à contenir. Elle répond immédiatement, sans retenue, ses doigts tirant mon menton vers elle dans un geste qui n'a rien de doux. Elle ne cherche pas à calmer, elle alimente et me fout le feu.

Mes mains glissent sur ses hanches, la plaquent plus fermement et le métal vibre sous l'impact, le son se perdant dans le parking presque désert.

— Tu me rends fou, soufflé-je contre sa bouche.

— Tant mieux.

Aucun recul, aucune peur, ses lèvres dévorent les miennes avec la même intensité, mordent, répondent, provoquent. C'est moche, bestial et brutal. Tout ce que j'aime, tout ce qui la rend dingue.

Putain de merde. C'est phénoménal.

Elle glisse sa main dans mon jean, s'insinue dans mon boxer et enroule ses doigts frais autour de ma verge dressée.

— Je vais te prendre contre cette putain de camionnette si tu continues.

— Que d'la gueule, me provoque-t-elle en pressant mon sexe plus fort.

Elle entame des mouvements de va-et-vient, lents et puissants, du genre à me rendre complètement dingue. Son pouce glisse contre mon gland et ma main remonte pour chopper ses cheveux sur lesquels je tire.

— T'es sûre de toi, mon amour ? Noah et Finn sont pas loin, ils pourraient nous voir...

— J'en ai rien à foutre.

Alors qu'elle se libère de ma prise pour s'agenouiller, j'entends un bruit sur notre droite que je ne reconnais pas tout de suite. Je tourne la tête, déstabilisé, alors que Nell sort mon sexe pour le fourrer dans sa bouche. Je ne distingue rien, seules quelques voitures stationnées là.

Sa langue s'enroule autour de mon gland, ses doigts titillent mes bourses et je rejette la tête en arrière de plaisir, une main se plaquant contre le van dans un bruit métallique qui résonne autour de nous.

— Qu'est-ce que tu fais là, connard ?! gronde soudain Noah.

La seconde d'après, un bruit de fracas retentit, puis celui d'un coup de poing et enfin d'un corps balancé au sol.

Nell s'interrompt et me regarde, confuse, mais il est absolument hors de question qu'elle s'arrête en si bon chemin. De ma main qui agrippe toujours ses cheveux, je la dirige vers mon membre en murmurant :

— Continue ce que tu fais.

Elle me sourit, coquine, puis poursuit son œuvre avec appétence.

D'autres coups pleuvent, de ce que je comprends et la voix d'un homme inconnu me parvient ensuite.

— Arrêtez ! Mon appareil photo !

Hmm, c'était donc ça ? Un putain de paparazzi qui a décidé d'immortaliser notre querelle ? Et le reste.

Je souris, ricane même et me concentre ensuite totalement sur ce que me fait Nell, sachant pertinemment que Noah et Finn ne laisseront jamais fuiter ces clichés.

Dominatrice, elle me pousse pour que je sois dos au van et me plaque contre d'une main, l'autre toujours occupée sur mon sexe. J'aime quand elle fait ça, j'adore la voir contrôler autant que j'adore prendre le dessus.

Étonnamment ou pas, ça me calme.

Le bruit des coups continue de résonner dans le parking, étouffé par les murs en béton, mais suffisamment clairs pour que je comprenne que mes gardes du corps ne font pas semblant. Et pourtant, je m'en fous complètement.

Ma tête retombe contre la carrosserie, mes doigts toujours agrippés dans les cheveux de Nell, guidant son rythme sans douceur. Elle ne ralentit pas, elle ne s'interrompt plus, sa bouche travaillant avec une précision qui me coupe presque le souffle, comme si tout ce qui venait de se passer trouvait une issue là, dans ce geste brut, assumé, incontrôlable.

— Putain...

Le monde disparaît complètement, le type, les gardes du corps, le parking, Sterling Records, rien n'existe en dehors d'elle. De nous.

Et pourtant, la réalité nous rattrape bien trop vite à mon goût. Un léger raclement de gorge vient fissurer le moment, assez appuyé cependant pour qu'on l'entende tous les deux. Nell s'arrête et s'essuie le coin de la bouche du bout du pouce en plantant son regard dans le mien.

— Quoi ?! râlé-je, irrité.

— Il faut y aller, le gars tardera pas à se réveiller et il vaut mieux pas rester dans les parages lorsque ce sera le cas.

Le ton de Noah reste bas, maîtrisé, mais il ne laisse aucune place à l'interprétation. Ce n'est pas une suggestion, c'est une sortie de scène.

Je ferme les yeux une seconde, juste assez pour ravaler l'agacement qui remonte, puis je rouvre les paupières en plantant mon regard dans celui de Nell. Elle n'a pas bougé. Toujours à genoux entre mes jambes, le dos droit, le souffle encore irrégulier et les lèvres brillantes. Rien dans son attitude ne trahit la moindre gêne, au contraire, elle me regarde comme si le monde autour n'avait aucune importance.

— On n'a pas fini, soufflé-je plus pour elle que pour eux.

— Je suis désolé, mais on n'a pas le choix, réplique Finn.

Je grince des dents et Nell se relève lentement, sans précipitation et sans chercher à masquer quoi que ce soit. Ses doigts glissent brièvement sur mon torse, ajustent mon tee-shirt, puis descendent jusqu'à ma ceinture qu'elle referme avec une précision presque insolente après ce qu'elle vient de faire.

Je l'attrape par la taille avant qu'elle ne s'éloigne, la ramène contre moi, incapable de couper net ce qui circule encore entre nous.

— Je ne veux pas que tu m'abandonnes, lâché-je à voix basse.

Cette confession n'est pas réfléchie, elle me surprend moi-même autant que la facilité avec laquelle je la dévoile.

Un battement de cœur, peut-être deux, et Nell s'accroche à ma nuque à deux mains, me forçant à baisser suffisamment la tête pour que nos fronts se plaquent l'un contre l'autre.

— Jamais, je t'ai dit. Combien de fois vais-je devoir te répéter ?

Tous les jours. Tout le temps.

— Pour combien de temps encore ? osé-je demander.

Sa main glisse de ma nuque à ma joue qu'elle caresse délicatement.

— Tant que tu ne me pousses pas dehors.

Putain.

Je reste là, une seconde de trop, à encaisser ce qu'elle vient de dire, à comprendre que ce n'est pas le monde extérieur qui nous menace : c'est nous-mêmes.

— Ash, on veut pas vous presser, mais...

Mais ils le font quand même.

Je soupire, puis nous nous imposons une distance que je déteste et autorisons Tic et Tac à revenir dans le paysage. En l'espace d'une minute, nous sommes installés dans le van et quittons le parking. Nell se blottit contre moi et s'accroche à ma veste avec force, tandis que je remarque l'appareil photo explosé entre les mains de Noah.

— Il avait de beaux clichés là-dessus ? questionné-je, conscient de ce à quoi on échappe.

— On n'a pas pris le temps de le vérifier, répond Finn qui insère le véhicule dans la circulation.

Noah tourne brièvement la tête vers moi, son regard accroche le mien dans le rétroviseur avec cette neutralité professionnelle dont il a l'habitude.

— On a fait ce qu'il fallait pour qu'ils ne sortent pas, finit-il par ajouter.

Je hoche la tête sans répondre, mon regard glissant malgré moi vers Nell. Elle est blottie contre moi, silencieuse, son souffle encore légèrement irrégulier, ses doigts crispés dans le tissu de ma veste me donnant l'impression qu'elle se bat encore contre quelque chose que j'ignore. La provocation et la tension de tout à l'heure ont disparu, laissant la place à un combat silencieux dont j'ignore tout. Je reconnais sa manière de triturer le tissu nerveusement, comme elle le fait quand elle cherche ses pilules ou qu'elle lutte pour ne pas les prendre.

Je passe une main dans ses cheveux, lentement, sans réfléchir. Un geste trop simple pour ce qu'il contient.

— Tu trembles, murmuré-je.

— Non, ça va.

Mensonge. Je le sens contre moi, dans la façon dont son corps se plaque au mien, dans cette tension qui refuse encore de redescendre complètement, dans ce besoin presque instinctif de rester là, collée à moi comme si la distance était devenue une menace concrète. Elle me donne l'impression de perdre pied, d'être si proche du précipice qu'elle ne distingue que la chute.

Le changement brutal d'ambiance me déstabilise peut-être plus que mes doutes et ce qu'ils bouleversent en moi. Si ma plus grande peur aujourd'hui et de la voir m'abandonner, cela s'applique à toutes les formes d'abandon. Qu'elle me quitte, qu'elle dérive, qu'elle s'efface, qu'elle disparaisse.

— Je vois bien que ça ne va pas. Trouve le courage de me dire ce qui se passe, insisté-je en lui faisant tourner la tête vers moi.

Ses yeux se remplissent de larmes. Une nouvelle fois, je me retrouve face à son changement d'humeur et à sa vulnérabilité inhabituelle, ce qui me rend perplexe. Se pourrait-il que les médocs produisent cet effet sur elle ?

— Je veux pas qu'on décide pour moi, c'est tout.

Je comprends ça, je crois que je suis plutôt d'accord sur la question d'ailleurs, mais pourquoi le répéter en boucle sans m'en livrer davantage ? Bien que mes craintes de la perdre soient encore déraisonnablement présentes, je les mets de côté pour essayer de relier les points.

Nell ne parle jamais de son passé, mais je devine facilement que ça vient de là. Quelqu'un a peut-être choisi sa carrière pour elle ? Quelqu'un a peut-être imposé la déco de son appartement ? Quelqu'un a peut-être décidé de sa garde-robe ?

Non, c'est absolument ridicule, on ne réagit pas comme ça pour quelques fringues, ou de la déco, ou un putain de job. Elle ne se serait d'ailleurs pas accrochée à ce dernier tant d'années avec la hargne dont elle a fait preuve à mon égard si on le lui avait imposé.

C'est à cet instant, alors que mes pensées s'accumulent sans trouver de réponse cohérente, que je remarque à quel point ses yeux sont injectés de sang. Ses lèvres tremblent comme si elle avait froid, ce qui n'est pas pour me rassurer. Elle est en manque.

Le constat s'impose à moi avec une brutalité que je n'avais pas anticipée. Je la regarde vraiment, pour la première fois depuis qu'on est montés dans ce van, pas comme je la regarde d'habitude — pas avec désir et encore moins avec ce mélange instable qui me fait perdre pied depuis des semaines —, mais avec cette lucidité froide à laquelle je ne suis pas habitué.

Ses pupilles sont trop larges, son souffle trop court et ses doigts trop agités, incapables de rester en place plus de deux secondes, on dirait même que son propre corps lui échappe par fragments. Et ce tremblement… bordel, ce tremblement qu'elle tente de masquer en se collant à moi comme si ça suffisait à le contenir. Ça n'a rien à voir avec ce qu'on vient de vivre ou avec ses réactions habituelles aux médocs, c'est autre chose de plus préoccupant.

— Nell…

Ma voix change malgré moi, elle est plus basse et un peu rauque. Elle ferme les yeux une seconde, tourne la tête vers la vitre, tentant de se rattraper à la réalité d'une certaine façon.

— Regarde-moi, exigé-je.

— Ça va, je te dis.

Elle secoue la tête lentement et je devine à sa manière de froncer les sourcils que ce simple geste lui est difficile.

Je glisse deux doigts sous son menton, pas brusquement comme tout à l'heure, mais assez fermement pour l'obliger à pivoter la tête. Ses yeux accrochent les miens et cette fois je ne distingue rien de maîtrisé. Son masque s'est totalement effacé et le contrôle qu'elle tente de s'imposer pour dissimuler son état est bien trop fébrile pour fonctionner. D'habitude, les comprimés qu'elle prend l'aident justement à le maintenir en place, ils ne le font pas s'effondrer.

— T'as pris quoi avant de monter ?

— Comme d'habitude.

Mensonge, elle a changé le cocktail, ça se voit.

— Donne-moi ton sac.

Elle déglutit, son regard vacille une fraction de seconde, puis elle tente de se recomposer, de remettre en place cette façade que je connais par cœur. Sauf que cette fois... elle ne tient pas.

— Tu connais mes médocs, tu sais très bien ce que je prends.

— T'as pris autre chose. Donne.

Je sens la tension remonter en moi, mais elle n'a plus rien à voir avec la colère de tout à l'heure. Je me saisis de son sac sans attendre qu'elle me le tende et fouille pour en tirer les plaquettes.

— Arrête, tente-t-elle mollement.

Ma mâchoire se serre quand j'empoigne le sachet de Modafinil, ce qu'elle m'a expliqué se procurer sous le manteau puisqu'une ordonnance particulière est nécessaire pour en obtenir. En même temps, ce médoc est supposé aider les narcoleptiques à rester éveiller, il est évident qu'on ne va pas lui prescrire comme ça, juste pour l'aider à gérer ses responsabilités. Le sachet est presque vide, signe qu'elle a clairement abusé dans le dosage.

— Tu trembles, t'as les pupilles éclatées et t'arrives même pas à me regarder deux secondes sans te barrer ailleurs.

Je rapproche mon visage du sien, suffisamment pour qu'elle ne puisse plus esquiver.

— Pourquoi t'as fait ça ?

— Je tenais plus, admet-elle douloureusement. Quand je suis allée aux WC, pendant que Lara s'occupait des papiers... j'ai... j'ai pris quelques pilules. C'est tout.

— T'es défoncée en fait ? C'est ça ?

Lentement, elle hoche la tête et je serre les dents. Je n'ai rien remarqué et, pire encore, je l'ai laissée faire sans tenter de l'aider.

Est-ce qu'elle a souvent besoin de se déconnecter pour supporter ce qui se passe autour d'elle ?

Si c'est le cas, pourquoi est-ce que je ne lui suffis pas ?

23

Nell Hart

La douleur s'impose avant même que je n'ouvre les yeux, profonde et sourde, elle en devient presque organique, comme si quelque chose à l'intérieur de mon crâne cherchait à se frayer un passage. Je reste suspendue dans cet état étrange où le corps reprend possession de lui-même sans que l'esprit ne suive immédiatement, incapable de déterminer si je suis encore en train de sombrer ou déjà en train d'émerger.

Je ne bouge pas. Je n'en ai pas la force, ni l'envie, ni même la lucidité nécessaire pour essayer.

Il y a une chaleur contre moi, enveloppante et solide, presque trop réelle après le chaos diffus qui pulse encore sous ma peau. Il me faut un instant de plus pour reconnaître la régularité d'une respiration qui n'est pas la mienne, la stabilité d'un corps qui ne tremble pas et ne vacille pas, qui ne lutte pas contre lui-même.

Le souvenir ne revient pas d'un seul bloc, il s'infiltre lentement, par fragments dissonants qui s'emboîtent mal. La réunion, la signature, sa voix, la mienne, le parking, la colère, la tension, la manière dont tout a explosé sans jamais vraiment retomber, et puis le reste… ce mélange confus de besoin, de violence, d'abandon et de contrôle que je n'arrive même pas à nommer correctement.

Je me souviens de tout et c'est presque ça, le problème.

Je garde les yeux clos une seconde de plus, tentant de retarder l'inévitable, comme si rester immobile contre lui pouvait suffire à contenir ce qui recommence déjà à se fissurer en moi. Seulement, la douleur derrière mes tempes pulse plus fort, m'arrache à cette illusion fragile en me ramenant brutalement à la réalité.

— Nell…

Sa voix glisse au-dessus de moi et, en même temps, elle me percute de l'intérieur.

— Hmm…

Le son m'échappe, insuffisant, mais cependant révélateur. Son bras se resserre légèrement autour de moi, sans m'emprisonner, mais suffisamment pour me rappeler que je ne suis pas seule, que je ne peux pas simplement disparaître dans le silence comme j'ai l'habitude de le faire depuis des années quand tout dérape.

— Mal au crâne ?

Je hoche la tête lentement contre lui, sans chercher à masquer ou à prétendre que je contrôle.

— Ça va passer… grommelé-je.

C'est mécanique, un vieux réflexe pour me convaincre que tout va bien.

— Non, ça ne passera pas comme ça, me contredit-il, plus lucide qu'il ne l'a jamais été.

Je rouvre les yeux, pivote légèrement la tête pour croiser son regard, et il est déjà là, accroché à moi avec une intensité qui ne laisse aucune place à la fuite, comme s'il avait attendu précisément cet instant pour me forcer à l'affronter.

— T'es prête à m'expliquer ? me demande-t-il en me tendant une bouteille d'eau.

Je me redresse, les lèvres pincées et le regard fuyant malgré moi.

— Merci, dis-je doucement en attrapant la bouteille.

Je comprends son agacement immédiatement dans la tension de sa mâchoire, dans la manière dont son regard se durcit sans se fermer, dans cette patience qui n'en est pas une, mais plutôt une retenue active, presque dangereuse.

Je bois quelques gorgées, trop vite, une façon détournée de laver ce qui reste coincé au fond de ma gorge, explications et traces de médocs. Je voudrais diluer la pression qui remonte déjà et menace de me submerger de nouveau. Pendant ce laps de temps dérisoire, je m'accroche à ce simple geste pour ne pas avoir à parler tout de suite.

Malheureusement, le silence ne me protège pas, il l'irrite davantage et resserre l'étau contre ma poitrine.

— Nell, tu peux m'expliquer ?

Son intonation est plus tranchante, exigeante même.

Je n'y échapperai pas, je crois qu'il est temps de m'exprimer, de révéler tout ce qui me pèse et que je retiens depuis une éternité.

Je ne peux pas y arriver comme ça. Pas sans un coup de pouce.

Je me lève, malgré la migraine et le vertige qui me saisissent lorsque je suis debout, et quitte la chambre pour rejoindre le salon. J'ignore l'heure qu'il est, mais dehors il fait nuit.

— Eh oh ! Te défile pas ! gronde Thomas, dont j'entends déjà les pas se rapprocher.

— Je ne me défile pas, opposé-je d'une petite voix.

Je choppe une bouteille sur le buffet et la dévisse, une vodka bon marché qui traîne depuis un bail. Ça va me retapisser l'œsophage cette connerie, mais faut que je sois saoule avant d'arriver à la fin de l'histoire où je m'effondrerai en la revivant.

Le liquide brûle dès la première gorgée, une brûlure agressive qui descend trop vite et laisse derrière elle une traînée de chaleur violente. C'est précisément ce que je cherche, cette sensation brute et immédiate, quasiment incontrôlable, mais capable de court-circuiter tout le reste. Ça me donne l'illusion que je reprends la main sur quelque chose, même si ce quelque chose n'est qu'un mensonge de plus.

— T'es sérieuse là ?

Sa voix claque derrière moi, plus proche que prévu, plus tendue aussi et je n'ai même pas besoin de me retourner pour savoir exactement quelle expression il affiche, ce mélange de colère contenue et d'incompréhension qui commence sérieusement à fissurer sa patience.

Je prends une deuxième gorgée, plus longue cette fois, comme pour répondre à sa question sans utiliser de mots.

— Nell !

Un pas de plus, puis sa main se referme autour de mon poignet avant que je n'aie le temps d'enchaîner pour m'obliger à rester là, à découvert.

— Donne-moi ça.

— Non. Si tu veux qu'on parle, laisse-moi le faire à ma manière.

Le refus sort sans réflexion, c'est instinctif et je resserre mes doigts autour de la bouteille. Elle représente bien plus qu'un simple verre d'alcool, elle devient naturellement une béquille, une barrière, un truc tangible auquel m'accrocher pour ne pas m'écrouler derrière le poids de mes souffrances.

— T'as déjà forcé sur tes médocs, tu vas pas en rajouter une couche ! Je veux qu'on discute, pas qu'on s'explose le crâne pour enfouir nos problèmes !

— Un soir, avant l'un de tes concerts, t'as voulu savoir. T'as cherché à comprendre. Ce soir-là, je t'ai dit que si je t'expliquais, tu ne monterais pas sur scène. Tu te souviens ?

À peine vêtue d'un tee-shirt et d'une culotte en dentelle, je m'assieds sur le canapé et lui tends la main pour l'inviter à me rejoindre. Il s'exécute sans broncher, mais son visage me suffit à comprendre qu'il le fait à contrecœur.

— Oui, peut-être. Vaguement.

— Je ne suis pas qu'une connasse accro au contrôle, ce n'est pas une manie insupportable, c'est juste ma réponse à des traumatismes.

Ma voix me semble lointaine, mais pas encore assez à mon goût. J'ai besoin de me déconnecter davantage de moi-même pour continuer, sinon je ne sais pas comment je terminerai. Je reprends donc une longue gorgée et, cette fois, Thomas me retire la bouteille des mains. Je hausse un sourcil et m'apprête à lui gueuler dessus, mais je m'arrête quand je le vois boire à son tour. Ça ne peut pas lui faire de mal vu ce que je compte lui raconter.

— OK, bon... euh... comment raconter ça ? Par où commencer, bredouillé-je, peu certaine de la marche à suivre.

À dire vrai, je n'ai jamais raconté cette histoire. Je n'ai pas suivi de thérapie, je n'ai pas eu de copines suffisamment proches pour me livrer, je n'ai pas eu envie de le dire au mec qui a partagé ma vie dans le passé et encore moins à ceux qui ont juste traversé mon lit. Tous les détails sordides n'ont vécu depuis tout ce temps que dans ma tête, se rejouant inlassablement dans mon esprit fracassé.

— Commence par le début, mon amour, tente de me rassurer Thomas d'une voix douce.

— Hum, le début ? Je crois que c'était le pire, mais bon...

Je reprends une gorgée ardente et lui rends la bouteille, fais rouler mes épaules et souffle un coup quand il sort un joint de son paquet de clopes.

— Tiens, si ça peut t'aider.

— Merci.

Je l'attrape, l'allume et enclenche mes souvenirs.

— Je vivais à Leeds quand j'étais petite dans une famille de la classe populaire avec une vie monotone et rythmée par les éclats de voix d'un père alcoolique.

Je tire sur le joint, souffle la fumée et continue de retracer ma vie.

— Je te passe le couplet sur la mère débordée et le grand frère absent, leur inconsistance ne m'a jamais fait ni chaud ni froid. Mon père, en revanche, lui... c'était différent.

La nausée remonte le long de ma trachée et je la renvoie en avalant une lampée de vodka dégueulasse.

— Quand j'ai eu 8 ans, il s'est dit qu'aimer sa fille devait nécessairement impliquer de la violer.

Thomas se crispe, les yeux écarquillés sous l'effet du choc. L'aveu me brûle les lèvres, mais la honte ne me submerge pas, car j'ai compris, il y a bien longtemps, que je n'étais pas responsable des pensées de cet ignoble pédophile. Malgré tout, les images me frappent en pleine gueule. L'odeur de whisky, de tabac froid et de sueur. Sa peau moite qui caresse la mienne, encore immaculée et pure. La couleur du papier peint fané, les ombres créées par le plafonnier jaunâtre.

Je réprime un frisson d'horreur et ajoute :

— Ouais, peut-être qu'il a considéré mes uniformes scolaires comme des appels au sexe, qui sait ce qui se passait dans son esprit tordu et pervers. Bref, ça a duré près de dix ans. Dix années durant lesquelles il se faufilait dans mon lit la nuit, quand la maison dormait et qu'il pouvait me profaner à sa guise. Je me rappelle de chaque instant, de sa main épaisse aux cals irritants sur ma bouche à son énorme bide à bière qui écrasait mon corps. Je me rappelle de tout.

Je serre les dents, tire sur le joint à m'en remplir complètement les poumons. Ma tête ne me fait plus mal, je n'ai plus aucun vertige si ce n'est celui d'énoncer ce calvaire à voix haute.

— Quand j'ai eu dix-huit ans, je me suis tirée. J'ai jeté le peu d'affaires que je possédais dans un sac à dos et j'ai pris tout l'argent liquide de mon père pour m'acheter un aller simple vers Londres.

Thomas semble lutter contre un dégoût que je lis parfaitement sur son visage, ses poings se serrent, il entrouvre la bouche, la referme. Je lui laisse quelques secondes pour encaisser et j'en profite pour boire de nouveau.

— Il est devenu quoi ? demande-t-il finalement, la voix tremblante. Il a payé pour ce qu'il t'a fait ?

Je hausse les épaules. J'espère juste qu'il est mort. Et en même temps, je sais que la justice est bancale, personne n'a jamais su et ne saura jamais, il ne *payera* jamais.

— Je ne me suis pas retournée, je n'ai jamais cherché à savoir. Quand je suis partie, je me suis promis de ne jamais retourner dans mon passé et, Leeds, tout comme le reste de ma famille, ils en font partie.

Thomas soupire, il pose sa main à plat sur mon dos, caresse ma peau d'un geste tendre à travers le tissu. Je sens ses tremblements, ses doutes, ce fameux « *que dire pour apaiser ses tourments ?* ». Y a-t-il seulement un truc à dire ?

— Je suis vraiment désolé, j'ignorais tout ça. Je suis vraiment un connard, je n'aurais pas dû te forcer à me parler, j'aurais dû comprendre par moi-même qu'il y avait quelque chose d'important…

Je pose ma main libre sur sa joue, un sourire triste sur les lèvres.

— Tu ne pouvais pas deviner, ce n'est pas comme si je l'avais déjà clamé sur tous les toits.

— Quand même, je suis désolé. Tu sais, c'est la première fois que je suis… avec quelqu'un. Les relations de couple, ça m'a toujours fait fuir, j'y connais que dalle.

— Je sais. Mais ne t'en veux pas, écoute plutôt la suite de l'histoire.

Il écarquille les yeux, surpris.

— Quoi ? Y a plus ? Il t'a retrouvée ?

— Non, mais j'ai échangé un enfer contre un autre en quittant le foyer familial. J'ai débarqué à Londres pleine d'espoir, j'ai très vite trouvé une petite coloc à Camden et un job de serveuse dans un pub. C'était le rêve pour une nana comme moi.

Une autre taffe, une autre gorgée. Je commence à sentir mes muscles se détendre, ma vue se brouille et l'odeur de la drogue m'enivre assez pour me donner envie d'en ingurgiter davantage. Et ça me donne le courage de poursuivre.

— C'est à ce moment-là que j'ai rencontré Randy. Un mec bien sous tous rapports qui venait au pub pour relâcher la pression après des journées bien remplies. Il m'a vendu du rêve, il m'a promis de m'aider à m'en sortir, de m'offrir une vie qui dépasserait mes rêves les plus fous et, naïve, je l'ai cru. On a vécu ensemble trois ans, trois ans durant lesquels il m'a autant élevée que rabaissée.

Thomas serre les poings, s'allume une clope. Moi, je lutte contre la nausée qui s'installe en voyant le visage de Randy se matérialiser dans ma tête. Il fait partie des personnes que je déteste le plus, viscéralement, de tout mon être. Lui aussi, j'espère qu'il est mort, même si j'en doute vu son âge.

— Il m'a permis de faire des études, d'utiliser mes compétences pour m'instruire davantage sur un tas de sujets et de trouver un boulot plus gratifiant que serveuse qui se fait tripoter le cul. En gros, j'étais redevable et, ça, il le savait, il en a usé et abusé.

— Il t'a fait quoi ?! demande-t-il, dents serrées.

— Il m'a frappée, humiliée, mais il m'a d'abord manipulée à tel point que je pensais que c'était normal. Il a réussi à me faire croire que je n'avais aucune valeur, que je n'étais rien, personne, sauf : la copine de Randy. J'étais tellement sous son emprise qu'il m'a fallu frôler la mort pour comprendre qu'il n'avait pas le droit de disposer de moi comme ça.

— Putain de merde...

Sa rage est palpable, tangible, elle circule entre nous avec la violence d'une tempête. Il se lève et commence à arpenter la pièce, sa clope serrée entre ses doigts.

— Te mets pas dans cet état, ce qui est fait est fait, lâché-je avec désinvolture.

Une désinvolture complètement liée à l'état d'ébriété dans lequel je commence à me trouver. Je reprends d'ailleurs une gorgée et tire la dernière taffe du joint que j'écrase dans le cendrier en vacillant quelque peu.

— Pardon ? T'es en train de me dire que deux hommes, deux fumiers, deux grosses merdes t'ont fait du mal et je devrais rester calme ?! Comment je peux rester calme en imaginant ce qu'ils t'ont fait subir, putain !!!

De rage, il explose un vase posé sur la table et je ne cille même pas. J'ai l'habitude de la violence, je n'ai connu que ça et je ne maîtrise rien d'autre.

Exprimer tout ça à haute voix ne me coûte pas autant que je l'imaginais, même si traverser ces souvenirs de nouveau me provoque un mal de ventre indiscutable. C'est drôle, j'ai même l'impression de me libérer d'un poids, de retirer des couches de souffrance pour que mon existence devienne soudain plus facile à porter.

— Trois, corrigé-je d'une voix calme.

Il se plante face à moi, un sourcil relevé, hors de lui. Bon sang, je n'imaginais pas une telle réaction chez lui, même si j'ai compris depuis un bail qu'il était du genre possessif et protecteur.

— Trois ?! Comment ça, trois ?

— Ouais, parce que quand j'ai repris des forces et que j'ai quitté Randy en abandonnant ce que j'avais, un autre homme a fini par prendre sa place dans le cycle de la violence.

Il serre les dents, se déplace pour s'agenouiller devant moi, prenant mes cuisses entre ses mains. Il caresse ma peau, cette douceur contraste avec l'horreur que j'énonce et me permet de garder un pied bien ancré dans la réalité, dans cette réalité avec lui. Dans ce que nous possédons.

— Comment ont-ils pu te briser à ce point ? déplore-t-il, la voix brisée par l'émotion.

— Tu sais, c'est drôle parce que jusqu'à présent j'ai toujours cru qu'ils l'avaient fait, qu'ils m'avaient brisée. Mais depuis quelque temps, je me dis qu'en fait, ils m'ont rendue plus solide.

Thomas soupire, laisse tomber son visage sur mes genoux et je caresse lentement son crâne, secouée intérieurement par la douleur qu'il éprouve et celle qui me revient en mémoire à mesure que je raconte mon histoire.

— Qui c'était, ce troisième type ?

— Harold Clark, le P.-D.G d'un groupe d'assurances pour lequel je travaillais. Il a commencé par des allusions salaces, puis une main sur la fesse et des menaces bien explicites si je l'ouvrais. J'étais jeune et déjà façonnée par un monde où les hommes ne me vouaient aucun respect. J'ai juste fermé ma gueule et j'ai tout fait pour garder ce job que j'estimais indispensable.

Une nouvelle gorgée, un nouveau soupir. Mon corps me semble tout engourdi et c'est tant mieux, c'est pile ce que je recherchais. Mes mots ont plus de mal à sortir, j'articule mal, mais je me fais comprendre malgré tout.

— Jusqu'au jour où j'ai choisi de ne plus être l'esclave de personne, père, petit ami ou patron, je ne voulais plus permettre à quiconque de disposer de mon corps ou de mon esprit sans le choisir volontairement. C'est là que je me suis orientée vers le management d'artistes. J'ai utilisé les contacts recueillis çà et là au fil des années et j'ai postulé chez Sterling Records en bidonnant mon CV.

— Quoi, t'avais jamais bossé dans ce milieu avant ?

— Nope, et je n'avais aucune formation non plus. J'ai bouffé des livres, j'ai fait des sortes de formations en ligne sur le droit notamment et j'ai surtout appris sur le tas. Ce n'est pas si compliqué de vous gérer, quand vous y mettez du vôtre.

Je ponctue ma phrase d'un petit rire sans joie. Évidemment, ce ne fut pas si simple et masquer mon incompétence et mon manque de connaissance fut un vrai chemin du combattant, mais j'ai de la ressource et de la suite dans les idées quand je veux.

— C'est pour ça que tu tenais tant à ce poste ? Malgré ce que Richard te disait et comment il te le disait ?

— Oui, parce qu'après toutes ces merdes, c'était la première chose que je choisissais vraiment.

Je pose la bouteille à mes pieds, par terre, puis attrape son visage entre mes mains qui ne tremblent plus.

— Et toi, t'es le premier que je choisis vraiment. T'es le premier homme que je choisis d'aimer.

Je laisse planer un silence, caresse sa peau du bout des doigts avec le plus de délicatesse possible. Une larme roule sur ma joue, la peur me comprime les entrailles.

— Et ça me terrifie, Thomas.

24

Ses mots restent suspendus entre nous, lourds et chargés de quelque chose qui ne ressemble à rien de ce que j'ai connu jusque-là, quelque chose de brut, de trop vrai pour être esquivé et, pendant une fraction de seconde, je reste immobile, incapable de détourner le regard, comme si le simple fait de bouger risquait de briser cet équilibre fragile qui vient de s'installer entre nous, cet instant où tout bascule sans prévenir.

Elle n'a pas peur de moi, elle a peur de ce que ça implique.

De ce que ça signifie de choisir quelqu'un après tout ce qu'elle a traversé, de ce que ça ouvre, de ce que ça rend possible — par conséquent dangereux — et cette idée s'ancre en moi avec une précision presque violente, parce que je comprends. Peut-être pas tout, peut-être pas comme elle, mais suffisamment pour savoir que ce qu'elle vient de me donner n'a rien d'anodin, de léger ou de récupérable si je me plante. À en juger par son état, sa manière d'enchaîner les gorgées, ses tremblements et le joint qu'elle a fait brûler contre ses lèvres : c'est la première fois qu'elle en parle à haute voix. Depuis toujours ou depuis une éternité en tout cas. Qui d'autre sait ?

Je laisse le silence exister juste le temps qu'il faut et mes doigts se resserrent légèrement contre sa peau, comme si j'avais besoin de ce contact pour rester là, pour ne pas me laisser emporter par ce qui remonte déjà, cette tension sourde qui me traverse depuis qu'elle a commencé à parler et qui refuse maintenant de redescendre.

— Tu crois que moi, ça me fait pas flipper ? finis-je par demander.

Ma voix est plus basse, mais elle ne tremble pas, elle s'implante dans l'espace entre nous avec une stabilité que je ne ressens pas vraiment. Je décide malgré tout de tenir et de rester droit dans ce moment qui m'échappe un peu trop.

Je ne la lâche pas des yeux une seconde.

— J'ai jamais fait ça, ajouté-je.

Les mots sortent sans détour, sans que je cherche à les habiller ou à les rendre plus acceptables, parce que ce n'est pas le moment de tricher, pas après ce qu'elle vient de me balancer à la gueule.

— J'ai jamais laissé quelqu'un entrer comme ça.

Un souffle m'échappe, bref, presque sec, et je passe ma langue sur mes lèvres sans vraiment m'en rendre compte, une manière de rattraper ce que mon esprit ne contrôle plus vraiment.

— Et pourtant je suis là.

Mes doigts remontent lentement le long de son bras, glissent jusqu'à sa nuque où ils s'ancrent, plus fermes, plus présents, sans la forcer, mais sans lui laisser la possibilité de se dérober non plus.

— Et toi aussi.

Je me rapproche encore, réduis l'espace entre nous jusqu'à ce qu'il devienne presque inexistant, jusqu'à sentir sa respiration se mêler à la mienne, jusqu'à ce que ce moment n'appartienne plus qu'à nous, à ce que nous sommes en train de créer sans vraiment savoir où ça va nous mener.

— Alors ouais... ça fait peur.

Je marque une pause, courte, mais suffisante pour qu'elle comprenne que je ne minimise rien, que je ne cherche pas à balayer ce qu'elle ressent sous un putain de tapis pour faire comme si tout était simple et cohérent.

— Mais c'est pas une raison pour reculer.

Mon regard s'ancre dans le sien, plus dur, plus assuré, parce que maintenant, il n'est plus question de flou ou d'hésitation.

— C'est une raison pour arrêter de fuir.

Le silence qui suit est différent, il me donne l'impression que quelque chose vient de se fixer définitivement entre nous, quelque chose qui ne peut plus être ignoré ou mis de côté, et ma main reste là, contre sa nuque, immobile, mais prête. Prête à la retenir si elle bascule, prête à la suivre si elle avance, prête à ne plus la laisser affronter ça seule. Prête à tout pour elle. Avec elle.

Cette certitude m'étreint avec une énergie folle, elle alimente chaque parcelle de mon être avec une précision dont j'ignorais l'existence et, pour la première fois de ma vie, je suis convaincu de vouloir avancer avec une autre personne.

Elle ne parle pas tout de suite et, dans cet espace suspendu qui s'étire entre nous, je la vois encaisser. Pas seulement mes mots, mais ce qu'ils impliquent, ce qu'ils déplacent, ce qu'ils menacent aussi, parce que je la sens vaciller sans bouger, comme si quelque chose en elle hésitait entre avancer d'un pas et reculer de deux, comme si cette ligne invisible qu'elle venait de tracer en m'ouvrant une partie d'elle-même devenait soudain trop étroite pour qu'on y tienne à deux sans que ça dérape.

Ses doigts glissent légèrement contre mon poignet, pas pour m'écarter franchement, mais assez pour marquer une limite, une nuance, un rappel silencieux que, malgré tout ce qui vient de se dire, malgré ce que ça change, elle reste elle, et que ça, ça ne disparaîtra pas en une nuit.

— Tu comprends pas, murmure-t-elle finalement, la voix moins assurée.

Je ne bouge pas, je ne relâche pas ma prise non plus.

— Alors, explique-moi.

Je suis ferme, un peu plus que ce que j'imaginais avant d'ouvrir la bouche, mais c'est parce que je refuse de la laisser refermer la porte maintenant qu'elle l'a entrouverte, je refuse qu'elle transforme ce moment en parenthèse qu'on pourra oublier demain matin.

Elle secoue légèrement la tête, un rire sans joie glisse entre ses lèvres, bref, presque amer, et son regard quitte le mien une fraction de seconde avant d'y revenir, comme si elle n'arrivait pas à choisir entre fuir et rester.

— C'est pas… c'est pas juste flippant, Thomas.

Sa main remonte jusqu'à la mienne, pas pour s'y accrocher, mais pour la déplacer lentement de sa nuque à ses cuisses sur lesquelles elle entrelace nos doigts. On dirait qu'elle a besoin de reprendre un peu d'espace pour mieux respirer, mais elle ne réalise pas qu'elle me prive d'oxygène en faisant ça.

— C'est dangereux.

Le mot claque plus fort que les autres. Elle expose un fait et la violence de son calme me percute presque autant que ses récits ignobles sur son passé.

— Parce que si je choisis mal…

Elle s'interrompt, avale difficilement, et je vois le moment précis où elle hésite à continuer, où elle pourrait tout arrêter là, mais elle ne le fait pas.

— … je me relève pas, cette fois.

Je serre les dents, brièvement, et quelque chose se durcit encore en moi, pas contre elle, jamais contre elle, mais contre tout ce que ça implique, contre ce passé qui continue de s'accrocher à son cœur comme une putain d'ombre qu'elle n'arrive pas à semer.

— Tu ne m'as pas choisi par facilité, tu m'as choisi parce que je suis celui qu'il te faut. Tu ne tomberas pas. Pas cette fois.

Les mots sortent avant même que je les pèse vraiment et je vois immédiatement à son expression que ça la percute, pas forcément comme je l'aurais voulu, mais comme je suis capable de le faire.

— C'est facile à dire, lâche-t-elle, un peu plus sèchement cette fois. Ni toi ni moi ne pouvons le deviner à l'avance. Quand ça tourne mal, personne ne voit venir la merde...

— Non. Tu te trompes.

Je secoue la tête, réduis de nouveau l'espace qu'elle a essayé de recréer en faisant glisser mes mains derrière ses reins et en me faufilant entre ses cuisses que j'écarte doucement.

— J'dis pas que ça sera facile et parfait, qu'on pourra prétendre au trophée du couple de l'année. Mais je te promets que je t'aimerai et que je te protégerai. Je ne laisserai plus personne te faire le moindre mal. C'est tout ce qui compte, non ?

Je plonge mon regard dans le sien, sans détour, sans échappatoire.

— Moi, je suis pas parfait. Je connais rien à l'amour ou à la vie de couple, je laisse traîner mes fringues partout, je nettoie pas mes poils dans le lavabo et je vide pas les cendriers.

Un léger rire lui échappe, un sourire se dessine sur mon visage.

— Je vais sûrement me planter, dire des trucs de merde, réagir comme un con ou gueuler pour rien.

Je rabats une mèche de cheveux derrière son oreille, encadre son visage de mes mains et pose mon front contre le sien. Nos souffles aux relents d'alcool et d'herbe se mêlent, une promesse se scelle.

— Mais je te promets que je ne vais pas te détruire. Jamais.

Je reste là, front contre le sien, immobile en apparence, alors qu'à l'intérieur, tout continue de bouger, de se resserrer, de s'ancrer plus profondément que je ne l'aurais cru possible en si peu de temps. Elle ne me repousse pas, mais elle ne se rapproche pas non plus, à mon grand désespoir.

Elle reste suspendue, coincée quelque part entre ce qu'elle ressent et ce qu'elle redoute, et je sens ce tiraillement dans la manière dont son corps se crispe contre le mien, dans la façon dont sa respiration se bloque dans ses poumons, comme si son corps hésitait encore à suivre là où son cœur vient de s'engager.

— Tu peux pas promettre ça…

Sa voix est plus faible, presque voilée, mais elle n'est pas brisée, jamais complètement brisée, et c'est précisément ça qui me fait relever légèrement la tête, juste assez pour capter son regard, pour l'empêcher de se planquer derrière ses propres peurs.

— Si.

Le mot tombe sans hésitation ni réflexion. Je glisse mes pouces le long de ses joues, efface la trace humide laissée par sa larme, lentement, sans la brusquer, mais avec une fermeté qui ne laisse aucune place au doute.

— Je peux, parce que ce n'est pas une promesse que je fais pour te rassurer. C'est une décision que je prends et que j'acte sans difficulté.

Elle ne le comprend pas encore complètement, je le vois dans ses yeux, dans cette tension qui persiste, dans cette méfiance qui refuse de lâcher prise, même maintenant, même avec moi.

— Tu dis ça maintenant… souffle-t-elle, le regard accroché au mien, mais quand le moment viendra, qui me dit que tu ne me trahiras pas ?

— Tu veux l'acter noir sur blanc ? Signer un contrat ? Aller sur un terrain que tu maîtrises ? Je suis prêt à tout pour te le prouver.

Je recule légèrement, m'aplatir devant une femme ne m'a jamais fait rêver, mais, pour elle, je serais capable de me métamorphoser en carpette. Cependant, j'ai encore un brin de fierté et même si je comprends ses peurs — légitimes — je ne suis pas certain de pouvoir encaisser autant de rejets. En sont-ce vraiment ? Ou tente-t-elle simplement de trouver un moyen de me repousser pour ne pas souffrir plus tard ?

— Je voudrais que ça ne s'arrête jamais, admet-elle dans un murmure, plus vulnérable que jamais.

— Y a pas de raison pour que ça s'arrête. On pourrait vivre comme ça pour l'éternité.

Elle me fixe, les lèvres qui tremblent légèrement, les yeux embués de larmes qui ne demandent qu'à couler.

— Tu promets ?

— Je le décide.

Enfin, un sourire revient sur son beau visage et chasse la peine dans son regard.

Ce sourire... il fait presque plus de dégâts que tout le reste. Pas parce qu'il est heureux, mais parce qu'il est fragile. Il arrive après tout ce qu'elle vient de lâcher, après tout ce qu'elle a tenu enfermé pendant des années. Je comprends avec une clarté presque brutale que ce moment-là, il tient à rien, à un mot de travers, à une réaction mal dosée, à un faux pas qui pourrait suffire à la faire replonger dans ses vieux réflexes, dans ses putains de mécanismes de survie qui consistent à tout verrouiller avant que ça ne puisse casser.

Et moi, je me retrouve là, au milieu de tout ça, sans mode d'emploi ni recul nécessaire à ma propre survie, mais avec cette volonté aussi inébranlable que déraisonnable de ne pas la laisser retomber. Jamais.

Mes doigts glissent lentement de ses joues à sa nuque, puis à son dos, où ils s'ancrent plus franchement, comme si j'avais besoin de sentir sa présence de manière plus tangible, plus réelle, moins fragile que ce qu'elle laisse paraître, et je la rapproche de moi sans brusquerie, mais sans lui demander son avis non plus.

Aujourd'hui, demain, dans six mois ou dans dix ans, je ne peux pas affirmer que tout se passera comme sur des roulettes et qu'on ne se déchirera pas. Je me connais, je la connais, nos caractères finiront par s'entrechoquer et nos disputes ébranleront bien des choses. Beaucoup de choses, mais pas cette décision de toujours l'aimer.

Je réduis les derniers millimètres qui nous séparent, capte sa bouche avec la mienne sans précipitation, sans brutalité, mais sans retenue non plus, comme si tout ce qu'on venait de se dire devait passer par ce contact, par cette manière de la prendre sans la briser, de la retenir sans l'enfermer, de lui montrer sans lui promettre davantage que ce que je suis réellement capable de lui donner.

Et putain… Ça n'a rien d'un simple baiser. C'est un point d'ancrage, une décision, le début d'un truc qui pourrait bien nous dépasser un jour.

Car désormais, si elle tombe, je m'effondre avec elle.

25

Nell Hart

Les flashs éclatent avant même que nous ne mettions un pied hors de la voiture, une lumière blanche et violente qui traverse les vitres teintées pour venir s'écraser contre ma rétine comme une agression parfaitement calibrée, et, pendant une fraction de seconde, je reste immobile, le regard fixé droit devant moi, les doigts posés sur le tissu lisse de ma robe, une façon de m'arrimer à quelque chose de tangible avant de me jeter dans le chaos.

Le contraste entre la Nell qui assistait aux événements de ce genre avec Ashwound et celle qui se tient collée contre l'artiste me frappe de plein fouet.

Sous mes doigts, il n'y a rien de fonctionnel ou pratique. Pas de tailleur discret, de jean et de veste élégante, juste une matière fluide, sombre, presque liquide, qui épouse mes courbes avec une précision indécente. Une robe noire aux fines bretelles qui glissent sur mes épaules et laissent ma peau nue exposée à chaque regard, à chaque objectif, à chaque jugement, fendue haut sur la cuisse comme une provocation silencieuse que je n'aurais jamais osé porter il y a encore quelques mois.

Avant, j'aurais choisi quelque chose de maîtrisé pour rester dans l'ombre, quelque chose d'assez discret pour qu'on ne remarque ma présence qu'en cas de besoin.

Aujourd'hui, je choisis quelque chose qui me met en danger et m'illumine presque autant que la star que j'accompagne.

Ma main glisse instinctivement vers la poignée, mais une autre vient se poser sur la mienne, aussi chaude que ferme, et je tourne légèrement la tête pour croiser son regard. Je prends une seconde pour détailler une nouvelle fois ce qu'il impose au monde sans même avoir encore mis le pied dehors.

Il est... impossible à ignorer, inoubliable, parfait.

Le cuir noir de sa veste capte la lumière par des éclats discrets, agressif sans être excessif, ouvert sur un haut lacéré qui laisse entrevoir sa peau, les chaînes qui s'entrelacent sur son torse comme une extension naturelle de lui. À croire que le chaos fait partie intégrante de son esthétique, et son cou, marqué par ce tatouage sombre, attire l'œil avec une intensité presque indécente, renforcée par ces lunettes teintées derrière lesquelles on devine à peine son regard, mais dont je connais chaque nuance.

— Laisse-moi sortir en premier.

Sa voix est basse, posée, presque couverte par le tumulte qui filtre à travers les vitres de la voiture, mais elle suffit à suspendre mon geste. Avant, j'aurais secoué la tête, j'aurais repris le contrôle et le masque de manager parfaite. Aujourd'hui, j'accepte sa galanterie, j'accepte de le laisser mener la danse à sa guise.

La portière s'ouvre de son côté et l'air extérieur s'engouffre dans l'habitacle avec la violence d'une vague, chargé de cris, de lumière, d'attente, et il s'extirpe de l'habitacle, happé instantanément par les flashs qui crépitent sans relâche, par cette foule qui ne demande qu'à l'absorber. Pendant un instant, je le regarde de l'intérieur, encore protégée par cette bulle fragile, observant la manière dont il s'inscrit dans cet espace comme s'il en avait toujours été le centre.

Puis il se tourne immédiatement vers moi et me tend la main.

Ce geste, simple en apparence, mais qui, ici, sous ces regards, sous cette pression, devient une putain de déclaration.

Sans hésiter un instant, je la prends. Mes doigts se glissent dans les siens et tout explose dès que je mets le pied dehors.

Les flashs redoublent, les cris montent, les appels se multiplient, et je sens les regards converger vers nous avec une intensité presque physique. Ils glissent sur ma robe, sur la fente qui dévoile ma jambe à chaque pas, sur sa main ancrée à ma taille, sur cette proximité qui ne laisse aucune place au doute.

Tout ça n'a rien d'une stratégie, tout est réel et si profond que personne ici ne pourrait jamais deviner à quel point nous sommes liés.

Je sors de la voiture, portée par lui plus que par mes propres appuis, et le sol semble presque irréel sous mes talons, comme si tout était trop rapide et bruyant pour être totalement assimilé. Mais je ne vacille pas, pas vraiment, parce que sa présence me maintient, parce que sa main ne me lâche pas, parce que, pour une fois, je me sens totalement en phase avec l'homme près de moi.

— Ash ! Par ici !

— Nell ! Regardez ici !

— Une photo ensemble !

Les photographes hurlent à s'en décrocher les poumons, une seconde de notre attention et ils captent l'instant, la photo parfaite à transmettre à tous ceux qui se battront pour l'obtenir. Cette remise de prix, aujourd'hui, c'est notre première apparition officielle, hors balade dans la rue et sortie en amoureux improvisée captées par des paparazzis courageux. Ouais, depuis l'épisode du parking, le mot s'est répandu (sans toutefois éclabousser l'image nouvellement irréprochable d'Ashwound) et personne n'ose trop nous faire chier.

Je pivote légèrement, ancien réflexe professionnel qui ne me quitte pas, ajuste mon port de tête, laisse mes épaules se redresser, mon regard se fixer, et pourtant... quelque chose a changé.

Je ne cherche plus à contrôler l'image, je la vis vraiment.

La main de Thomas se resserre légèrement sur ma taille, me rapproche de lui, et je sens cette tension différente, presque possessive sans jamais être étouffante, une façon évidente de me revendiquer aux yeux de tous.

— Plutôt sage ou... tu me laisses m'amuser un peu ? murmure-t-il à mon oreille, son souffle chaud glissant le long de ma peau nue.

Un frisson me traverse, incontrôlable, violent et si excitant. Je tourne la tête vers lui, les flashs redoublent d'intensité, mon regard accroché au sien malgré les lunettes qui le masquent.

— Surprends-moi, chuchoté-je contre ses lèvres avant de m'en saisir chastement.

Je viens de lui donner volontairement le contrôle de notre image, tout ce que je n'aurais jamais fait avant. Avant lui, je n'aurais même pas envisagé une telle proximité avec quiconque.

Il esquisse un sourire provocateur et plaque sa main sur ma fesse, qu'il presse en fixant de nouveau les photographes. D'instinct, je remonte ma main sur le côté de son visage, marquant à mon tour ma propriété d'une façon bien à moi.

Nous avançons ensuite jusqu'à la zone des interviews, là où les voix deviennent plus précises, plus insistantes, où les micros se tendent comme des armes déguisées, et je sens cette tension familière revenir, pas aussi écrasante qu'avant, mais suffisamment présente pour me rappeler que, ici, tout peut basculer en une phrase.

Une journaliste s'avance, parfaitement calibrée, sourire professionnel, regard affûté. Et poitrine comprimée dans un haut qui ne laisse aucune place à l'imagination.

— Ashwound, un mot sur ces trois nominations ? Êtes-vous confiant quant à votre victoire ?

— Je suis très reconnaissant d'être là, mes fans m'ont porté jusqu'ici et je crois que c'est ça la véritable victoire.

Elle ricane comme une débile, puis me lance un regard en coin, avant de reprendre son micro.

— Pouvez-vous nous parler de votre cavalière pour la soirée ?

Thomas humecte ses lèvres, puis resserre sa prise pour me plaquer davantage contre lui. Son geste me surprend à peine, mais la manière dont il le fait… ça, en revanche, ça me percute de plein fouet. Il n'y a aucun flottement, pas d'hésitation non plus. Il ne cherche pas ses mots, il ne les choisit même pas vraiment, il les assume avant qu'ils n'existent, et je le sens dans la tension de sa main sur ma taille, dans la façon dont il m'ancre contre lui comme si la réponse passait d'abord par son corps avant de franchir ses lèvres.

— Vous voulez dire ma fiancée.

Le mot tombe. Aussi simple que brut et surtout définitif.

Pendant une fraction de seconde, le monde autour de nous se déforme, le bruit, l'agitation et la lumière deviennent secondaires face à ce qu'il vient de lâcher avec une facilité presque indécente. Je n'ai jamais entendu parler de mariage ou de fiançailles ni demande ni projets abordés sur l'oreiller, seulement une décision de rester liés pour l'éternité. J'imagine que ça veut dire la même chose.

Je ne bouge pas, mon corps reste parfaitement immobile, entraîné par des années d'habitude autant que par cette capacité à encaisser sans jamais laisser paraître ce qui se fissure à l'intérieur. Mais à l'intérieur… tout explose. Et pas en négatif pour une fois.

Ma fiancée.

Les flashs deviennent frénétiques, d'autres voix montent soudain, les journalistes se redressent comme des vautours flairant le scoop, et je sens les regards changer, se durcir, s'aiguiser, passer de la curiosité à quelque chose de beaucoup plus vorace, de beaucoup plus intéressé. La jeune journaliste se fait engloutir par ses confrères, incapable de prononcer le moindre mot supplémentaire.

— Votre fiancée ? Vous confirmez ?

— Depuis quand êtes-vous fiancés ?

— Comment était la demande ?

Les questions pleuvent, s'entrechoquent, cherchent à s'imposer et pendant tout ce temps, lui... il ne me lâche pas.

Sa main reste ancrée contre moi, solide et possessive, et je tourne enfin légèrement la tête vers lui, juste assez pour capter son profil, pour voir la courbe de ses lèvres, ce sourire à peine esquissé, dangereux, assuré.

Putain. Il sait exactement ce qu'il fait. Pour une fois, il anticipe le narratif tel que j'aurais pu le faire si les circonstances avaient été différentes.

Une chaleur étrange se diffuse dans ma poitrine, incontrôlable, un mélange de vertige et d'adrénaline, de peur et d'excitation, parce que je devrais m'opposer à cette étiquette qu'il colle sur nous, rediriger l'attention vers son travail plutôt que sur notre couple. Mais je ne le fais pas, je me contente de sourire outrageusement.

— La demande impliquait beaucoup de sexe, chose qui ne vous regarde en rien, réplique-t-il, à fond dans son rôle.

L'un des managers américains, telle une ombre furtive sur nos fesses depuis son arrivée à Londres, nous interpelle discrètement et le semblant d'interview tapis rouge prend fin.

— Merci pour vos questions, on se voit après la cérémonie pour les résultats ! s'exclame Thomas avant de m'entraîner à sa suite vers l'entrée du bâtiment.

À peine avons-nous quitté la ligne des interviews que le bruit se transforme, sans vraiment disparaître, comme s'il s'éloignait sans jamais nous quitter complètement, un grondement diffus qui continue de vibrer dans ma cage thoracique tandis que nous avançons à l'intérieur du bâtiment, happés par une lumière plus douce, plus maîtrisée, mais tout aussi écrasante. Je prends conscience, avec un léger temps de retard, que rien ne vient de se passer comme je l'avais anticipé mentalement. Et je m'en fiche totalement.

Sa main ne me lâche toujours pas. Au contraire, elle glisse de ma taille vers le creux de mes reins avec une assurance presque insolente, me guidant à travers les silhouettes élégantes, les regards insistants et les murmures à peine contenus qui naissent dans notre sillage.

— Fiancée, vraiment ? soufflé-je finalement, sans quitter ce sourire qui reste accroché à mes lèvres comme une seconde peau.

Il ne ralentit pas, ne me regarde pas immédiatement, mais je sens la tension subtile qui traverse sa posture, ce léger relâchement dans sa mâchoire, ce presque sourire qui ne demande qu'à exister.

— Ça te pose un problème ?

La question est simple. La réponse, elle, ne l'est pas.

Parce que tout, dans ce que j'ai construit, dans ce que je suis devenue, devrait me pousser à reprendre le contrôle, à corriger, à reformuler, à transformer cette déclaration en quelque chose de plus maîtrisé, de plus exploitable, de moins... formel.

Et pourtant... Je repense à la manière dont il l'a dit, à la façon dont il m'a tenue, à cette évidence brutale qui s'est imposée sans me laisser le temps de réfléchir, et je sens quelque chose en moi céder, pas dans le mauvais sens, mais dans une forme d'acceptation que je n'aurais jamais cru possible.

Je secoue légèrement la tête.

— Non.

Un silence s'installe, bref, mais dense, et cette fois, il tourne légèrement la tête vers moi, assez pour que je capte la ligne de son profil, pour que je devine ce regard que ses lunettes continuent de dissimuler au reste du monde.

— Parfait.

Comme si ça suffisait.

Comme si c'était acté.

Comme si... il n'y avait rien à ajouter.

Nous ralentissons à l'approche d'un groupe qui se distingue immédiatement du reste de l'assemblée, non pas par le bruit ou l'exubérance, mais par leur immobilité. Ils attendent face au photographe « *officiel* » de la cérémonie, ce type à la chevelure un peu folle qui adore faire des vidéos caractéristiques de son travail. Et face à son objectif, un homme qui me fait craindre le pire.

Raven Knox.

Crâne décoloré en blond polaire, piercings à outrance et visage androgyne, il se distingue pourtant aujourd'hui par sa veste dorée aux épaules pointues qui reflète toutes les lumières et les flashs.

La réaction de Thomas ne se fait pas attendre, il se crispe tout de suite et soupire bruyamment. Je glisse ma main dans la sienne et me rapproche de lui, mon autre paume posée sur son torse.

— Reste calme, tout va bien, murmuré-je au creux de son oreille.

— Ouais, tu parles ! grince-t-il. Regarde-le se pavaner ce connard !

D'autres célébrités attendent sur le tapis rouge, entourées par leur équipe, et je tente de rester discrète, mais je ne peux retenir la question qui brûle mes lèvres.

— Que s'est-il vraiment passé entre vous ?

— C'est un enfoiré. Il s'est servi de moi pour des paroles de chansons et après il en a tiré tout le profit.

J'ouvre de grands yeux, choquée. Ce n'est pas du tout la version « *officielle* », celle servie par la presse, le label et autres conneries.

— C'est ce qui a déclenché votre brouille ?

— Ouais, quand j'ai compris qu'il avait construit un album entier avec mes paroles sans jamais me citer, j'ai pété un câble.

— Mais… pourquoi t'as pas contredit la version officielle ? Pourquoi tu ne l'as pas dit ?

Il hausse les épaules, puis plante son regard dans le mien, à travers ses verres sombres.

— Je m'en fous de ce qui se dit sur cette embrouille. Les théories me font marrer et ça m'amuse de voir tout le monde flipper à l'idée que je dérape et lui pète la gueule de nouveau.

Il approche son visage du mien et m'embrasse, ses mains encadrant maintenant mes joues.

— Les gars des US veulent qu'on se rabiboche, ils disent que maintenant qu'on fait officiellement partie de la même branche du label, ça serait bien pour l'image.

— Sérieux ? Quand t'ont-ils dit ça ?

— Tout à l'heure, quand t'enfilais ta robe. Ils savaient qu'on serait là tous les deux et ils ont prévu de médiatiser nos retrouvailles.

— Et tu as accepté ?

— D'après toi ?

À l'instant où il termine sa phrase, le groupe se déplace et une voix perce le tumulte ambiant.

— Ashwound, mon pote ! s'exclame Raven en s'approchant.

Évidemment, téléphones, caméras et regards sont braqués sur nous. Le timing est tellement parfait que ça en devient suspect, presque grotesque dans sa précision et je comprends que ce qui a été proposé à Thomas l'a été à Raven.

Je le sens très tendu contre moi, pas de façon spectaculaire, mais assez pour que je comprenne qu'il prend énormément sur lui. La logique voudrait qu'il accède à la requête des Américains, qu'il enterre la hache de guerre et serve leur narratif. Mon ancienne logique me pousserait à le lui faire accepter.

Mais la nouvelle moi refuse catégoriquement.

Alors je fais la seule chose qui me traverse l'esprit en dépit des convenances et de tout ce que j'ai appris de ce milieu, je lui tire la main et l'entraîne à ma suite précipitamment pour rejoindre l'intérieur de la salle sans passer par la case réconciliation.

Raven Knox se trouve surpris, il entrouvre la bouche, puis regarde partout autour de lui comme submergé par la honte. C'est la seule chose que je parviens à voir avant de nous engouffrer dans la salle, le cœur battant à tout rompre.

Nous sommes accueillis par des hôtesses aux looks soignés et aux sourires taillés sur mesure, perchées sur des talons aiguilles de 15 centimètres, au moins.

— Laissez-moi vous accompagner à votre place, s'exprime la première, une blonde au regard clair.

Nous la suivons d'un pas plus calme et serein, mais mon cœur ne cesse sa course folle dans ma poitrine, me laissant le souffle court. La salle est grandiose, sièges en velours rouge, lumières dorées et scène exubérante, tout est pensé pour éblouir dès les premiers instants. J'ai souvent mis les pieds dans des salles comme celles-ci, mais c'est la première fois que je m'installe de ce côté-là, avec l'artiste. Nos places sont généralement ailleurs, en coulisse ou dans un coin de la salle où on ne nous verra pas.

Une fois assis, au milieu de sièges pour la plupart vides, Thomas retire ses lunettes et se tourne vers moi avec un air perplexe sur le visage.

— Pourquoi t'as fait ça ?

Sa voix est basse, contenue, mais elle porte quelque chose de plus profond, une incompréhension mêlée à cette lucidité brutale qu'il possède. Je soutiens son regard sans détour, sans esquive, parce que pour une fois, je n'ai rien à calculer, rien à maquiller, rien à transformer en stratégie acceptable.

— Parce qu'il est hors de question qu'on te force à copiner avec un mec qui t'a trahi juste pour dorer ton image.

Les mots sortent net, sans la moindre hésitation et, pendant une fraction de seconde, je vois quelque chose changer dans ses yeux, quelque chose de presque imperceptible pour n'importe qui d'autre, mais que moi je capte avec une précision déconcertante.

Comprend-il ce que je réalise à propos de moi-même ? Se rend-il compte du changement opéré en moi depuis que nous sommes ensemble ?

Quelques mois plus tôt, je ne me serais pas souciée de ses états d'âme ou de ses émotions, je lui aurais ordonné de faire ce qu'il fallait pour l'image. L'image… mais que vaut-elle quand ce que l'on abandonne nous métamorphose ou nous brise ? Et moi, dans tout ça ? Que valais-je alors ? Rien de plus qu'un Richard ou une Lara.

J'en ai voulu à Hale, du plus profond de moi-même, pour ce qu'il me faisait endurer et pour ses mots à l'égard de Thomas, mais je réalise ces derniers temps que je ne suis pas bien mieux. Que je *n'étais* pas bien mieux. Ma préoccupation principale était de conserver mon poste, j'étais prête à tout pour le faire, y compris sauver la vie d'un gars juste pour ne pas me faire virer. Sa mort ne m'aurait touchée uniquement si elle avait eu un impact négatif sur ma propre vie. Qu'est-ce que ça dit de moi, hein ?

— Je t'aime, Eleanor Hart.

La déclaration aussi inattendue que brutale me ramène sur terre violemment. Je bats des cils, esquisse un sourire et approche mon visage du sien.

— Je t'aime aussi, Thomas Reid.

— Bon sang, on peut savoir ce qui t'a pris ?! s'exclame soudain une voix bien trop proche de nous pour que ça soit innocent.

Nous relevons la tête vers Mike, le manager principal du groupe dédié à la carrière UK et US d'Ash. Il n'a vraiment pas l'air content.

— Je croyais qu'on s'était mis d'accord pour une réconciliation publique ! Les influenceurs et journalistes présents dans la salle se tenaient prêts et tout ce qu'ils ont c'est une humiliation publique de Raven Knox !

Thomas se pince les lèvres pour ne pas rire et je reconnais que, moi aussi, je dois me contenir.

— Je l'ai pas senti, Mike. C'était pas le bon moment, tente de justifier Thomas avec nonchalance.

— Ce n'est pas à toi de décider de ce genre de choses ! On a un accord, tu dois t'en tenir au narratif si tu veux que ça marche aux États-Unis.

Cette fois, je ne me retiens pas et pars d'un rire sonore. Je me redresse sur mon siège, avec une fausse assurance qui date de l'époque où je devais feindre en posséder une once.

— Votre narratif où vous protégez un voleur pour l'oseille ? questionné-je, l'air faussement innocent.

— Je te demande pardon ? Tu ne fais plus partie de l'équipe que je sache, je te conseille de rester à ta place.

Là, c'est carrément Thomas qui se lève, les poings serrés le long du corps.

— Je te conseille de surveiller tes prochaines paroles si tu ne tiens pas à te prendre mon poing dans la gueule.

Surpris, Mike fait un pas en arrière, comme si les mots l'avaient déjà frappé.

— Pas besoin d'en arriver là, se défend-il mollement.

— Je vais t'expliquer un truc simple. J'accepte certaines de vos conditions uniquement pour pouvoir continuer à chanter. Tu refais une autre réflexion à la con à Nell et je te promets que tu perdras bien plus que ton job quand je lâcherai Sterling pour trouver un meilleur label.

Ses mots sont simples, mais aussi acérés que des lames de rasoir. Mike s'y est frotté, le voilà bien piqué.

Un silence lourd s'abat immédiatement après sa menace, un silence qui n'a rien de vide, au contraire, il est chargé de tout ce qui pourrait déraper si quelqu'un faisait un pas de trop et, pendant une fraction de seconde, j'ai presque l'impression que toute la salle s'est figée autour de nous.

Le manager déglutit, ses yeux passent de Thomas à moi, puis de moi à Thomas, cherchant visiblement un point d'accroche, une sortie acceptable, quelque chose qui lui permettrait de reprendre le dessus sans perdre complètement la face, mais il n'y a rien. Et je suis certaine qu'il en a pleinement conscience.

— Très bien… souffle-t-il finalement, en ajustant nerveusement le bas de sa veste, on en reparlera plus tard.

Il recule encore d'un pas, puis de deux, avant de disparaître dans le flux des invités qui commencent à remplir la salle, avalé par ce monde qu'il pensait contrôler et qui, pour une fois, vient de lui échapper.

Je reste immobile quelques secondes, les yeux fixés sur l'endroit où il se tenait encore, le cœur qui cogne un peu trop fort contre ma poitrine, pas à cause de la peur, pas vraiment, mais à cause de ce mélange étrange d'adrénaline et de… fierté.

Il me l'a promis, il le fait : il ne laisse plus personne me faire de mal.

Bon, OK, ce n'est pas ce petit con qui allait m'en faire avec ses réflexions à la con, mais ce n'est pas la question. La question, c'est qu'il n'a pas hésité à se mettre lui-même en danger et je suis désormais plus que convaincue qu'il serait prêt à tout abandonner pour continuer à me protéger. De toutes les manières possibles.

Et moi ? Je serais tout à fait capable d'en faire autant. Peut-être même pire. Alors, oui, s'il faut porter ce mot, l'assumer et le défendre avec tout ce qu'il implique, je suis prête. Ça ne me fait pas peur.

Après tout, fiancée, ce n'est rien de plus que ce que nous nous sommes promis ? L'éternité à ses côtés, petite amie, fiancée ou femme, tout m'ira tant que je reste avec lui. Et si ça doit me coûter quelque chose, alors qu'il en soit ainsi.

26

Le bruit est assourdissant. Pas seulement les applaudissements, pas seulement les cris, pas seulement la musique qui vibre encore dans les enceintes avec une intensité presque irréelle, non. C'est autre chose. Quelque chose de plus compact, comme si toute cette salle était en train de se refermer sur moi sans jamais m'étouffer, comme si chaque regard, chaque voix, chaque putain de flash venait se planter directement sous ma peau.

Habituellement, ce bruit me rassure et me permet de me sentir vivant, connecté à cette unité. Mais là, je suis juste tétanisé. Peu certain de ce que je dois faire, de comment procéder ensuite.

Je reste assis une seconde de trop.

J'entends, mon nom. Je l'ai entendu des centaines de fois, hurlé par des foules, scandé dans des salles pleines à craquer, répété à l'infini sur les réseaux, mais là… ça n'a rien à voir.

— Et le gagnant est… Ashwound !

Au début, ça me percute sans vraiment m'atteindre. Je tourne légèrement la tête vers Nell, pour vérifier que je n'ai pas halluciné, que je ne suis pas en train de me faire un film dans un coin de ma tête, et son regard me cueille de plein fouet. Je n'y lis aucune surprise, aucune inquiétude, juste une profonde fierté d'une honnêteté déstabilisante.

Putain.

Je me lève, mes jambes répondent, mais avec ce léger décalage que je ne connais pas, cette fraction de seconde où mon corps suit sans que mon cerveau ne soit totalement aligné.

Les applaudissements redoublent quand je monte sur scène. Je capte des visages, des silhouettes, des types que je connais, d'autres que j'ai seulement vus dans des magazines, des artistes que j'écoutais encore il y a quelques années en me disant que je n'aurais jamais ma place ici.

Et pourtant… j'y suis.

Un homme que je crois avoir déjà vu à la télé me tend le trophée et la seule chose que je parviens à penser c'est qu'il est plus lourd que ce que j'imaginais. Mes doigts se referment autour sans trembler, mais à l'intérieur… c'est un putain de chaos.

— Merci.

Ma voix passe, stable, presque trop pour ce que je suis en train de vivre. On m'invite à me placer devant le pupitre et ce micro destiné à capter chacun de mes mots, sauf que j'ignore dans quel ordre les prononcer. J'inspire, relève les yeux et cherche Nell, que je trouve sans mal.

Son regard rivé sur moi me donne la force nécessaire.

— Wouaw. Merci.

Sobre, efficace. Je pourrais presque en rester là.

Mais non, je ne suis pas ce genre de mec.

— Putain de merde. C'est dingue ce qui se passe ! Je vais pas faire semblant d'être surpris, hein !

Un rire traverse la salle, léger et accrocheur. Je baisse les yeux vers le trophée, puis les replonge dans ceux de Nell.

— C'est pourtant si irréel. Y a quelques années, très peu à vrai dire, je grattais des bouts de papier et je chantais seul dans ma chambre, pour le papier peint et les peluches d'enfant. Qui aurait cru que j'en arriverais là, trois ans plus tard ?

La question est rhétorique, la réponse est sous mes yeux, dans mon cœur.

— Vous, évidemment. Ceux qui écoutent, ceux qui me suivent malgré mes péripéties, ceux qui gueulent mes textes comme si leur vie en dépendait.

Ma mâchoire se contracte légèrement. La coutume veut qu'un artiste remercie sa maison de disques, son producteur, toutes ses personnes qui ont misé sur lui. Mais je ne le ferai pas. Ils ont misé sur mon potentiel, elle, elle a misé sur moi. Moi, Thomas, pas moi, Ashwound.

— Et merci à celle qui m'a empêché de tout envoyer valser quand ça devenait trop simple de tout foutre en l'air.

Toute la salle comprend, les caméras pivotent, je le vois sans le voir. Je respire, une fois, profondément.

— Celui-là... il est autant à moi qu'à elle.

Je pourrais en dire plus, mais ce n'est pas le moment. Sans compter que je me fiche bien de remercier quiconque d'autre que mes fans, les seuls à m'avoir propulsé ici.

Je quitte la scène sous une nouvelle salve d'applaudissements, le cœur qui cogne un peu trop fort, le trophée toujours en main, et quand je reviens à ma place, elle se lève.

Ses bras passent autour de mon cou sans hésitation, je la serre contre moi avec toute la force qu'il me reste dans les muscles, peut-être un peu trop fort, puis nous nous asseyons et la cérémonie reprend.

— T'avais vraiment pas l'air surpris, souffle-t-elle contre mon oreille.

Un sourire m'échappe, bref.

— J'te l'ai dit, je savais que c'était dans la poche.

Je recule légèrement, plante mon regard dans le sien.

— Mais je reconnais que je n'avais pas prévu que ça me fasse cet effet.

Elle ne répond pas tout de suite, elle me regarde. Pas comme tout à l'heure, pas comme sur le tapis rouge, pas comme quand elle joue avec les codes et les regards pour mieux les manipuler. Là, il n'y a plus rien de calculé, plus rien de maîtrisé. Juste cette façon qu'elle a de me voir entièrement, sans filtre, sans détour.

— Parce que t'en avais besoin, finit-elle par murmurer.

Ses doigts remontent le long de mon bras, s'ancrent dans le pli de mon coude avec cette lenteur presque inconsciente qui me fait l'effet d'un point d'ancrage, quelque chose de réel dans ce bordel beaucoup trop grand et bruyant.

Je fronce légèrement les sourcils.

— Besoin de quoi ?

Elle incline à peine la tête, ses yeux accrochés aux miens avec une intensité calme, presque dérangeante dans ce contexte.

— D'avoir une preuve que t'es pas juste en train de courir après quelque chose qui n'existe pas.

Dire que ça me percute en plein cœur serait un doux euphémisme en comparaison de l'effet que ça me fait de le réaliser. Je ne réponds pas, me contente de porter sa main contre mes lèvres et d'embrasser sa peau dont l'odeur fleurie m'enivre plus que toutes les drogues du monde.

Je reprends la contemplation du show et observe les noms défiler sans jamais lâcher sa paume, si précieuse pour moi. Le temps se dilate ensuite. Je ne sais pas combien de minutes passent exactement, ni combien de noms défilent sur scène, ni combien de fois les applaudissements montent, puis retombent comme des vagues parfaitement orchestrées. Je suis là, physiquement présent, regard tourné vers la scène, mais une partie de moi reste accrochée à cette victoire, à ce trophée qui pèse entre mes mains.

Jusqu'à ce que ça s'enchaîne de nouveau.

— Et pour le prix du meilleur album…

Dans cette attente, ce suspense que la jeune chanteuse de folk installe au creux de son silence, je serre mes doigts autour du trophée en forme de micro. Cette victoire serait si précieuse pour moi qui ai mis tant d'intensité dans chacun de mes textes, dans chaque note, dans chaque riff.

— Ashwound !

Le choc est plus net, plus frontal et me force à fermer brièvement les yeux.

Putain. Putain.

Cette fois, je n'ai pas besoin de vérifier auprès de Nell. Sa main se resserre immédiatement dans la mienne et ça suffit. Je me lève, lègue le premier trophée à Nell, plus assuré, mais pas moins impacté, et je sens cette vague monter à nouveau, différente, plus profonde.

Je rejoins la scène, attrape le second trophée, et me prête au jeu des remerciements de nouveau. Ne perdant jamais l'occasion de me faire un peu remarquer, je remercie les stars du rock, mes inspirations, mes prédécesseurs, ceux enterrés pour la plupart et qui ont bouleversé toute une génération. Je termine par un :

— *Praise be to fuckin' Ozzy Osbourne*[13] !

Je quitte la scène plus vite cette fois, mais pas moins secoué. À peine assis, le temps de sentir sa main glisser contre ma cuisse que ma prochaine catégorie est annoncée : révélation internationale de l'année. On présente mes concurrents, je lâche un souffle et me redresse en pressant ses doigts entre les miens. Deux, c'est déjà phénoménal. Mais trois ? Ce serait un braquage.

Un jeune chanteur français — avec un accent à couper au couteau — déplie l'enveloppe et tremble légèrement quand il annonce :

— Oh putain, c'est énorme ! ASHWOUND !

Troisième trophée. Troisième récompense. Peut-être celle qui en dit le plus sur mon avenir dans la musique.

Mon cœur tambourine, ce n'est rien en comparaison du bourdonnement dans mes oreilles et du léger vertige quand je me lève. Nell se lève aussi, abandonnant mes trophées sur

---

[13] *Gloire à ce putain d'Ozzy Osbourne*. Chanteur de heavy métal décédé en juillet 2025, il était le chanteur du groupe Black Sabbath.

nos sièges. Quand elle m'embrasse à pleine bouche, elle fait glisser un petit comprimé sur ma langue et bon Dieu ! Je pourrais la baiser devant tout le monde tellement ce geste m'excite. Quand elle recule, elle m'adresse un petit clin d'œil et se rassied en reprenant ses applaudissements frénétiques.

Je me dirige de nouveau sur la scène, comme sonné par le choc. En toute sincérité, tout se bouscule ensuite, les mots qui quittent mes lèvres, le tumulte, le tourbillon, le bruit. Les applaudissements, la musique, la fin de la cérémonie. Les photos, la musique, les poignées de main, tout ça s'enchaîne dans un flou appréciable qui me permet, a minima, de survivre à cette avalanche d'hypocrisie déguisée en félicitations.

Aucun d'eux ne m'est important, seul le regard de Nell compte et les quelques mots que nous parvenons à échanger dans le brouhaha.

Devant un immense fond des *MTV Europe Music Awards*, nous prenons la pose avec mes trophées, tous les deux, avec tant d'attractivité que le tapis pourrait prendre feu.

— Heureux, mon amour ? me questionne-t-elle dans le creux de l'oreille.

— Plus que jamais.

Je pivote pour lui faire face, oubliant les photographes et leurs exigences insupportables. Elle est plus belle que jamais, resplendissante dans sa robe en satin noire, ses cheveux relevés et son regard souligné de noir. C'est ce qui me percute d'ailleurs, l'intensité de ses iris verts qui plongent en moi avec une facilité déconcertante, inédite même. Il n'y a qu'elle pour me faire cet effet, qu'elle pour tout connaître de moi sans me le demander. Elle détient les réponses aux questions qu'elle n'a même pas posées.

— C'est là que tu te trompes, me corrige-t-elle gentiment.

Le manager se pointe, plus détendu, et nous propose de retourner à la voiture, interrompant sans le savoir un moment d'une importance capitale pour moi. Une soirée est prévue juste après ce faste de cérémonie où j'entends bien me déchirer la gueule comme n'importe quelle autre rockstar qui se respecte. Avec elle, évidemment.

Nous quittons le tapis, la suite de cette conversation s'évaporant dans l'air et les interpellations des fans dès que nous mettons le pied dehors. Mike et mes gardes du corps nous encadrent, nous font traverser la foule en délire dont les hurlements semblent avoir redoublé d'intensité. Je les salue rapidement, Nell se prête au jeu, puis nous nous jetons dans la voiture qui nous attend déjà.

Là, le silence nous engloutit, apaisant malgré lui le tourbillon qui menaçait de me dévorer. Le silence ne me fait plus peur, car quoi qu'il arrive ce n'est que lorsqu'il se pointe que je peux entendre les battements de son cœur.

— Que voulais-tu dire tout à l'heure ? demandé-je à Nell une fois installés.

— Tu n'es pas au summum de ton bonheur. Pas ce soir.

— Hmm, tu peux développer ?

Elle se rapproche, remonte sa robe et s'installe à califourchon au-dessus de moi, ce qui me fait frissonner de bout en bout.

Ses mains s'accrochent à ma nuque et elle plante son regard dans le mien avec une intensité marquante.

— Notre vie ne fait que commencer. Cette soirée représente un tournant marquant, peut-être bien l'un des plus importants, mais je te promets que de bien plus belles choses nous attendent.

Naturellement, mes mains glissent sur ses cuisses, se faufilent sous sa robe que je remonte jusqu'à pouvoir toucher ses fesses nues.

— Et moi je te promets de toutes les savourer.

Ses lèvres percutent les miennes, nos langues s'entremêlent dans ce ballet délicieux qu'elles maîtrisent et mon corps tout entier est parcouru par une nuée de frissons électrisants. Mon sexe se dresse dans mon froc, trop étroit pour contenir correctement mon érection et notre baiser s'approfondit davantage. Je décale mes doigts, caresse son intimité à travers le string, mais me dirige rapidement en dessous. Ses replis sont déjà humides, elle est déjà si chaude que c'est tout juste si je me brûle la peau.

Haletante, elle murmure contre ma bouche :

— Maintenant, je n'ai plus envie de survivre à ma vie… j'ai envie de la vivre.

Les mots tombent entre nous alors qu'elle descend une main au niveau de ma ceinture qu'elle défait. En un instant, elle a sorti mon sexe de mon boxer, se fichant bien que le chauffeur et Noah et Finn nous voient dans le rétroviseur. D'ailleurs, je m'en balance aussi.

Elle se dresse sur ses genoux, guide mon sexe jusqu'à son entrée humide, ses iris fermement accrochés aux miens.

— Alors, on va la vivre, murmuré-je tandis qu'elle descend lentement le long de ma verge.

Elle rejette la tête en arrière, ferme les paupières et je monte ma main pour enserrer sa gorge. C'est elle qui remue, elle fait ça comme une reine et chaque mouvement est autant un délice qu'un supplice. Je ne rêve que de la balancer à quatre pattes sur le sol et de la prendre sans retenue, me fichant de qui nous entendra ou nous verra. Seulement, j'aime aussi cette façon qu'elle a de prendre la main, de diriger et de contrôler tout ce que je ne lui aurais jamais laissé auparavant. Ni à elle ni à quiconque.

Cette femme est arrivée dans ma vie en faisant s'effondrer toutes mes certitudes, elle a explosé mes croyances et a balancé toutes mes peurs dans un feu qu'elle a elle-même allumé. C'est simple, elle a chamboulé toute mon existence et je l'ai laissée faire.

C'est ça, le plus dingue dans cette histoire. Je lui ai ouvert la porte, je lui ai permis de devenir aussi importante et je l'ai mise en place centrale de ma vie.

Comme elle, je ne faisais que lutter pour ma survie dans un monde bruyant qui n'avait à m'offrir que des scènes où balancer mes souffrances par l'intermédiaire d'un micro. J'ai toujours cru que ça serait ça, ma vie, survivre à chaque journée en la trouvant plus chiante que la veille. Me perdre auprès d'inconnues, trouver du réconfort dans les mots d'autres inconnus qui m'adulent, mais jamais faire face à moi-même par crainte d'y découvrir ce que je fuyais depuis si longtemps.

Alors que Nell se balance au-dessus le long de mon sexe, je réalise qu'il ne me manquait qu'elle pour être « *au complet* ».

C'est ridicule, hein ? Attendre qu'une femme débarque et vous bouscule si fort que vous finissez par en dépendre totalement. Mais au fond, n'est-ce pas ça l'amour ? Deux êtres qui se trouvent et s'accrochent, incapables de fonctionner séparément ?

Je ne crois pas à cette théorie qui dit qu'on doit nécessairement se tirer vers le haut, faire sortir le meilleur de l'autre pour que le couple s'épanouisse. Ce sont des conneries ! La seule vérité, c'est de s'aimer assez pour s'accrocher quitte à sombrer.

Nell et moi n'aurons jamais la petite villa résidentielle, le jardin, la clôture et le chien, sans parler des gosses. Nell et moi aurons des soirées alcoolisées, des matins difficiles, des engueulades bruyantes et du sexe à en revendre. C'est nous, c'est comme ça qu'on fonctionne et je crois qu'il n'y a rien de plus puissant que ça.

Ses mouvements ralentissent, pas parce que le désir s'efface — bien au contraire —, mais parce que quelque chose s'impose entre nous. Nous nous regardons vraiment, en profondeur. Ses traits, sa bouche entrouverte, sa respiration qui se brise légèrement et ses yeux accrochés aux miens avec l'énergie du désespoir.

Pour la première fois, tout se calme. Pas autour de nous, pas dans ce monde qui hurle encore derrière la voiture, pas dans cette vie qui vient littéralement d'exploser sous mes pieds. Non, c'est autre chose.

C'est en moi. Tout ce que je cherchais à fuir, à combler ou à noyer sous des tonnes de diversions vient de trouver son point d'ancrage. Solide et réciproque.

C'est elle. Simplement elle.

Mes doigts se resserrent légèrement autour de sa gorge, pas pour la dominer, mais pour la sentir, m'assurer qu'elle est là, réelle et tangible.

— Regarde-moi, soufflé-je alors qu'elle referme déjà les paupières.

Elle le fait sans hésiter et dans ce regard je ne distingue plus de flou, plus rien d'incertain. Seulement une évidence brute qu'elle ne m'abandonnera pas, qu'elle est bien là et que je le suis aussi.

Ses hanches reprennent un mouvement lent et maîtrisé, langoureux, et je sens chaque centimètre d'elle, chaque vibration, chaque souffle.

— On ne sera jamais comme les autres, lâché-je la voix basse.

Elle étire ses lèvres en un sourire magnifique et dramatique à la fois.

— Tant mieux.

Elle continue de me faire l'amour comme personne ne l'a jamais fait avant elle.

— On va faire n'importe quoi.

— Souvent, acquiesce-t-elle.

— On va se détruire parfois.

— Peut-être...

Elle ne cille pas, rapproche son visage du mien pour mieux me regarder.

— ... Mais on ne se lâchera pas.

Elle continue de bouger, le bout de mon sexe frémit et n'attend qu'un geste de plus pour exploser tandis que je m'accroche à cet instant.

— Jamais.

— Pour l'éternité, murmure-t-elle.

Je ne tiens plus, je la serre contre moi le plus fort possible et remue à mon tour le bassin pour venir à sa rencontre. Elle gémit, j'étouffe le son dans le creux de ma main et en quelques secondes, je me perds en elle. Notre orgasme est aussi percutant que rapide, même si j'aurais adoré le faire durer davantage.

De toute façon, je m'en tape : je lui ferai l'amour tous les jours de ma vie jusqu'à notre mort.

Et tant pis si elle frappe plus tôt, tant pis si nos excès nous emportent. Tant pis si on brûle la vie par les deux bouts, je me fiche de tout ça, parce que je sais que dans cette vie et dans la suivante je la retrouverai toujours.

Je veux savourer chaque instant, chaque seconde, remplir cette existence dérisoire de rires et de gémissements, d'engueulades et de retrouvailles, de confessions et de chansons, mais avant tout de cet amour addictif qui me fait me sentir si vivant.

La voiture s'arrête, Nell me roule une pelle et s'écarte en choppant un mouchoir dans un paquet posé sur les sièges. Elle s'essuie, je me rhabille, l'un des moments que je déteste le plus après le sexe.

Même pas le temps de se câliner ou de recommencer que déjà le monde se rappelle à nous. Ce soir je compte bien célébrer non seulement ces trois putains de trophées, mais je jure de fêter aussi le jour où cet enfoiré de Hale m'a collé l'amour de ma vie entre les pattes. Jamais je n'aurais cru qu'une telle décision destinée à nous punir tous les deux nous conduirait là.

La main sur la poignée de la porte, je tourne la tête vers elle, si belle avec ses lèvres gonflées et sa chatte que je sais encore toute mouillée.

— Prête ?

— Toujours.

J'ai passé ma vie à survivre... maintenant, je compte bien la brûler avec elle. C'est pas une fin heureuse... c'est le début du chaos. Et putain, j'ai jamais été aussi prêt à l'affronter.

FIN.

Tu aimes les romances qui chamboulent ?
Les univers qu'on ne quitte jamais vraiment ?

Rendez-vous sur ma page *Amazon*
pour trouver ton bonheur !
Et si tu veux des infos en exclusivité et des avant-premières, n'hésite pas à t'abonner à ma Newsletter !

www.ingramcontent.com/pod-product-compliance
Lightning Source LLC
LaVergne TN
LVHW091027080826
845145LV00002B/379

9782492237621